边陲草原静悄悄

叶鸣●著

内蒙古文化出版社

图书在版编目（CIP）数据

边陲草原静悄悄 / 叶鸣著 . —呼伦贝尔：内蒙古文化出版社，2016.10

ISBN 978-7-5521-1171-2

Ⅰ . ①边… Ⅱ . ①叶… Ⅲ . ①纪实文学—中国—当代 Ⅳ . ① I247.5

中国版本图书馆 CIP 数据核字（2016）第 265108 号

边陲草原静悄悄

叶鸣　著

总 策 划　丁永才　崔付建

责任编辑　丁永才　白　鹭

出版发行　内 蒙 古 文 化 出 版 社
（呼伦贝尔市海拉尔区河东新春街 4 付 3 号）

印刷装订　三河市华东印刷有限公司

开　　本　710 毫米 ×1000 毫米　1/16

印　　张　14

字　　数　180 千

版　　次　2016 年 10 月第 1 版

印　　次　2021 年 1 月第 2 次印刷

书　　号　ISBN 978-7-5521-1171-2

定　　价　32.00 元

【目录】

1. 结缘大红鸟

七月的阳光温暖得让人心醉，透明的空气里散发出青草和野花的清香，一条弯曲的公路如同在绿色草原上划开一条褐色的河流延伸向远方。国莲像一只被河水冲上岸边的彩色贝壳，她一路小跑着离开这条褐色的小河，向对面的森林河谷急冲而去。一个年轻女孩震颤河谷的声音，在静悄悄的山林和草原之间回转："啊，大兴安岭，我来啦！啊，科尔沁边陲草原，我来了！啊，尉扬哥，我终于来了！"

前面是森林山谷，后面是辽远的草原，国莲站在森林和草原相接的地方，对着群山和草地一阵高喊。她的喊叫惊动了不远处一群吃草的羊群，一只黄色的牧羊犬冲她发出"汪汪"的叫声。她扭头看去，"咯咯咯"笑着，冲着狗儿喊："嗨，牧羊犬——草原上的精灵，我是国莲啊，我回来了！"

黄色牧羊犬不认识这个独自享受欢喜的女孩，它向远处的她注目一阵，然后就去驱赶羊群去了。国莲也不再理会那只牧羊犬，而是向高山和森林跑去，后背上的包裹一颠一颠地敲打着她的腰身。

很多年后，无论是山河还是草木都很难再记得有这样一个充满青春活力的女孩曾经从这片草地上经过的时候，就连当时见证过她用甜美声音对着森林和草原高喊"我来了"的那条黄色牧羊犬，也完成了它作为一种生灵的使命离开了这片土地的时候。我，作为一个不约而至的旅者，在这同一个地方见到了一位神情黯然的男子。这位男子，他面向寂静的大兴安岭森林默默地追忆往事，萍水相逢不约而至的我，卸下行囊悄悄地坐在了他的身旁，他看也不看我一眼，用低缓的声音说："看见前面那个美丽的女孩没？"我向前看去，前面除了绿色的山谷森林和草地上盛开的野花什么也没有。我扭头看他，他仍然注视着前方。这时，我确定，他和我一样，有一段伤痛的往事，他一个人回到了过去。

"她跑进了森林，她看见了一只受伤的红鹘鸟……"

男子注视着眼前的森林，无视我这个旅者的存在，或者他是知道我的存在的，他在有意向我倾诉他的内心。果然，他说他好久没讲述这个故事了，再不讲就会忘记了。他说，他和她在一个孤儿院长大。这片森林和草原是她的最爱，她因为他来到这里，但她年轻的生命却永远消失在这里了，可他还活着，活着的他要永远留在这里，履行陪伴她一生一世的承诺。

很久之后，我仍然不能忘记这名男子，也无法忘记他讲过的往事。我想我还是像记录其他旅行故事一样，将他这段往事记录下来为好。

他说，第一次带她来到这里时，她还是个正在读大学的十八岁女孩。那一年的暑假，她来了。那一天下着小雨，她在前面跑，他在后面喊："嗨，野丫头，下雨路滑，别摔倒了！"

之后，四年过去了，她一个人来到了这里，但是这时她的身份，已从一个淘气的女孩子演变成一个年轻的边防女军医。命中注定，她年轻的青春和鲜血将流淌在这片土地上，而她救下的那只重情重义的红鹘鸟，也将与她共同释义一种啼血的生灵大爱之美。

邂逅红鹘鸟之后很久，国莲还一直和尉扬说自己的前生一定是只红鹘鸟，不然她怎会在那个时间点进山？而且等在它受伤飞过的地方？森林那么大，天空那么广，它怎么就偏偏从她的头上飞过？这不是前生的缘分吗？

国莲与红鹘鸟相遇是因为她走错了进山的路，等她发现这条进山的路不能到达她的目的地时，一只鸟儿凄婉的叫声就传进了她的耳朵，一声"吉儿"的尾音，如同一个女人绝望的哭泣，直接撞向她清纯如水的心扉。一股说不清的酸楚涌上心头，国莲还没缓过神来，一只美丽的红颜色鸟儿，便从她的头顶上吃力地飞过，伴随的是一声低沉焦虑的叹息。

天哪，是只红色的鸟儿！国莲确信自己看过的鸟儿不少，可这样一种红色的鸟儿——像红云，对了，就是夕阳透过云彩时那种温和又不缺失明艳的红色，竟然有这样美丽的红鸟儿！麻雀、喜鹊、乌鸦、白鸽、孔雀什么的，国莲也看见过很多鸟儿，可她却从没见过这种红云般美丽的鸟儿，而且它还受伤了。不行，我要去帮助它一下，我能够帮助它！不知是怜悯的情感还是医生职业的天性使然，她抬脚就向鸟儿飞去的方向追去，她想找到它，给它包扎一下伤口。可是，她还没跑出多远，刚要钻入路边的树林，就有一条大黄狗“呼哧，呼哧”地吐着长舌头追来，它冲着国莲“汪汪”直叫。

国莲停下来，对面山林里有说话的声音传出，折树枝的声音也听得见了，有人在说话。

“受伤了，那边，向那边飞了。”

“快追，它没多少力气了，一会儿就会掉下来。”

国莲站在那里不敢动，显然这只狗是经过训练的猎狗或牧羊犬，它警惕地盯着国莲的脚步，只要她有挪动的意思，它马上“汪汪”叫着吓唬她，或者它在用叫声向主人传递信息。

国莲把刚抬起的一条腿放下，警惕地盯着那条狂吠的大黄狗，又猫腰摸起一块石头，对着吠叫的大黄狗比画了一下，没想到她的这一举动，更加引发了大黄狗的野性，它更加猛烈向她“汪汪”着扑咬，看样子它在警告后面追出的主人，这里出现了意外的紧急情况。

果然，从狗跑出的树林里，陆续跑出三个男人，后面的一个，还没露头就紧着问前面的两个，“找到没有？找到没有？”

后面的是个胖老头，当他发现是一个陌生女孩子引发了狗的狂吠后，他愣怔地看着国莲，半天没把眼睛离开。

“干吗发愣，快把狗叫住！”

“好了，好了西拉！别叫了，对女人不能撒野。”

大黄狗果然听话地停住了吠叫，国莲心里好笑，难道狗撒野也要分男人和女人。三个人对着国莲看，国莲也打量他们。这三个男人都背着行囊，一个胖老头，头发稀少，脸膛黑中透红，年纪不轻，约莫五六十岁的样子。他穿着一件晒成灰白色的旧袍子，前面的长襟还掖在腰带中，一个不知牛皮还是羊皮缝制的老旧皮囊挂在肩膀上，大黄狗很听他的话，狗应该是他的。

从穿戴和笨拙的汉语口音上，国莲判断他是当地蒙古族牧民。另外两个，比较瘦且年轻，一高一矮，长相差不太多，脸膛很脏，花里胡哨的，像好久没洗脸，也像抹了棕色的鞋油。他们和国莲一样身穿迷彩服，后背上也背着迷彩双肩包，目光怀疑紧盯眼前人，国莲认定他们是城里人或外地人。果然他们说话的口音，没一点当地蒙古人说汉语的口音。在国莲的打量下，两个花脸年轻人互相看了一眼，高个花脸“嘿嘿”笑了两声。

“小妹妹，看到一只大红鸟没？”

“是谁打伤了它……”

“它向哪飞了？”

“为啥要伤害一只鸟儿？”

“因为它跑了，抓不到……”

矮个男子没等高个的说完，马上截住话茬回答国莲的问题：“它受伤了。我们要找到它，等治好了再放生。”

高个男子打住了话头，“嘿嘿”笑了两声。说话中，那条大黄狗向红鸟飞去的方向“汪汪”叫着跑走了，看来它已经发现了大红鸟的行踪。

三个人跟着大黄狗跑进树林，胖老头在后面犹豫了一下，看国莲一眼，然后也追了进去。

“喂，老人家……”

国莲跟在这几个人后面，也向大黄狗飞跑的方向追去。大红鸟受伤了，她可不能不管，说到给鸟治伤，一定比这几个大老爷们强。胖老头没回应国莲的呼喊，只向他挥了两下手，那手势是向外打的，那是让她别跟着的意思。这个手势，让国莲的脚步慢了一下，但她马上又紧追了几步，她不想丢下受伤的大红鸟走掉，它凄苦绝望的鸣叫声又回到她的耳边，那声无助的叹息声，也似乎呼喊着她的脚步。

国莲没理会胖老头的手势，紧跑一阵追上了他："大伯，我也想看看那只大红鸟的伤势，我会治伤……"

在这密不透风的高山密林里，头顶上的大树遮盖着天空，草棵子、荆棘、苔藓、密密麻麻的大小树枝、横七竖八的朽木、蜘蛛网、大小虫子、可能还有蛇，全都阻挡着人往前的路，一个不小心，就会摔倒或者被什么咬一下。胖老头只顾忙着照顾脚下，这次看也没看她，或者根本没听她在说啥，他着急追赶着前面的两个人。

"大伯，我第一次见到红颜色的鸟，它是种什么鸟儿啊？"

国莲连问了两句话，也没得到胖老头的回答，她不好再问，只是跟着他一起往前跑。说是跑，其实就是钻着树棵子尽量走得快些，大约行进了一两公里那样，前面的人停下来，大黄狗汪汪叫的声音听上去非常激动。果然，胖老头的脚步慢下来，回头对国莲说："真被他们找到了。"

胖老头加快脚步，熟练地分开密密麻麻阻挡前行的树棵子，以更快的速度向前奔去，把国莲丢在后面，他的样子再也不笨拙，倒像三四十岁的壮汉。按理说，国莲也是训练有素的野外生存高手，可她在这杂草丛生密不透风的树林里，她却追不上这三个男人，就连胖老头都没追上。这让国莲很不服气，她调整一下姿势，一只胳膊抬起挡住打向脸和头的树枝，紧跟在胖老头后面向前追。

"我认是泥——"

跑在前面的胖老头冷丁冒出一句话，把集中精力先行的国莲吓一跳，她没明白也没太听清他说什么。

"老人家，您说什么我没听清！"

"我说，我认是泥——你是忘山狸打赢去的。"

国莲明白了，胖老头说的是典型的蒙古人汉语，有些字眼是跑了调的，他的意思是："我认识你，你是往山里大营去的。"

哦，他怎么知道我要去山里大营？当地人把部队驻地叫山里大营。国莲心里一阵高兴，心想他知道驻军部队就好，那一定知道进山的路。可一转念，又怀疑起来，他真认得我吗？或者是套近乎？还是小心为妙。

“您怎会认识我呢？我可不认识您呀。”

胖老头不再说话。他们走出了杂草丛生的低洼地带，前面是一个山坡，树木稀少，杂草也只有尺把高，视野相当开阔。那两个追在前面的年轻男子和那条大黄狗，就围在前方不远处的一棵树下，那树很粗大，树冠蓬蓬勃勃有小山包那么大。一对年轻男子和那只大黄狗的头都扬起，眼睛盯着高大的树顶。大黄狗听到主人出现的声音，掉回头跑过来，见到主人欢蹦乱跳的，还“汪汪”叫着向主人邀功。胖老头拍拍大黄狗的头表示嘉奖。

树上有一个大箩筐一样的鸟窝，里面有“啾啾”的小鸟叫声，鸟窝的边缘处，一条红色的大鸟尾巴露在外面。国莲的眼睛一下湿润了，它是因为孩子飞回来的。

“还是走吧，窝里有小鸟，抓走就太可怜了。”高个子花脸看着矮个子花脸，征求他的意见，为大红鸟求情。

“大红鸟真的受伤了吗？怎会受伤的？”国莲的眼睛在三个人的脸上扫来扫去。

“我要抓到它，都拿走，大的小的一窝端。”矮个花脸下了狠心，说着向大树靠过去，准备爬树。

“不行！这可不行，拿走一个活不了啦。”胖老头不同意，说，“它的伤不重，还能飞，过几天就会好。”

“老头，你听明白，我要把它们都拿走。这种鸟，很贵，好几千一只。这一窝，有大有小，能值一万多，等卖了它们再回来。我雇了你，你就得听我的。大毛子，你在树下接应，我上去。”

原来大个花脸叫大毛子，那小个花脸是不是叫二毛子或者小毛子呢？果然，大毛子说：“二毛子，这个决定不好，回去要是被逮住……”

“逮个屁！你闭嘴，我让你怎么着就怎么着！”二毛子发脾气了，大毛子看胖老头一眼，沉默下来了。

“这是种什么鸟啊，我以前没见过，能养在家里吗？”国莲把话题引开，心里评估着事件的轻重。

“就是大红鸟呗，还有啥名字？颜色好看，卖钱就多，有钱人就喜欢买。”大毛子自作聪明。

胖老头瞪大毛子一眼，扭头看树上。二毛子已经爬到树上，离鸟窝还有一米多的距离。胖老头一边看一边回答国莲的问题：“我们蒙古人，叫这种鸟乌兰海日古。”

这时，树上的大红鸟正把头伸出窝外，它已经发现了危险，“吉儿——，吉儿——”地接连叫了好几声。那声音紧迫激烈，传递着一种危险的警告，国莲觉得或者那是一种呼救或者宣战的声音。

果然，这只叫乌兰海日古的红鸟，飞出窝直扑二毛子。树下的人还没看清怎么回事，随着“嗷——”的一声惊叫，二毛子已经趴在了树干上，那只凶猛的大红鸟，它不断地飞起又落下，两只利爪和一个有着弯钩的尖嘴，不停地攻击着它眼中的入侵者。

国莲哭了。她看见，那只拼命的鸟，受伤的翅膀下鲜红一片，显然为了保护窝里的孩子，它在用受伤的身体与敌人拼命。

在大红鸟的攻击下，二毛子再也顾不得什么一窝端半窝端，他狼狈地顺着树干向下滑落……这时，远方又传来“吉——儿——，吉——儿——”的鸟叫声。国莲向叫声发出的方向看去，只见一只比刚才那只还强壮的大红鸟，飞快地煽动着翅膀从远处迅速飞来，到了近前眨眼的犹豫都没有，箭一样扑向正在狼狈滚下树来的二毛子。

二毛子掉下树来了。本来还担心着受伤大红鸟的国莲，看到这样的收场，她乐了，开心地“咯咯咯”笑起来。胖老头和大毛子，看到二毛子的狼狈相，也“哈哈……”开怀大笑。

这个结果太出乎几个人意料了。二毛子狼狈地掉下树来，衣服被树枝拉扯得残破不堪，他的脸上头上手上都流着血。看到他的样子，树下的几个人不敢笑了，半截的笑声戛然而止。大毛子慌忙上前，扶住被疼痛扭曲了脸的二毛子，用手捂住一个流血的伤口，不断地问："弟弟，你没事吧？"

原来他们是兄弟俩，怪不得有些相像。国莲盯着二毛子各处的伤口看了一遍，然后卸下背上的双肩包，从里面寻找着什么。胖老头也凑上前去，查看二毛子脸上头上的伤处。

经过观察，国莲认为二毛子的伤只是皮外伤，她心里仍然想笑，但出于礼貌，把笑压在了心里。她从包里拿出来一卷绷带，一把镊子，一个装消毒棉的瓶子。她对二毛子说：

"你蹲下来，我给你处理一下伤口，鸟的爪子和嘴可能有毒。"

"你是医生？那就快点给我弟弟包上，好几个伤口在流血。"

"包什么包？有什么好包的？老子没事！"二毛子推开大毛子捂在脸上的手，瞪他一眼，"弹弓给我，要那个铁的，给我！不打死它，我就不是二毛子！"

"不行，不行，打不得，要是引来一大群，我们谁也跑不了，他们可是吃肉的鸟！"胖老头说，"乌兰海日古，都是神鸟，要欺负它准不得好死。"

"狗屁神鸟？我才不信。"二毛子不信。

"弟弟，这个鸟也不咋的，就是颜色好看。我们还是快走吧，那边啥没有？听说还有凤凰鸟，都晌午了，再不走晚上就过不去了。"

"是啊，快走吧，等天黑了，我也找不到那条路。"

二毛子回头看一眼树上，摸一下脸上的伤处，不甘心地嘟囔着。这时，一个特别的情况引起了大伙注意，那只受伤的大红鸟没有回窝里，它趴在刚才发生战斗的树丫一动不动，鲜红的血染红了树枝。那只没有受伤的大红鸟，在它的头顶上空飞过来飞过去，悲哀地不停鸣叫。

"可能要死了，"大毛子看一眼二毛子说，"它刚才跟你打架，血都流没了。"

"活该！弹弓给我，正好打死……"

"你怎么这么没人性？它都伤那样了，还落井下石？"二毛子的话，让国莲非常气愤，“老伯，您看怎么才能救下它？我想救它下来，我也许能救活它……”

胖老头看国莲一眼，再看那兄弟俩。此刻的二毛子，可不管人性不人性，他要报刚才被鸟啄的仇，他举起了弹弓，说：“打死它吃肉，我要看看这个大红鸟的肉是不是更鲜嫩！”

看二毛子举起弹弓，国莲急了，不知如何是好，焦急中去拉他的胳膊：“停下！停下！让我上去看看……”

二毛子此刻似乎刚发现国莲。他扭过头来，气势汹汹地问：“对了。我还没问你，你是哪来的？刚才，你还幸灾乐祸，你找死吧你！”

“是你先侵犯了大红鸟，再说你也没吃亏，是你先打伤了大红鸟，是吧？！又爬上树去侵犯大红鸟的家，本来就是你错……刚才的事本来就很好笑，谁没笑啊，你哥哥也笑了。”

“他笑可以，你笑就不行！”二毛子收起弹弓，转身冲国莲来了，“你信不信，再多嘴，我敢用弹弓打死你？”

“弟弟，别这样子。我们有大事要办，你别坏了大事！”大毛子转向国莲：“你哪来的？快走吧，别跟着我们。”

“我哪里是跟着你们？我和同学们结伴旅行，看见大红鸟飞过，我是想看大红鸟才跟着过来。可是，如今我看见它受伤了，我想试试，看能不能救它。”

怎么才能救下受伤的大红鸟，国莲不再理会眼前的哥俩，她忽然转身向后跑了二三十米，钻进一片密密麻麻的树丛，打着口哨学起了鸟叫，那声音跟刚才鸟窝里幼鸟的叫声一模一样。听到幼鸟的叫声，受伤的大红鸟猛然警惕起来，它振作精神向那片树丛张望。忽然，它振翅起飞，飞向幼鸟鸣叫的地方……它一定是太疲劳了，或者是伤得太重了，就像人是重病中判断失误一样，爱子心切的鸟妈妈，以为那片树丛里鸣叫的，一定是自己的孩子。它落在了树丛里，眼睛看着国莲，再看看她的四周。当发现没有自己的孩子时，它虚弱地趴在了地上。

国莲的眼泪，“唰唰”地往下淌。她是一个孤儿，从来没体验过亲生母亲的爱，可是这一刻，她的心却被鸟妈妈对孩子的爱征服。她轻轻地捧起大红鸟，轻轻地抱在怀里。然后迅速跑回大树下，打开急救包……

国莲在三个陌生男人和一只大黄狗的注视下，熟练地找到大红鸟的伤口，洒上药粉包扎起来，又找出一个小粒的药丸，掰开大红鸟的嘴巴送进它的喉咙。大红鸟显得很安静，它眼睛微闭、安详地呼吸着，任国莲处置伤口。

“这个鸟通人性，你看它一动不动，可能是知道你在救它的命，”胖老头证明自己刚才的话，“我都说过，乌兰海日古是一种神鸟，是跟海东青一样的神鸟。”

“我管它神鸟不神鸟，”二毛子蛮横不讲理，对着国莲说，“这只鸟，是我打中的，应该归我……”

国莲没理二毛子，她在大背包里翻找着什么东西。这只鸟可不是普通的鸟类，看它刚才凶猛的样子，要是恢复了精神还不发威呀，怎么能把它安全带回营地继续治疗，又不受到它尖爪利嘴的伤害？别人还没想到她在找什么，大黄狗先明白了国莲的意思，它立起前爪扒着胖老头的皮口袋，声音卡在喉咙里低声“汪”了一声。

“怎么，我这里有她要的东西吗？”胖老头打开口袋，大黄狗毫不客气，把嘴伸进兜里寻找，然后从里面叼出一个布兜子。

“你倒会送人情，这可是我装食物的口袋，”胖老头抓着布口袋跟大黄狗拉扯，“国莲你要的可是这个东西？”

“大伯，你的狗太聪明了。”国莲笑着，“我需要的就是这样一个兜子，借给我吧，等我回去洗好了再还给你。”

胖老头放了手，大黄狗把兜子叼给了国莲，还邀功地摇着尾巴在她身上拱了一下。国莲拍拍它的头：“阿黄，你是条聪明的狗，谢谢你。”

大红鸟被装进了胖老头的布兜子，两根挎带系住了口。这样一来，只要小心抱住，大红鸟既不会伤到人，又能透过兜口喘息空气，真是不错。大红鸟的问题解决了，国莲收拾好背包背上，抱起大红鸟准备启程。

大黄狗看到自己帮上了忙，欢蹦乱跳地撒欢，不断看着国莲摇着尾巴，像是在说，“你是好人，我喜欢你。”国莲笑着弯下腰，再拍拍它的头，以示友好。

山林里静悄悄的。经过一阵折腾，太阳已经升上了头顶，刚才盘旋的另一只大红鸟，已经飞回窝里。国莲看一眼怀里的大红鸟，说：“大红鸟，放心吧，要是你的伤好了，我一定送你回来。”

迈开了脚步，国莲打算向原路返回了。但是，二毛子却挡住了她的去路，他说：“停……想走了？你好牛啊！说来就来，说走就走，你拿我二毛子当什么人啦？”

“你什么人？为什么挡住我？我跟你，可没过结。”

“你抢了我的大红鸟，还说没过节？这样好了，我也不难为你，你就跟我们走吧。”

“为什么？我凭什么跟你走？”国莲警惕起来，看来这个矮个花脸不是个善良之辈。

“就凭这个……”二毛子“嗖”的一下从背后抽出一把匕首，说：“就凭这个，你就得跟我走！”

一把明晃晃的利器出现在国莲的面前，二毛子举着一把匕首，一步一步向国莲靠近，比画着说：“既然相遇，就是缘，你必须跟我们走。我可不想让你出去坏我的大事。”

呵，还遇到劫匪了？国莲心里感叹，看出他们不是当地牧民，但也没想到是恶徒。从刚才对待大红鸟的行为，就该知道眼前的这个二毛子，不是善类，只因一时疏忽没提防对方还有利器。

国莲的反应也非常机敏，感觉到危险的同时，已经扫了一下所处的环境，她慢慢向一棵腰围粗的大树退去。这是为防止万一动起手来，好利用大树遮挡自己的后方。

大黄狗发现事情不对劲，“汪汪汪”地向两个人吠叫。这阵儿，它不明白该帮谁，回头看自个儿的主人，像在询问主人怎么办。胖老头和大毛子追上来。

“喂，你别胡来，这个女孩子伤不得。”

胖老头指着二毛子的匕首，让他放下。大毛子也说：“弟弟，你怎么又拿刀，就你的刀惹祸。人家又没惹你，你这是干啥？！”

“干啥？你还问我干啥？蠢猪，她要是走了，会把遇到我们的事说出去。那我们还能走得了吗？”

“那就告诉她别说，”大毛子对国莲说，“我们不认识你，你也不要把遇到我们的事说出去。”

“她怎么会听你的？大蠢猪，还是带着把握……你，我不伤你，可你得乖乖跟我们走。不听话，小心我的刀。实话告诉你，我可是杀人狂！”

“姑娘，你也别怕。他们就是要过那边去。我也是给他们带路，等送他们到界上，我们就没事了。”胖老头又对两个毛子说：“你们也别胡来，要伤了这姑娘，我准让你们在山林里迷路，让野狼野猪吃了你们。”

“老家伙，你别吓唬我，我可不吃这套。你，是跟不跟我们走？”

“呵，不就跟着你们走吗？跟就跟呗，谁怕谁呀？”国莲迅速思索之后，做出无所谓的表情，“你，快把那破刀子收起来，真要动起手，你还真不一定能赢得了我！”

国莲这阵子心里有底了，起码胖老头是站在自己这边的，大黄狗也会和主人一起站队，剩下那两个毛子，从对大红鸟的态度和刚才的表现看，大毛子显然不喜欢动武，这就剩下一个二毛子了，二毛子对国莲来说，虽然没有大胜的把握，但也不至于一败涂地……不过，也要小心，大毛子毕竟是二毛子的哥哥，紧要关头一定会和弟弟一个阵线。还好，应该说运气还不错，国莲心里说：看来这位老人家真的认识我，可惜没办法详细交谈。

“就你，想跟我较劲？我的刀，可不是吃素的！”二毛子不知道国莲的底细，还不依不饶嘴硬，刀子又冲国莲比画了几下。

国莲轻巧地跳跃几下，她站到了胖老头的身边。胖老头马上做出掩护的姿势。大黄狗的喉咙里也发出“呜呜”的警告。大毛子拉住二毛子，拖拉着转过身去，在他耳边不知说了一句什么。二毛子回头看一眼，然后不甘心地警告：“你们两个，给我小心着，送不走我，就等着吃刀子！”

没人再接他的话茬儿。胖老头辨别一下所处的地理位置，向一个山坳的方向指了指，一行人向山坳里拐去……

2. 遭遇绑架

今儿一大早，尉扬就下山了，他是代表驻军单位参加牧民们举行的一年一度夏季那达慕盛会。

内蒙古有数千公里的边防线，茫茫草原和延绵林海把蒙古国和俄罗斯与中国连接在一起，与边民友好相处军民团结拥政爱民，是当地驻军的一份重要工作。这一次，因为驻军有拉练演习任务，所以只派出一名代表参加活动。以往，在没有特殊任务的情况下，部队会派出一个班或两个班的战士参加那达慕盛会的开幕式，还会表演提前操练好的《舞红旗》等节目。尉扬曾不止一次参加过那达慕盛会的开幕演出。不仅如此，自两年前开始，他还受命担任了乌拉河牧村地方小学的校外辅导员。

尉扬骑在一匹枣红马上，一溜烟儿跑下山来。如今连队有越野车代步，战士们下山很少骑马了。但尉扬却喜欢骑马出山，他喜欢连队的每一匹骏马。那些马匹跟他都很熟，平时有很多时间他都是在军马班度过的。这匹枣红马的名字叫疾风无敌，疾风无敌是他从军校毕业回到连队那天夜里降生的小马驹。

尉扬还记得，那是一个炎热的夏夜，欢迎他归队的晚会刚刚结束，军马班的老班长就把他悄悄拉到了一边，告诉他那匹最著名的紫云无敌，紫云无敌是战士们为一匹奔跑速度极快的枣红马起的江湖名字。他说，它可能要在夜里生下一匹小紫云无敌。当时尉扬既惊喜又激动，拉着老班长一起赶往紫云无敌的马厩。那个夜晚，整夜他们都守在马厩里。凌晨三点，紫云无敌果然不负所望，生下了一匹几乎与它长相无二的小马驹。老班长把给小马驹起名字的权利给了尉扬。尉扬盯着漂亮的小马驹，看着它明亮的眼睛，似乎看到了一匹如电如风般奔跑的骏马，他脱口而出："疾风，对，就叫它疾风吧！妈妈是紫云无敌，它就是疾风无敌……"

"呵呵，疾风无敌，对我给你起的名字很满意，是吧？你也没辜负了那名字，你奔跑的速度和妈妈一样快！而且，你的孩子们也和你一样，继承了优秀军马后代的优良品质，它们个个都是千里宝马。"

尉扬赞赏着疾风无敌，似乎这马能听懂他的话语。怎么能听不懂呢？它当然能懂他的意思。尉扬想起刚入伍时，那时他刚满十八岁，不要说不会骑马，就是看也是第一次看见，更不要说怎么侍弄马了。但是，作为一名边防军人，不会骑马怎么履行任务？不会骑马，就不能进入巡逻班，边防军人不巡逻，那还叫什么边防军人？尉扬是在城里福利院长大的孩子，除了在电影和电视里看到的那些什么动画马、非现实马之外，还没真真正正地见到过一匹现实中的马。

尉扬第一次看见那些现实中高大俊美的军马，是在他到军营的第二天清晨，当一队英气勃勃的战士骑在高大的军马上准备出巡时，他看见了它们……这时，他的心几乎快从嗓子眼里蹦出来。那些马……那些马，他一时不知用什么言语去表达，它们那明亮的眼睛；那高大俊美的身姿；那威风凛凛的气魄！它们几乎把他的灵魂都吸走了。看见这位新兵发愣的样子，一位老兵过来拍了拍他的肩头："怎么样，是不是很威风？"尉扬回头看一下老兵，神往地问："我也能像他们一样吗？我能骑马吗？"老兵笑了，他说："那可要看你自己的本事了……"后来，尉扬才明白，当一名合格的骑手确实是不容易的。

从见到军马的那一刻起，尉扬下定决心要成为一名出色的边防军人，他要像那些战友一样骑着马去巡逻。后来，在尉扬的强烈申请下，他进入了军马班当上了一名饲马战士……如今，他就像了解自己一样了解军营里的每一匹马了。尉扬始终认为，在边防部队中，虽然各种现代化运输工具不断更替增加，但是这些军马，仍然是军营中其他运输工具不可替代的珍贵物种。在茂密的森林里巡逻；在艰险的小路上行走；大雪中向哨卡运送给养，但凡车辆过不去的地方，都需要它们去完成任务。

尉扬的思绪从过去回到现在，他的马匹刚在山口处露头，就有两个骑马的牧民疾驰而来，显然他们等在这里很久了，是专程来迎接他的。

“尉排长，我们一早就在这里等你了，是嘎查达让我们来接你。”

“噢……谢谢！他老人家身体还好吧？”

“还是腿疼，走路不方便。”

“真难为老人家了，听说要退休了。”

“是啊，他说等哈森回来他就退了。尉排长知道哈森吧？”

“是三年前参军的哈森吧？小伙子高中毕业，没考大学直接去部队了。”

“是他，就是他呀。他在北京那边的队伍里。”

“不错的小伙子。”

“他去年回来探亲了，整个人都变了。原来说话都脸红，如今可爱说了，他说了很多南方人发家的故事，还给村里提了好几个赚钱的建议。老嘎查达盯上他了，说等着他回来实现那些建议。”

“这好啊。他什么时候回来？”

“听说今年就要退伍了。”

尉扬勒住马缰，枣红马慢下来，他与两个小伙子边交谈边前行。尉扬对这个拥有三十几户人家的小牧村非常了解。为了拉近与群众的关系，在春天接羔和秋季打牧草的季节，连队经常派出战士出山帮忙。由于工作的关系，平时节假日尉扬也经常带战士来村里为缺少人力的家庭做些体力活。这样几年下来，他对村里谁家几口人几间房，谁家要娶媳妇谁家要嫁女儿，哪家的牧包在哪片草场，哪个孩子是哪家的，他都一清二楚，特别是当上乌拉河小学的校外辅导员之后，对孩子和他们家长的情况就更了解了。

前来迎候他的两个小伙子，一个叫青格勒，一个叫哈斯其劳。他们都有了女朋友，但还没成家。在刚才的交谈中，他们已经提前邀请尉扬参加他们的婚礼。

“当然啊，如果部队这边没有极特殊情况，你们的喜酒我是一定要去喝的。”尉扬爽快地答应了两个小伙子。已经聊了好一阵，山顶上的太阳也升得很高了。尉扬看了下手表，说：“我们是不是该跑起来？老嘎查达该等急了吧？”

“是呀，他在等我们……”

三个人不再闲聊，吆喝着马向远方的牧村撒开马蹄。但是，他们跑出还没多远，不知是巧合还是故意等待，乌拉河牧村小学教师苏日娜，身穿一件崭新的月白色绣花的蒙古袍，骑着一匹白马从一片小树林里跑出来与他们汇合。

“苏日娜，你穿这么漂亮，在这里等谁呀？”

“那还用说，当然在等我们的尉排长，”哈斯其劳大笑着半开玩笑地对尉扬说，“尉排长，你可小心点。我们牧村的百灵鸟看上你了！”

“看上了怎么样，不行吗？尉排长，你真得小心了，别被我抓到……”

尉扬笑了。蒙古人性格豪爽大度，连女孩子也不忌讳开这样的玩笑。由于经常去学校开展活动，尉扬和苏日娜自然就非常熟悉，他们已经成为无话不说的朋友。一路上，苏日娜都在和青格勒、哈斯其劳打着嘴仗，但她却不断把目光瞥向偶尔加入一句玩笑的尉扬。

那达慕会场在牧村外一片广阔的牧场上进行，两辆超长货箱的大货车作为临时主席台，上面搭起了棚子四围插满了彩旗，作为比赛场地的牧场也到处彩旗飞扬，离赛场稍远的公路边，停放着一排排汽车、三轮车、摩托车、小轿车、勒勒车和一队队备着鞍子的马匹。外地赶来的商人，在空地上摆出摊位，各种各样的商品一家紧挨一家，牧民们借机赶场，商人们借机赚钱……一场那达慕，就是一个大型的商品交易会，除了比赛的热闹节目，人们最开心的是逛摊子。

尉扬来到会场，很多熟悉的牧民过来和他打招呼，主席台上的人也已经看见他，喇叭里传出老嘎查达的喊话声："台下的人注意，欢迎驻军代表尉扬排长来参加我们的盛会！"

台下此刻有老老少少、男男女女几百人，听到的人有的拍手，有的举胳膊喊欢迎的词。尉扬向大伙挥一下手，几个提前到的旗里和苏木的领导，也过来与他打招呼。老嘎查达不断用喇叭向下面喊话，一会儿报告这个到了，一会儿又报告那个到了，陆陆续续大约快十点，老嘎查达喊大会开始……

在草原上，蒙古人举办的那达慕盛会有很多种，旗里官方举办的比较大型，乡镇苏木举办的一般是中型，牧民们自己举办的村一级的有中型有小型。尉扬今天参加的是乌拉河村里每年都要举行一次的那达慕盛会。在这个会上，老嘎查达每次都要说一说村里的大事，然后是邀请上级领导讲话，嘉宾讲话。这些程序之后，是盛装男女、少年儿童表演集体舞节目，后面是摔跤手表演和赛马队表演节目，他们的表演完成，上午的活动也就结束，随后是主办方邀请参加活动的来宾宴会以及牧民们各自的欢宴，到晚上还有篝火晚会。

如果没有极特殊情况，尉扬一般会参加完上午的活动再回连队，有时候无法推却主办人的盛情，也会留下来参加宴会。尉扬作为来宾，从头到尾参加开幕式活动，第一是表示重视牧民们的活动，第二也是他特别喜欢后面的节目。那些架着鹰步入场的摔跤手和奔跑的烈马，都有一股远古的激情和神圣感，这也让尉扬从骨子里发出赞赏和敬慕。

但是今天，不知怎么，节目进行到一半他就心神不安。特别是后来，当一个男孩子爬上主席台，把一个纸条塞给他之后，他更加无心观看台下的表演。好不容易坚持到开幕式结束，他便匆匆告别老嘎查达，快马加鞭踏上了返回军营的路。但是临走，他没忘记托一个小女孩给苏日娜传口信，告诉她他有要紧事回军营了。那个纸条是苏日娜让男孩子给尉扬的，约他开幕式结束见面，说要商量"八一"建军节带孩子前往部队慰问演出的事。

尉扬心急火燎地返回连队，连队里像往常一样祥和平静。怎么回事？尉扬怀疑地问自己。连队食堂里，官兵们午饭后都已散去，他要了两个菜坐下来独自吃着。怎么会出现这种情绪？很多年了没这样过。难道是国莲出了问题？还记得小时候，他天天带着国莲一起上学，后来他去读初中，而国莲还在原来的小学上学。如果放学后找不到国莲，他就会有一种心绪不宁的情绪出现。想起国莲，尉扬放下了筷子，他吃不下去了。如今在这个世界上，他只有国莲一个亲人，没有人能代替她进入自己的心，她好比他的亲妹妹。

尉扬送回餐具。炊事员小嘎子异样地看他一眼："饭菜都剩了，不好吃吗？"

"哦……不，当然不是饭菜的问题，是我不舒服。"

"你的脸色确实不好，快去诊所看看吧。我一会儿给你做点好吃的。"

"不用，不用，我没事儿。"

放下碗筷，尉扬匆匆走出食堂。去哪里呢？站在院子里，做了几下深呼吸，他让自己平静下来，想了想今天的事，觉得很可能是苏日娜出现的缘故。尉扬也不是木头人，他心里清楚，这个蒙古族女孩子对自己已经动心，说商量什么事只是见面的一个借口，而他尉扬，早已把承诺给了一起度过苦难幼年人生的国莲。在以往的岁月里，国莲是他生命里的一切，可是……可是一段时间以来，他对自己的情感开始怀疑，他经常问自己，我对国莲的情感是爱人的情感吗？是男人对女人的情感吗？这一切的发生，都是因为与苏日娜事件的发生。

苏日娜是个不错的女孩子，他们认识两年多了，他一直感觉一切都是正常的，直到去年冬季发生了一件意外的事。北方的冬天非常寒冷，草原深处的冬季更加冷到骨髓深处。小学生们快放寒假了，苏日娜传口信邀请他过去，说要和孩子们搞一个迎新年活动，孩子们希望他这个校外辅导员参加。乌拉河小学总共只有三十多名学生，都是一到三年级的孩子，等孩子们升入四年级，就会去苏木所在地的镇上去读书。

按照约定赶到学校时，孩子们已经升起了温暖的炉火，桌子椅子也已经搬到教室的后面，三十几个孩子和两名老师热情鼓掌欢迎他的到来。其他的活动如期进行，演唱、舞蹈、游戏都没什么特别，但到了最后活动快结束时，苏日娜却突然告诉孩子们，她要和尉排长给大家唱《敖包相会》。这支歌曲是一首爱情歌曲，表现的是草原上的青年男女等待约会的情歌。

尉扬唱的都是军营歌曲，这首歌不太会唱。同时他心里有忌讳，觉得跟苏日娜一起唱这首歌不太合适。但是，既然孩子欢呼着等待，他只好站起来走向苏日娜，而苏日娜也一边唱一边迎过来，可等到尉扬唱的时候，她却开始伴舞……不知怎么解释，伴舞中出了意外，确切地说是尉扬认为出了意外。苏日娜不慎，脚下一滑，眼看摔倒了，孩子们发出一片惊叫声，但就在危险出现的一瞬间，尉扬伸出一只手托了过去。这是一个机械的动作，没有一点心理准备。但是，尉扬一直不明白怎么会发生那样的事，就在尉扬伸出手触碰到苏日娜身体的瞬间，苏日娜顺势倒过来进入他的怀抱，紧接着一股电流袭击了尉扬的全身。尉扬吓了一跳，赶紧推出苏日娜，苏日娜借势一个舞姿站到了远处。尉扬此时心怦怦乱跳，脸色涨得如秋季的红树叶。苏日娜笑了，温柔地看他一眼，用一个优美的动作结束了舞蹈。

这件事过后，再一次见到苏日娜，是春天学生开学之后。尉扬也认为事情已经过去，但是事情并不像他以为的那么简单。苏日娜经常借故约他见面，明知道不应该前去赴约，但他还是一次次去了，每次见到苏日娜，他都有一种渴望靠近她的冲动。他暗地里责怪自己，骂自己感情不专一，觉得对不起国莲，也对不起苏日娜。经过严肃思考，尉扬认为自己对苏日娜的向往，是一种男性原始的冲动，觉得这是一种非常不道德的品行，是有损于人类美好情感的低下行为。他决定再也不见苏日娜，甚至指派王朝阳班长代替自己去参加学校的活动。

之所以出现这样的问题，尉扬还为自己找到一个理由，他觉得自己是因为太思念国莲的缘故，好久好久没见国莲了，为了不影响她在学校的生活，他很少去学校看她，五年大学里，他只在出差的顺路中去过学校两次。如今，他开始思念国莲，像以往一样痛彻心扉地思念，他想马上见到她，见到这个已经比尉扬自己生命还珍贵的妹妹。

尉扬第一次见到小国莲，是在他人生最悲惨的日子。那时他还只有七岁，不幸的悲惨事件，就发生在那一年中秋节的前一天夜里，父母和他在奔赴另一个城市的途中遭遇交通事故，他的父母就这样离开，留下了他这个孤儿。处理完后事，他被送到了专门抚养孤残儿童的福利院，福利院通俗的名字，就是孤儿院。在那里，他见到了刚刚学会迈步的小女婴国莲。

突然没有了父母，突然来到这样一个地方，七岁的小尉扬像一头受过伤害的小象整天郁郁寡欢。他不言不语，不抬头看任何人，拒绝与所有人交往。这样过了好些天。一个早上，被大伙叫作唐妈妈的白头发保育员，把国莲送到了他的怀中，她说："孩子，别难过了，爸爸妈妈突然没了，你非常难过，是吧？你看小国莲，刚出生妈妈就死了，爸爸呢，扔下她跳了楼……你抱住她，看看她多可爱。我老了，也活不了多少年，她就交给你了，长大要相亲相爱。"

小国莲还是婴儿，她可不知道谁是谁，一夜没吃东西饿着呢。忽然被"妈妈"送到这个哥哥怀里，她高兴地"咿咿呀呀"着，抱住他的脖子去啃他的脸蛋，口水粘了他一脸儿。一屋睡觉的孩子都围着他们，看到小国莲啃了他一脸口水都笑了。可尉扬，不知是唐妈妈说的话触动了他，还是小国莲的口水让他受了委屈。他哭了。开始还只是"哭泣"，可后却变成了"呜呜"大哭……可能是那一次大哭，哭出了他许多的悲痛。从那以后，他不再发呆，天天帮唐妈妈照顾小国莲。在孤儿院的所有人中，除了唐妈妈之外，他成了小国莲最亲的人。如今二十年过去了，小国莲的影子还经常在他的梦中出现，每次梦到国莲他都会笑着醒来，她带给了他太多的回忆，也给他的童年带来了太多的快乐和幸福。他确信，如果当年没有小国莲，他早已在失去父母的痛苦中死去。

孤儿院是尉扬和国莲的家，他是她的哥哥，她是他生命里最珍贵的人。从他进入孤儿院直到他十八岁那年，他离开她从来没有超过一天的时候。在读高三那年，国莲正在念初三，那一年春国莲得了一场病，当他放学后去她所在的学校接她的时候，同学告诉他国莲已经被送进了医院。当他发疯一样跑到医院时，唐妈妈正在门口抹眼泪。孤儿院的院长也在，但是他们不让他进病房区。

国莲得了一种叫“急性黄疸型肝炎”的疾病，这是一种比较严重的传染病，病房在一个独立的小楼里，门口有个醒目的牌子，写着“严禁非医务人员进入”。尉扬哭了。这是他变成孤儿后的第二次哭。唐妈妈没劝他，她知道国莲对尉扬来说意味着什么。那个时候，唐妈妈已经很老了，她走路也已经很费劲儿。她不断责怪自己说早就应该发现国莲不对劲，吃饭很少脸也黄黄的，可她说自个儿老糊涂了硬是没发现。

尉扬哭够了，坐在门口不肯走。天已经黑下来，他被唐妈妈骂了一顿。骂他不争气，说你这样以后怎么照顾国莲？她长大还要依靠你，你这样像个男人吗？你都十八了，还像个孩子一样考虑事。在这里干等有什么用，难道要把你自个儿也闹出病来才甘心吗？！唐妈妈骂着，把他拉走了。但是，尽管他想振作起来，还是无法从国莲病倒的事件里拉回心思。

一个多月，准确说应该是三十七天，国莲住在医院的传染病房里，他们依靠每天两次窗口见面度日。在她病情最重的十几天，他几乎着急得快疯掉了，每天早晨上学之前和放学之后，他都会去那栋小楼的门口等待，只要有医务人员出来，他就马上过去询问国莲的病情。后来他想出一个办法，去折了柳树枝做成口哨，天天早晨在楼下吹口哨。终于有一天早晨，她的头出现在一个病房的窗口，她用虚弱的声音喊着：“尉扬哥，尉扬哥我在这里。我就知道，是你在吹口哨给我听……”

尉扬一路回忆着跟国莲的点点滴滴。当他来到国莲所在的大学，当他看到她欢蹦乱跳地跑过来的时候，一切苦恼都灰飞烟灭。而更加惊喜的还是国莲，当她意外地发现他就站在不远处望着自己时，她惊叫着，欢笑着，全然不顾众多的同学在看她，她跑着扑进他的怀里，力气过大差点把他撞到，她扑在他的怀里好久，一个劲儿地说，“你怎么来啦，你怎么来啦……”

尉扬也开心地笑了，牵挂、思念、欢喜、留恋，温暖、踏实、幸福，她溶解在他的血液里，他再一次清清楚楚地知道，谁也代替不了国莲在自己人生中的位置。这一次相聚，他们一起消磨了好多时间，国莲已经二十三岁，大学也马上要毕业了，等她毕业有了工作，他们就可以结婚了。

可是，哪里不对劲？怎么老是感觉不太对劲？尉扬一直到现在也弄不明白，他和国莲那么亲，他们那么想在一起生活，可为什么他对她，一点点最原始的欲望都没有？去香山玩的晚上，他们一起回忆小时候，一起憧憬未来的生活，一起互相开玩笑……她，就依偎在他的怀里睡去。那个晚上，看着她平静安稳幸福的睡相，他也感觉到幸福、快乐和心满意足，但是那个晚上却什么事都没发生，他没有一点点作为一个男人面对喜欢的女人时该有的原始欲望和激动。

怎么回事，到底哪里出了问题呢？今天见到苏日娜，尽管没表现出来，但他的心里还是一阵震颤。那种想接近她的冲动又一次出现。尉扬问着自己，这就是我心绪不宁的原因？头顶的太阳热辣辣的，这大中午的，山中的鸟儿也找阴凉地儿休息去了，可尉扬还在连队院里走过来走过去，他的心就是无法平静下来。我这是怎么了？不能这样！这样下去会出问题，会耽误工作……工作，尉扬猛然想起，今天还没去哨所。那里是他的责任区，每天在那里执勤的都是他这个排的战士。今儿早晨走得匆忙，还没顾得去哨所看一下，回来又心绪不宁，搅得几乎忘了这件工作中的大事！

3. 山谷里的营救

大片的原始森林，覆盖着延绵的群山。在茂密的树林里，一座营地若隐若现，离营地不远，有一个建在高地上的哨所挺拔伫立。

尉扬站在哨所内的瞭望塔里，手举望远镜盯着一个方向。三班长王朝阳弓着后背站在他的身边，变换着瞭望镜的角度，寻找着可以大饱眼福的山林风景和稀奇动物。

“听说九团那边来了个女军医？”班长王朝阳一边变换着瞭望镜的方位，一边和手拿望远镜对外观察的尉扬闲聊，“我们团怎么每次来的都是男的？”

“我怎么知道？这个事要问就问团长或政委。”

“哪敢，也就在你面前说说呗……排长，记得你有个妹妹上次来，吵着说毕业来咱这里，怎么就没动静了？她还没毕业吗？”“毕业了，她改变主意了，留城里了。”“可惜，可惜。我还琢磨着，等她来和你竞争一下。”

“你小子，歪心眼不少。”

“报告班长，报告排长，1177点位有情况。”一个战士从隔壁房间开门出来，向尉扬和王朝阳报告：“网络监控显示，四个可疑人和一只狗出现在黑狼沟河谷，并向界河方向移动。”“知道了。王朝阳，集中精力，注意观察。”

“是！报告排长，王朝阳正在寻找可疑目标……”“嗨，你的战士都是这么报告吗？还报告班长，报告排长……要是再多两个首长在这里，该怎么报告呢？”“呵，这个问题很有意思，等我回去问问他……排长，可疑人出现。”“已经看见了。”透过望远镜，可以看见茫茫林海层峦叠嶂，茂密的森林莽莽苍苍。一个被称为黑狼沟的河谷里，渐渐有一行人和一只狗的身影时隐时现。王朝阳变换着瞭望镜的角度，追踪着这几个在山林、树木、草丛里时隐时现的可疑人，并不时向排长尉扬报告着观察到的情况——

目标在迂回，绕过 59 岗，距界河大约五千米，距 73 岗直线距离约三千米……四个可疑人和一只大黄狗，正在继续前行。一人布巾裹头、身穿灰色蒙古袍，年纪较大行动较慢，样子像当地牧民打扮。另外三个，身穿迷彩服，身背双肩迷彩旅行包，其中一个头戴迷彩遮阳帽，他们走走停停……

尉扬放下望远镜，拿起对讲机向连长报告警情。在得到确切指示后，他发出出击命令：五班官兵注意，可疑目标，73 岗方向，立即出发……保持联络。

尉扬调整望远镜，仔细观察几个可疑人的踪影。忽然，他发现那个走在后面的人是个女的，而且非常像他的国莲妹妹，多么熟悉的身影啊，他的心突突乱蹦，可是……这怎么可能？她不是已经留在总医院吗，怎么会来这里？难道是我尉扬因为心绪不宁，眼睛也出了问题？疑问中，尉扬再仔细查看望远镜中的女子。忽然，这个女子扭了一下头，眼睛正好看向他们这边。

“排长，后面的一个，是女的。”王朝阳也发现了问题，“我怎么看着她有点像你妹妹？看她好像故意慢腾腾地走在后面，还在做怪动作……”

尉扬怀疑地放下望远镜，看一眼紧盯瞭望镜的王朝阳，说：“我还以为是我的眼睛出了问题，哪里是有点像，就是她！”

“她在做什么？她怀里抱着什么？”

尉扬笑了。一股喜悦涌上心头。她当然是来连队服役的。可她怎么会和几个可疑人走在一起？哈哈，这个毛丫头，又在捣什么鬼。尉扬的心又悬起来，那几个人是干啥的呢？

“排长，我记得你说过，她是学校的散打冠军，是这样吧？”

“是啊，她的功夫，不比我差。”

“记得她挺淘气的，经常捉弄人。”

“从小就那样，经常把蛤蟆老鼠什么的，藏在我的被窝里，有时真被吓一跳。”

“排长，排长，高个子的男子，你仔细看一下，他手里有把刀。”

尉扬举起望远镜拉近距离，几个人的样子更清楚了。果然，走在前面的矮个男子手握一把刀，不时地砍向挡住他的树枝。王朝阳移开身体，把瞭望岗位让给身边的战士。

“排长，还是我去一趟吧。”

“好。带上几个精干的，支援五班。小心应对，谨防对方有其他武器。”

“是！”

王朝阳迅速离开了。尉扬犹豫一下，又举起望远镜继续观察。望远镜里，国莲的一举一动清晰可见……

山林中，一行人，正准备进入原始森林。白宝顺拄着棍子讲话，他说：“里面不好走了，小心有……”

“啊！蛇……”

白宝顺的话还没说完。国莲一声惊叫，她接连跳出好几步。一条大花蛇被大黄狗从中间咬住，蛇回头咬了大黄狗一口。大黄狗“嗷”一声扔下了蛇。白宝顺手里的棍子举起，一下打在大花蛇的头上。大花蛇不动了，可能是在装死。白宝顺拎起蛇的尾巴，向远处甩出。

国莲放下手里的大红鸟，迅速打开背包，从里面掏出针筒，对准大黄狗被蛇咬的伤口。白宝顺抱起大黄狗，国莲从蛇咬破的伤口处抽血，然后推到地上扔掉。这一阵忙乱中，国莲一直感激着大黄狗，她在心里说，要不是大黄狗刁起蛇，被咬到的可能就是我国莲了。

国莲和白宝顺两人忙着救狗，他们完全不知道危险已经来临。二毛子从国莲的包里掏出一样东西端详，那是鲜红的人民解放军军服上的标识肩章，他惊异地看着国莲，随后他的眼睛里露出凶光。一把匕首握在了二毛子的手里，国莲处置好大黄狗的伤口，收起急救包，抬起头。二毛子的匕首正对着她。

“你是一个医生吗？真是一个不错的医生啊！”二毛子手里举着一对鲜

艳的肩章，大声吼叫：“这是什么？！”

大毛子惊讶得张大了嘴巴，手指着国莲惊问：“你是当兵的？你是……你是……”

国莲慢慢站起来，二毛子退后几步，匕首始终对着国莲。国莲笑笑：“对呀，我是军人，是一个边防军医。我劝你还是收起刀，边防的战士很快就会来到，你们是走不掉的。”

“不要废话！你，只有两个选择，一个是送我们过界，另一个是死！”

白宝顺放下大黄狗，站起身劝说二毛子：“小子，别激动，有话好好商量，别伤了人，要真伤了人，你的罪可就大了。”

二毛子吼道：“没得商量……还有你，老家伙，你和她是不是串通好了，啊？！这条路对吗！”

“瞎说！我一路都是跟着你们走，哪有跟她说过话？”

看着二毛子手里的匕首，国莲小心地向他靠近：“二毛子，别傻了，你们走不了，就是到了界河，你们也走不了，你以为边防军人……”

二毛子忽然撇下国莲，一下跃到因为大黄狗分神的宝顺身边，手圈住他的脖子，拿刀威胁。

“你少来这一套……转过身去，走，不走我就杀了他！”二毛子的匕首卡在白宝顺的喉咙上。国莲开始担心，从二毛子对待大红鸟的行为，可以看出他是个凶狠的家伙。国莲已经准备转身，她决定再找机会。可就在这时，大黄狗看到主人被抓，“呼”一下从地上跃起，一口咬住了二毛子握刀的胳膊。二毛子“嗷”一声，一脚踢向大黄狗。国莲乘机而上，从二毛子手里抢下白宝顺。

看到弟弟受伤，大毛子手握匕首，冲向大黄狗，一刀又一刀，刀刀劈向大黄狗的身体，大黄狗“吼吼”着受伤倒地。二毛子看白宝顺被抢走，拼命耍起匕首，又狠又猛向国莲发出攻击。国莲把白宝顺推向一边，自己徒手迎敌。国莲不愧为军医大校园里的散打冠军，二毛子使出的几个狠招，都没能伤到国莲半根毫毛。二毛子气得红了眼睛，“嗷嗷”叫着，再一次扑向国莲。国莲一个轻移步，转到了二毛子的侧身，手一抓一拽，脚下一个扫堂腿，二毛子趴在了地上。二毛子身手也不错，一个翻滚，又迅速站了起来，他握刀再一次冲向国莲。这时，几个全副武装的战士，从密林里跑出，大喊："不许动！都举起手来！"

二毛子反应快，撒腿就跑，眼看钻入树林。王朝阳和几个战士出现，迎面堵住二毛子的去路。大毛子、二毛子都被擒获。大黄狗趴在了地上，地上一片血。白宝顺、国莲奔向大黄狗。大黄狗"哼哼"着，不断舔受伤的几个伤口，国莲马上打开急救包，给它进行伤口包扎。二毛子、大毛子，被带上了手铐。王朝阳捡起两枚被二毛子掷出老远的红色肩章，走向国莲。国莲已经给大黄狗包扎好了伤口，又给它注射了一支药液。王朝阳站在一边，等待国莲收拾好一应药品药具，才走过来询问：

"你是国莲吧？我是王朝阳，以前你来连队过暑假，我们见过面。还记得我吗？"

"哦，想起来了。记得的，您是尉扬排长的战友，也是他的朋友。"

"是啊。从望远镜里，我们已经看见你们了。尉排长还说，你也忒胆大了，一个人就这么跑来。"

"真是抱歉。我只是想给他一个惊喜。我记得进山的路很好走，没想到会出意外。"

"这个肩章是你的吧？"

"是啊，刚才遇见了蛇，差点咬到我，大黄狗替我被蛇咬了一口。我忙着救狗，这个肩章就被二毛子从包里找到了。好危险，多亏你们及时出现，谢谢！"

"还好，谁也没伤到。怎么，你真的来我们这里做军医了？"

"是啊。我报考军医大学，就是要来这里。"

"可尉排长说，你已经不来了。他呀，还整天魂不守舍呢。"

"我骗他的，让他紧张一下。"

"还是那么淘气……好了，我们回去再聊吧。"王朝阳转身，向战士们喊："队伍集合，准备归队！"

一队边防军人的队伍，押着两个准备偷渡的嫌疑人走在前面。白宝顺抱着大黄狗，国莲抱着大红鸟，一队人穿行在森林了，踏上了返回边防营地的路。

尉扬在望远镜里把发生在几公里以外的现场的事情看得一清二楚。当国莲遇险，他的汗毛都竖起来了，真想一下飞过去化险为夷；当国莲把二毛子摔在地上，他不仅叹服她的散打功夫；当二毛子从地上滚起来再一次冲向国莲，他的心都悬了起来；当最后看到战士们制服了两名嫌疑人，他一颗悬着的心才落下。

透过望远镜，尉扬的眼睛一直看着国莲和一行人淹没在树林里没了踪迹才移开。尉扬抬一抬因举望远镜酸楚的手臂，很想快点离开瞭望塔去迎接归来的战士，但是他是排长，值岗班长王朝阳，已经被他派了出去，他现在是不能离开的。尉扬这阵很想和谁说说话，但是和谁说话呢？看看身边的战士，他还在瞭望镜前履行着观察的责任，而且这是一名入伍不到一年的新兵，他们之间不熟也不知该说什么。

现在能做点什么呢？尉扬想象着国莲小时候的样子，竖着两个羊角辫，看见什么都新奇，树叶上的一只爬虫掉在地上，地上搬家的蚂蚁丢了蚂蚁蛋，这样的小事儿，都能让她“咯咯”笑个不停。那时，她还不懂孤儿是怎么回事……忽然，尉扬想起，应该为国莲收拾一个房间。他抬腿就往外走，到了门口，又想起自己现在是不能离开的，他回到了窗口前，举起望远镜向外观察岗区，但是他的心思还是不能集中，一会儿想国莲小时候的趣事，一会儿想两人长大后的情感。好不容易等到了换岗时间，刘清河的身影刚出现，他就急火火地一边吩咐一边往外走。

“岗区有情况发生，王朝阳去了现场。这里现在交给你，注意观察！”

“是！”

从没见过尉扬排长如此匆忙的刘清河望着他的背影迷惑地摇了摇头。尉扬可没顾得后面刘清河的目光，他匆匆忙忙地跑下了瞭望塔，一溜烟跑出了营地大门。

尉扬在离营地一公里多的山路上迎到了国莲和王朝阳他们。王朝阳简单汇报了过程，就带着战士押解着大毛、二毛两个嫌疑人先走了。一个战士为白宝顺抱着大黄狗，两人跟着队伍走在中间，后面就剩下了国莲和尉扬。

“你呀，还像小时候，总是让我担心。”

国莲抿嘴笑，把红鹳鸟送到尉扬怀里，顺便拥抱了一下，把头靠在尉扬的一半胸脯上：“尉扬哥？”

“啊？”

“我还以为会给你惊喜，可好像……”

“我？我早都惊喜过了。在望远镜里，你的哪个动作也没漏掉。”

“啊？真的啊！以为你无动于衷，嘻嘻……看我的大红鸟，它怎么样？”

“前些年见过。这几年没看见，你在哪弄的？还受伤了，伤得还挺重，一动不动的。”

“他们打伤了它。我把它抱回来了，等给它治好了再放走……哎呀，他们走远了。我们也快走吧，再遇上坏人就更糟了。”

“知道怕呀？不过你放心，这里离连队不远了，不会有坏人来。”

“没准儿……”国莲像是被今天的事吓着了，拔腿就去追前面的队伍，“尉扬哥，快走啊，天都快黑了，我还要去报到啊！”

“着急也没用，团部那边今天去不了了，”尉扬很快追了上来，“一会先跟连长报到一下吧。”

“哦……，是太晚了。好，明天再去。”

“你不是说不来了吗？还说喜欢城市了，要留在军区医院了……”

“骗你的嘛……尉扬哥你好笨，这也看不出来？我还以为你会知道！”

尉扬看国莲一眼，看她歪头一本正经地责怪自己，她小时候的样子又涌上心头，他的脸上挂满了笑容。国莲眨巴着眼睛，不明白尉扬笑什么，她嚷嚷着：“你骗人，你明明是知道的，却说不知道，你故意的……”

“我怎么会知道？我也没去你的小脑瓜里侦查，你的想法我怎么会知道呢？”

“才不是，你烦人！不理你了……”

国莲又一个人往前跑了，她的心里很奇怪，有一种直觉，觉得尉扬好像不贴心了。以前不是这样的，是我变了还是他变了？难道五年大学把我改变了吗？没有啊！在学校，我可是天天盼着毕业，然后来这里跟他一起生活，一起建立一个从小就盼望的，属于他们自己的家，一个充满了温馨、幸福和爱情的家。可是，我今天，怎么感觉不到他的爱？国莲的心思回到了八年前……

那一年，尉扬考大学失利以十九分之差没有进入本科线。本来他是可以去专科学校的，可是他却要入伍去部队，他说念了专科怕不好就业，去了部队就不同了，可以在部队考军校，军校毕业就不愁工作了。作为一个在政府开办的福利院长大的孤儿，要想报名参军不是难事。这样，尉扬几乎没遇到任何困难，就如愿以偿接到了入伍通知。

国莲记得很清楚。那一天的夜晚，下着纷纷扬扬的小雪。当她晚自习放学走出校门的时候，他从对面的书店里走了出来，他每天来接她放学，是太正常的事了，她像往常一样，急着告诉他学校里这一天发生的事儿，考了什么试题，讲了什么课，老师发脾气骂了哪个学生，正当她滔滔不绝的时候，他冷丁说：

“国莲，我以后没办法来接你了……”

“啊？怎么了？”

“入伍通知下来了，我真的要去当兵了。”

“真的？太好了……”尉扬能实现当兵的理想了，国莲从心里为他高兴。但是，看到他郁郁寡欢的样子，她停住了欢呼，小心翼翼地问：“尉扬哥……你好像不高兴。”

尉扬拉住国莲的手站下了，他看了她很久：“要去部队了，我当然高兴。可是，”他低下头，继续说，“可是，这也要离开你了……我怎么高兴得起来？你真的高兴吗？”

“怎么会呢？等你走了，就再没人接我放学了。我的心里话也不会有人听了，我……”

“国莲……”，尉扬拥抱住国莲，他深情地说，“国莲，你要记住，一定要照顾好自己。我，为了咱们的未来，才去当兵的。在你很小的时候，唐妈妈就不止一次告诉我，让我好好学习，努力做一个有本事的人，只有这样才能给你幸福，才能照顾你一辈子。”

“尉扬哥放心，我也要好好学习，考上大学。我听老师说过，军医大学的学生都会留在部队。我也要去部队，你在那里等着我，等我大学毕业，就能和你在一起了。”

“好。那我们约定，我在部队好好学，你在学校好好学。我考军校，你考军医大，将来我当军官，你做军医。我们一定要在一起。”

“一定，一定！尉扬哥，我还想有一个我们自己的家，一个有幸福有爱情的家。”

“国莲，虽然你还小，可是你要记住，我爱你……我们从小一起长大，我们都是没有妈妈的孩子，我们……”尉扬说着说着哽咽了，他想起了曾经拥有过的幸福和那场失去亲人的灾难。国莲没有那样的经历，她不知道拥有父母的幸福，可是她能理解尉扬的痛苦，她紧紧拥住尉扬，说：“尉扬哥，国莲就是你的亲人，你是国莲的亲人，我们会相亲相爱一辈子。”

“你说得对，我们一定会相亲相爱一辈子的。我要让你过好日子，我最大的愿望，就是给你幸福。我要努力，唐妈妈说得对，只有有本事了，才能给你幸福！”

北方城市的夜晚，寒冷刺骨。这一个夜晚，他们没有感觉到寒冷，从学校到福利院，他们走了很久很久。那位看门的罗大爷，也知道尉扬要走了，知道他们从小的感情需要独处，对他们的晚归一点没有责备，还让他们快进屋暖和暖和。那个晚上，尉扬的情感很脆弱，听到罗大爷温暖的话，他抑制不住心里的难过又哭了。

这位门卫的罗大爷，是孤儿院最老的员工之一，他知道每个孩子的名字，知道他们在读哪个学校，知道他们哪个在上晚自习，知道他们应该几点回来，要是哪个过了时间还不回来，他着急得经常去大门外张望。尉扬要走了，要去人民解放军的部队了，他从心里为他高兴，也理解这个失去父母的孤儿心里的感受。他给尉扬擦去眼角的泪水，像父亲一样把他拥在了怀里。尉扬断断续续哭了好一阵，国莲也跟着哭，想到以后孤单单剩下自己一个人，很难再见到她的尉扬哥了，国莲哭得更厉害了。罗大爷不停安慰劝说着两个孩子，直到唐妈妈出现在门口。唐妈妈还没睡，她在等两个孩子回来……

唐妈妈那一年已经快七十岁，与年轻的保育员相比，唐妈妈更知道疼爱这些没爹没娘的孩子。唐妈妈年轻时，在日本人开办的女校读过书，后来参加了爱国运动成为革命者，保护过起义的军官学生，一条腿受过伤。国莲和尉扬所在的福利院，最开始是为转退的伤残军人们开办的休养场所，后来政府收养的孤儿没地方寄放，陆续地也都送来了这里。孤儿们的出现，虽然带来了许多的工作压力和负担，但是他们也给那些孤独的伤残老人们带来了精神的安慰。

唐妈妈本身是为革命受伤的，她的丈夫也是退伍的伤残军人，搞运动中被说成是内蒙古的“内人党”，忍受不了折磨跳井自杀了。唐妈妈没有儿女，她把这里的孩子都看成儿女，尤其喜欢懂事听话的女孩子。国莲是她从婴儿时就抱在怀里抚养的女孩，长大后又懂事又肯听话，她就特别喜欢这个女孩子。尉扬也是她喜欢的追求上进那个类型的孩子。如今尉扬要走了，又关系到国莲的未来，唐妈妈自然就要嘱咐一番了。

唐妈妈喜欢睡热炕，大家都搬去新楼后，她和另一个年纪大的老奶奶还住在平房里。唐妈妈让两人坐进热炕头，自己也上了炕，她说：“我跟院长说了，让你们今天就住这里。我要跟你们说说话……国莲，你还记得小时候睡在这个炕上吗？”

“是啊，那时我总是睡在您的身边。”

“你啊，睡觉不老实，总是盖不住被子。尉扬，还记得我第一次让你抱国莲的吗？”

“记得的，唐妈妈。那时我像傻了一样，满脑袋里都是爸爸妈妈出车祸时的样子，好像我也进入了另一个世界，身边人说的话做的事我全都看不见，要不是唐妈妈把国莲交给我，唤醒了懵懵懂懂的神智，我可能已经就那样死去了。”

“是啊，你总是呆呆地看着远处，又好像什么也没看见。我用了很多办法想让你醒过来，也想打你一顿把你打醒，谁知道你会被小国莲啃哭了。这一哭，我心里就亮堂了，知道你没事了。”

尉扬和国莲都笑了。尉扬摸一下脸蛋：“国莲小时候，没少把哈喇子弄到我的脸上，她非常擅长啃别人的脸蛋……”

“尉扬哥好烦人，婴儿时候的事，我哪知道啊？你那么小的时候，说不定比我还差……”

“好了，先不要说小时候的事儿了。我有几句话要告诉你们。”

国莲和尉扬都停止了说话，严肃地坐好，眼睛看着唐妈妈。唐妈妈也看了看他们，说：“尉扬今年二十岁，国莲也十六岁了。我呢也老了，你俩是在我眼皮底下长大了的。尉扬你这一走，不知哪时能回来，也不知还能不能见到唐妈妈我了。”

“唐妈妈，你身体好好的，我也很快就会回来见你。如果我明年考上军校了，到寒假就能回来了。”

“孩子，我不是这个意思。我说的是，我明年就七十岁了，人老了都会死，不知哪时阎王爷就让我去了。尉扬你一定要记住唐妈妈说的话，无论走到哪都要记得国莲，记得要照顾她一辈子。以后你们长大了，要互相疼爱，要成家立业，要有出息，没有出息就没有出路，你们都是没父母的孩子，一定要争气。”

“是，唐妈妈，您放心，我都记着呢，您以前也是这样和我说的，我一点没忘记，只有我有出息了，才能给国莲幸福。”

“这就对了，你是懂事的孩子，我不多说了。还有一个事，就是你父母的事情。”

“我父母的事儿？”

“还记得已经过世的老院长吗？你来这里以后，我记得有一次他说，你父母身后还有一些事情没办法处理，说要等你长大后才能处理。”

“唐妈妈，是什么事？我可从来没听你说过啊。”

“是什么事，我也不清楚。你还年纪小，还没能力处理重要的事儿，要不是你明天就走了，我还要等你再长大一点才告诉你。”

“可是，唐妈妈，我已经二十岁了，我……”

“二十岁了，也还是孩子，没有人会听你一个毛孩子问事情，社会上的事，有多么难办你还不懂。现在你当了兵啦，就不一样了，等再回来就是有组织的人了，有组织的人办事，就没人敢欺负你。明白了？听唐妈妈的话，过几年你回来了，再追问这个事儿……”

“国莲，国莲，你看看大红鸟，它刚才睁眼睛看了我一下。”

尉扬追上来，打断了国莲对往事的回忆。国莲抚摸了一下大红鸟：“它好像好多了，也许能吃食了。”

“我们快走，去找何军医，让他再给看看。何军医以前也救过飞鸟啊，野兽啊什么的。”

夕阳西斜，金色的阳光照射着绿色的山峦和森林，像大海涌起的波涛一样壮观。国莲和尉扬却没有欣赏这壮美的景色，而是加快了脚步，向着前面的队伍追去。

4. 初入军营

在边防连队的大门口，有两辆边防派出所的警车停放着，派出所所长础鲁和三名警员把大毛、二毛带上了警车。础鲁回头和送行的尉扬、王朝阳、刘清河告别。

“再见了！你们几个去苏木的时候别忘了去我那里坐坐。”

“好。再见，路上多注意安全。”

边防民警们的警车走远了。因为送走了大毛、二毛两名作案潜逃嫌疑人，尉扬、王朝阳、刘清河三个人感觉如卸重负，他们边往回走，边议论当天发生的事儿。

“这些人不知怎么想的，触犯了刑律就想逃跑，”刘清河说，“是不是以为我们这些边防人是吃闲饭的？”

王朝阳笑着：“我倒觉得，他们都不一定知道国境线是怎么回事，以为山高林密的，过了一条线去那边就自由了。”

尉扬问两个班长：“这是第几起了？”

刘清河马上接过去，“报告排长，今天这个是今年的第三起。今年我们总共抓了七人了，都是刑事案件嫌疑人。”

王朝阳接过去补充说：“听础所长说，今天那个二毛是通缉犯。因为赌钱欠了一屁股债，几天前抢劫了一个小酒店，砍伤了酒店老板，拿走了五千多块钱。”

尉扬说：“是啊，我也听说了。还有个事儿，你们不觉得奇怪吗？这个白宝顺，已经不是第一次给这些人带路了吧？”

说起白宝顺，三个人都引发了兴趣。说他可是咱们连队战士们的老熟人。白宝顺在山外的牧村里开着一个小商店，经常向战士们推销生活用品。战士们也愿意让他代买一下需要的物品。

刘清河说，“我知道的就已经两次了，他还每次都能把这些人顺利带进我们的包围圈。”

“应该给村里提议，给他申请嘉奖。我们也应该向上级建议，与地方联合设立一个‘优秀边防居民奖’，作为边防建设的一个项目申请。”

对尉扬的这个提议，王朝阳和刘清河都非常赞同。王朝阳说，“对呀排长，这事太好了，好好鼓励一下像白宝顺这样的牧民。”刘清河则说：“排长，你快点跟连长汇报一下吧！”

三个人说着，已经到了前院与后院的路口处。尉扬说：“你们去哪边？我可要去看国莲和白宝顺了。”

“好啊，排长你去吧。不过你也不用说去看白宝顺，就直接说去看国莲好了。我跟刘清河都理解你，是吧，清河？”

“是啊，排长，别不好意思，我们非常理解……”

王朝阳和刘清河一唱一和揶揄尉扬。尉扬向两个人做了个追打的动作：“你们两个臭小子，找打啊？”

王朝阳和刘清河“哈哈”笑着跑走了，剩下尉扬一个人快步向后院的卫生所走来。

在卫生所的诊疗室内。大黄狗身上重新包扎了绷带，还被打了一针镇静剂，它趴在一个大垫子上，正在安详地睡觉。国莲、何军医、白宝顺，三个人都围着一个纸箱子，里面是受伤的大红鸟。何军医告诉国莲和白宝顺说：“大红鸟的学名叫红隼，是鹰的一种，也称为鹘。当地老百姓叫它乌兰海日古和红鹘。”

白宝顺连声赞同，说：“对，对，就是这个意思。”

“乌兰海日古，红鹘……是鹰类啊？怪不得它很勇猛，”国莲感慨地说，“何军医你没看见它急眼的样子，二毛子，就是刚才抓回来的一个坏人，他去掏鸟窝，要抓走它的小鸟，它把二毛子抓得满脸都是血。”

“哦，那么厉害？看不出啊。”

白宝顺坚持他的神鸟说法，他说：“它是神鸟，可懂得谁好谁坏呢。你看，它对你挺好吧？它知道你救了它了。”

“哈哈哈……白宝顺你看，它听懂了你的赞美，睁眼睛看你呢！”何军医笑着，揶揄白宝顺。但是他又马上严肃地说，“不过我相信，无论动物还是鸟类，都有它们自己的情感，只是人类对它们还不太了解。”

红鹘鸟并没有睁开眼睛，它只是挪动了一下脚爪，让自己的身子更舒服地趴着。国莲伸手抚摸一下它背上的羽毛，它温和地一动没动，国莲忧愁地说：“它肯定累极了，受伤后飞了那么远的路回家，又与那个二毛战斗了一番，唉……”

“不用担心了，这种鸟生命力很强，它会没事的。”

“它吃什么食物？何军医，它要吃食的时候，该喂它点啥呀？”国莲想给红鹘鸟准备好食物，那样等它醒来就可以喂它了：“我想给它准备点吃的。”

白宝顺不等何军医说话，抢着说：“吃老鼠，它抓老鼠吃，还有麻雀。”

“老鼠？麻雀？”国莲犯愁了，“这些我去哪找啊？”

看见国莲一脸茫然无奈的样子，何军医笑了，他说：“那些需要它自己去抓，你去食堂看看有生牛肉没，喂它点切碎的牛肉就可以了。”

“玉米粒什么的不行吗？不过，牛肉肯定比老鼠好吃，也有营养，还是牛肉吧，是吧？大红鸟，哦，对了，应该叫你红鹘鸟，不过红鹘鸟这个名字，叫着有点绕嘴，以后我就叫你红鹘吧？大红鸟，好不好？我叫你红鹘怎么样？”

何军医不再理会红鹘鸟，他询问白宝顺的老毛病：“老白，你最近怎么样？老寒腿的毛病，好些没？”

“上回你给扎过以后，好多了。”

“等我走之前，再给你和老嘎查达扎一次。”

“怎么，你要走吗？”

“是啊。这里要交给国莲了。”

国莲起身要去给红鹘鸟找吃的，却听到有人敲门，她打开门原来是尉扬来了。

“哥，尉扬哥！那两个人给送走啦？”

“送走了，是两个被通缉的嫌疑人。”

“哦？真是触犯法律的人啊？那……抓到他们我也有功的，我也要记功！尉扬哥，记功的时候，也要记上我……”

“你呀，还没说你呢，又淘气，这森林也是一个人独闯的地方吗？多亏遇见了白宝顺……老白，谢谢你，你又立了大功了！”

“哈哈哈……是他们倒霉，以为给我钱，就能买通我啦！”

“你的大黄狗怎么样？”

“何军医说命是保住了……多亏国莲在那里，要是当时不救就完了，流了那么多的血。国莲，这条狗就送你吧，是你救了它的命。”

“真的啊？真的吗？”国莲听说大黄狗给她了，几乎孩子一样跳起来。“我真喜欢它，心里还想着，要是我有一个这样的狗该多好！”

白宝顺说：“我还有一条，跟它是一窝的兄弟。它跟你挺亲的，也非常聪明，以后去村里什么的，让它给你做伴。”

“它是什么种类啊？”

“它的祖父是狼，别看它长得不太像狼，可是有狼的血统。”

“哦？狼可是智慧的生灵。当年我初来乍到的时候，狼可是很多的，现在也很少见了。”

说到狼，白宝顺还叹息了一下。他说：“以前，牧民们都很怕狼咬死牛羊，可现在狼没有了，草原上又好像缺少了……缺少了……”

“缺少了野性、原始的生命活力。”

白宝顺不知道怎样用汉语表达自己的意思，何军医替他说了出来，他使劲地点着头：“就是这个意思吧，就是缺少点东西了。”

“这个我没有体验，不过白宝顺，我谢谢你把大黄狗给我。其实，我刚才真想开口和你要呢，它受伤了，我想留下它。”

“哦？妹妹，又是鹰又是狗的，你养得过来吗？”

“养不过来，不是还有你吗？尉扬哥，你可要帮我养它们！再说了，等红鹘的伤好了，我要送它回去，它的窝里还有孩子在等它。”

“怎么着，还有幼鸟啊？那可要好好治疗，让它快点好。”

“就是。”

何军医看看窗外，又抬起手腕，看看手表。他说：“尉排长，我们是不是吃饭去？很晚了。”

尉扬如梦初醒，赶忙说：“对呀，我是来找你们去吃饭的。走，走，走。我已经安排过了。何军医，老白，国莲，走！”

“等一下，我要把红鹘抱到我的房间去，怕大黄狗醒了它俩闹意见。”国莲先蹲下身抚摸了一下大黄狗，又抱起红鹘鸟，跟着一行人离开了诊疗室。

清晨，高山和森林都已经醒来，偶尔有鸟儿的叫声传进国莲的宿舍。国莲也已经睡醒，经过一夜的睡眠，昨天的疲劳已经一扫而光，她伸了懒腰却不想起来。她躺在宿舍的床上，回忆着昨天一天的遇险过程，她对自己的表现很满意，庆幸选择了来边防。她心里说，在城市有什么意思！顶多是有了场所歌舞升平一番，可在这里就不同了，边防的战士们需要我，边防地区的牧民们需要我。这原始森林，也有挖掘不完的惊喜和意外，还有心爱的人在身边陪伴。

想起尉扬，国莲忘记了刚一见到时的疑虑，她觉得那种直觉是可笑的。尉扬还是原来的尉扬，刚刚吃完晚饭后，他们一起漫步在小树林里，温馨柔和的夜晚给他们的约会增加了温度。他们相拥在一起，回忆难忘的幼年，憧憬未来生活的美好。在这种温情里，国莲有了安全感，觉得不枉从几千里之外赶来。她暗暗地说，为了我们的爱情，一切都是值得的。

国莲的宿舍，就安排在卫生所诊疗室旁边的一个房间里。这个房间很宽敞，一个上下铺的铁床，对面原本也有一个上下铺的铁床，已经被帮忙收拾房间的战士移走了。那里安放了一个办公桌，旁边还有一个装衣服的柜子。如今，装红鹘鸟的纸箱就放在桌子上，大黄狗也被搬来这里暂时居住，它就趴在桌子下的大垫子上。

国莲放开心灵的翅膀，想象着自己未来美好的生活，一股欢喜涌上心头，她轻轻地哼起了一首军营里广泛流传的歌曲《十五的月亮》……

十五的月亮
照在家乡照在边关
宁静的夜晚
你也思念 我也思念
我守在婴儿的摇篮边
你巡逻在祖国的边防线
我在家乡耕耘着农田
你在边疆站岗值班
啊！丰收果里有你的甘甜
也有我的甘甜
军功章啊有你的一半
……

忽然，国莲听到红鹘鸟发出了一声轻轻地“吉儿”的叫声。国莲停止了唱歌，马上爬起来，趿拉着拖鞋去看红鹘鸟。红鹘的眼睛睁得大大的。国莲笑了：“红鹘，怎么样啊？你好多了吧？你可精神多了。饿了吗？”

国莲打开一个盒子，从里面拿出切好的牛肉条，送到红鹘鸟的嘴边。红鹘鸟的眼睛看看国莲，再看看牛肉条。

“好吃，很好吃的，你吃吃看。”

国莲像对待一个病人一样，诱惑红鹘鸟吃食，也不知它是不是听懂了国莲的话，反正它犹豫一阵后伸出了尖尖的弯钩嘴，刁住牛肉条，吞了下去。国莲笑了。又接连喂了几条。

“你的肚子有多大呢？好了，不能吃得太多，知道吗？等消化了再吃好不好？”

国莲又在一个茶杯里倒上水，放在红鹘鸟的面前。红鹘鸟看看水，没伸嘴。

“那你是不渴了？那好吧，红鹘，你好好休息，快点好，好了就可以回家看宝宝了。”

国莲把手伸向红鹘鸟摸了摸它的羽毛。然后她蹲下身，去看大黄狗。用手抚摸大黄狗的头。

“阿黄，你怎么样了？昨晚我都起来好几次看你，你知道吗？一会我们还去打针，你也快点好，等你好了，我们一起送红鹘回家，你能懂吗？”大黄狗的眼睛没睁开，但发出“哼哼”声回答。国莲夸奖着大黄狗：“阿黄，你聪明、懂事，你也非常勇敢。所以要坚强，要好起来。好吗？”

大黄狗“哼哼”着，伸出一只爪子，国莲用手抓住它的爪子，表示理解它的痛苦，另一只手安慰地抚摸着它，给它捋顺身上的皮毛。国莲安慰了一阵大黄狗，看看吃早餐的时间已经到了，她穿好衣服洗漱完毕，赶紧去食堂吃饭。

食堂里吃早餐的人很多，看见国莲进来，很多人都向她行注目礼。国莲虽然曾经来过这里，但经过新老战士更替，已经没几个人认识她了。怎么让大家认识自己？看到满屋大男人惊奇的目光，国莲略微思考一下，马上主动和大家打招呼，她说：

“嗨，各位战友，早上好！我是新来的军医国莲，是来接替何军医的。希望各位战友今后多关照！”

不远处，一个带着肩带军衔的黑大个从座位上站起身带头鼓掌，“噼噼啪啪”战士们的掌声也马上热烈地响起来。黑大个马上殷勤地走过来，做了一个请的姿势，说：“热烈欢迎，欢迎国莲军医加入边防大兵行列！国莲军医，请您给个面子，这第一顿早晨，请允许我黑大个做东，如何？”

“好啊，黑大个先生，请介绍一下您的名字如何？”

“鄙人是连队的蒙汉语翻译。哈日夫，是蒙古语，翻译成汉语即黑小子之意……”

“哦，原来是翻译大人！”国莲向前走了几步，哈日夫却挡在她的面前不给让路，国莲笑了：“哈日夫，翻译大人，请允许小女子过去，找个位子坐下如何？”

“哈哈哈……”

哈日夫自己先“哈哈哈”笑了。他和国莲的这一场幽默对白表演，如一场西方舞台剧，扫除了国莲和大家见面的尴尬场面。国莲和战士们的见面，就在哄笑声中收场了。

“哈日夫，你小子在献殷勤啊？”王朝阳一边进屋，一边拿哈日夫寻开心：“一见钟情了吧，黑大个？不过可惜呀，只有水中捞月的份了。”

国莲笑，哈日夫不在乎王朝阳说什么，他麻利地给国莲端来了牛奶、鸡蛋、点心、包子、小菜什么的林林总总两个大盘子。

“谢谢哦，哈翻译。我就不客气了。”

国莲坐下来吃饭，哈日夫假装一本正经地坐在一边，又假装成痴迷的样子盯着国莲看。那样子，引得战士们嬉笑着来围观，国莲喝进嘴里的牛奶也差点喷出来。

“求你了，哈翻译，让我好好吃饭吧！”

哈日夫也笑了，他不再逗她，说：“好了，开个玩笑，不闹了。国莲军医，真的非常欢迎你的到来，军营里有朵红花，我们会非常开心，是不是战友们？”

“是，欢迎国莲军医！”

战士们七嘴八舌地喊着，哈日夫又接着说：“国莲军医，有什么需要帮忙的尽管说，既然来了，就是战友。再就是，战友们已经听说了你和尉扬排长的特殊关系，祝你们幸福，等着喝你们的喜酒，大家说，好不好？”

“好！”

一顿早餐，热烈的气氛温暖了国莲，她真正体会到了集体生活的快乐。早饭后，她换上白大褂，走进了诊疗室。何军医已经开始工作，他把一些晒干的草药装进一个布袋子。国莲伸手整理药品柜里的药品，她一边工作，一边跟何军医唠嗑。

“何军医——”

“啊？”

“我听尉扬说，您在这里已经待了二十多年了？”

“对呀。我二十四岁医学院毕业，毕业之后就来到了这里。那个时候还不像现在，山里的条件非常艰苦，什么电视越野车智能监控什么的啥都没有，通讯靠一部有线电话，外出唯一的交通工具就是马匹。这里又属于北方最寒冷的边陲，冬天无论怎么烧炉子都非常寒冷，外出巡逻的官兵们，手脚经常会冻出水泡。”

“二十多年里，你有没有想回到城里去？”

“当初年轻的时候，非常想回去。我妻子就是因为这个和我离婚的，她无法忍受我常年在外，本来她是可以来这里和我一起生活的，但是她又受不了这里的艰苦条件，后来她留下孩子自己去了南方。”

“孩子现在怎么样了？”

“是个男孩子，在读大学，是军官学校。从小在我母亲身边长大，他很喜欢军营生活，每逢寒暑假都来，可能是血缘的影响吧。”

“孩子的妈妈还有消息吗？”

“早已经嫁了人。听说还去找过我儿子。”

“何军医，您的年纪还不是很大，正是壮年的好时候，想没想过再组织一个家庭？”

“我一个人都习惯了，不想找麻烦……呵呵，国莲，我不是说女人都是麻烦的意思。”

“我知道，可是在婚姻问题上，您心里经受过的打击，也一定不轻。”

“说真心话，我对这个很失望，没有再组建家庭的信心。”

“也许您回去后，会改变想法呢。”

“我喜欢这里，觉得这山山水水的比什么都好。如果不是组织上让我回去，我真想在这里终老了。”

国莲觉得，由于婚姻的失败，他对女人已经非常失望，觉得女人还不如山山水水能够安慰他的心灵。这个问题比较沉闷，国莲心里非常后悔，她觉得自己不该触及何军医的伤心处。想了想，国莲引开了另一个话题。她看着何军医收拾草药的背影，询问山野草药的问题。

“何军医，这些草药都是您去山上采摘的吗？”

“对呀，有时间了我就出去采一些。如果遇到流行感冒，给官兵们熬汤喝，能起到预防作用。”

“您学过中医吗？这里有很多草药，经常用草药治病吗？”

“我是到这里才开始注意草药的，一次去牧村出诊，见到了一位用草药治病的喇嘛，他的汉语说得非常好，我们就聊起了草药，听到他的介绍，我才明白这深山里，随处可见的花花草草，都是中药药材。”

“真的啊？那我也要琢磨一下。”

“好啊，等会儿我们去营地后面的山坡，那里有好些草药，介绍给你认识一下，说不定你也会迷上草药。我如今已经离不开这些东西了，觉得采集这些草药，是非常快乐的事情。”

说到采集中草药，何军医明显开朗了许多。国莲想继续这个话题，想把刚才带给何军医的郁闷全部消除掉，她欢快地提出了立马行动的恳求。

“我有点等不及了，何军医，我们现在就去吧，啊？”

其实，国莲是过于担心了。如今已经多少年过去，何军医早已不在意提起自己人生中的不幸，他早已从当年的痛苦中脱壳而出。是不是在深山里待久了的缘故？他认为生命只有几十年的过程，要做的事情有很多很多，爱情和女人只是其中非常小的一部分，没有必要因为这一小部分而放弃其他。

何军医非常爽快地答应了国莲的提议，他说：“也好。我在门上留纸条，有要紧事去后山找，不要紧的事回来再处理。”

“好啊，好啊，就这样做！”

国莲兴高采烈，她跟何军医两个人放下手里的工作，脱下白大褂。国莲又回房间换了衣服，两个人一前一后，走出营地向后山而去。

何军医指的后山，离他们的边防营地不远，穿过一片树林就上了山顶，山顶下的野草丛中，到处开放着黄色野菊花。看到这些野菊花，国莲惊喜得连连赞叹。

“啊，太漂亮啦！这些黄色的花儿，真美呀！”

“你看远处，过了这片野菊花地，那边的山坡上，紫的、粉的，还有很多其他颜色的，更好看吧？”

“是啊，也太漂亮了！何军医，这黄色的花是药吗？”

“对呀，野菊花有很多种，这是其中的一种。野菊花，在中医界还素有‘广谱抗生素’之称。它有疏风清热、解毒消肿、健脑明目等功效。”

“哦？这么厉害啊？我看到有卖菊花茶的，就是这种野菊花吗？”

“菊花的品种很多，菊花茶也有很多种。不过从心里说，我还是觉得这些生长在山野中的最好。”

国莲蹲下身，看那些花朵。何军医也蹲下，从她身边拔起一棵有很粗根茎的植物。

“国莲你看，这棵植物，它的药名叫桔梗，开紫色花朵，将它根部的皮扒掉晒干，就可以入药了。它的味道有点苦，有祛痰止咳、宣肺排脓的作用。”

“是吗？桔梗……好像有一种桔梗止咳糖浆的药，对吧？”

“对。”

国莲在自己四周观察了一遍，也从地上拔起一棵植物，举到何军医面前：“何军医，这棵植物是药材吗？”

“也是呀，它的名字叫远志，开紫色小花，和桔梗不同的是，入药使用的是它根部的表皮。”

“哦，它是治什么病的？”

“它有安神益智、祛痰、消肿的功效。但是，患有胃炎及胃溃疡的病人，要慎用，对胃有刺激作用。”

“真是神奇啊，太神奇了！简直难以相信，这里这些草，每一棵都是药材吗？”

“我认识的也不全。我有一本《本草纲目》，走的时候留给你，你可以按照书上说的认识各种药材。”

“真的啊？就是李时珍撰写的那个大药书吗？何军医，谢谢你，真是太好了。我一定要好好研究一下。”

“还有时间，我们再去那边看看吧。”

“好啊。”

跟着何军医两个人边走边聊，偶尔蹲下身，仔细查看地上的草药材。太阳升上了头顶，军营里有战士操练的口令传来。这一天的夜晚，国莲激动得有些睡不着觉，她拿出日记本，记录下了边防军营生活第一天的感受和收获。她在日记里工工整整地写道：我感叹着大自然的神奇，我感叹着祖国山河的美好和壮丽！虽然很多人都说边防军人的生活艰苦单调，可是我相信，无论军人也好，普通百姓也好，每一个来这里的人，都会深深爱上这深山里的美丽，爱上这里的人和这里的一草一木。

5. 受伤的生灵

卫生所在营地大院的后院。院里有花坛、凉亭、树林和泉水池子。大黄狗躺在卫生所门口晒太阳，尉扬走来坐在它的身边。

“阿黄，你怎么样啊，好多了吗？”

大黄狗没起身，眼睛看着尉扬，把尾巴摇了摇。尉扬掏出火腿肠，扒下皮子。闻到火腿肠的味道，大黄狗爬起来，重新趴到尉扬身边，抬着头看他。

尉扬笑了，拍拍它的头：“你呀，怎么这么懂事呢，我们已经很近了，你还起来再趴下。国莲呢，她去哪了，啊？”

尉扬把火腿肠一块一块掰开喂它。只一会儿，它就吃下了三根火腿肠。尉扬拿着剩下的一根跟它商量着：“阿黄，还有一根了，这一根咱们留给红鹘好不好？走，阿黄，我们去看红鹘。”

尉扬站起身。大黄狗腿还瘸着，它用三只脚用力，跟着尉扬向小树林走去。小树林的一棵树上，挂着一个人工搭建的大鸟窝。尉扬和大黄狗来到，红鹘鸟伸出头看着尉扬。

“红鹘你好。哎，你还绑着绷带啊？伤口还是不愈合吗？怎么回事？已经十好几天了，该愈合了呀。”

尉扬拿出火腿肠，扒开掰成小块，放在窝门口的铁盒里。红鹘不客气地一个一个捡起吞下。

“红鹮，我们是朋友对吧？让我摸一下你的羽毛如何？”

尉扬伸出手到鸟窝门口，红鹮很快退回窝里。尉扬笑着埋怨：“红鹮，你好偏心。我也天天喂你呀，怎么还这样防备我？你对国莲怎么一点也不防备？”

王朝阳和几个战士一起说说笑笑来到后院，看到尉扬在这里，战士们马上肃静下来。王朝阳看一下战士们，替大伙跟尉扬解释：“排长，我们也是来看一下红鹮，战士们都非常喜欢它，听说它吃火腿肠，战士们还专门买了一箱火腿肠。”

“好啊，过来，都过来吧。今天怎么这么拘束？我很吓人吗？”

“当然不是，因为是操练中的休息时间，在这里遇到你，怕你问就有些不好意思。”

“大伙都关心红鹮，又是休息时间，愿意来就来，不用这么拘束。”

“是。”

一行人过来了，大伙看着红鹮，发出七嘴八舌的感叹。红鹮真漂亮；我都来三年了，还是第一次看见这样的鸟；可能我们没太注意。如果森林里有，我们应该看见的。大黄狗发现自己被冷落，发出“汪汪”声。不熟悉大黄狗的战士，不明白它的意思。王朝阳有点担心它的“汪汪”声是准备咬人，他说：“阿黄，你什么意思，你可不要动嘴咬人。”

尉扬笑着：“不是要咬人，是吃醋了，你们冷落了它，它在抗议。”

“啊？它还会吃醋……”

听到尉扬幽默的解释，战士们笑了，一个小战士蹲下跟它对话：“排长说得没错。我小时候就开始养狗，知道小狗会吃醋。怎么着，阿黄，你吃醋了？这是火腿肠，也有你的份。大黄狗，你知道吗？你和红鹮的故事，在军营都传开了。”

营地卫生所来了个年轻女军医，女军医还救了一只红鹮鸟和一条大黄狗。这消息很快在边防战士们中间传开，有很长一段日子，战士们有时间就往连队后院的卫生所跑，有些是去看红鹮鸟，有些是去看大黄狗，而更多的人则主要想一睹年轻女军医的亮丽风采，再顺便看看飞翔界和动物界的朋友。

跟着王朝阳来的战士里面，就有两个没见过国莲的，他俩刚从外面的哨卡轮岗回来，两个人的眼睛不时撇着卫生所的大门，希望被大伙传得神乎其神的漂亮女军医会从大门里走出来。可惜两个人白等了，这时的国莲，已经跟何军医走在了去牧村巡诊的路上。

何军医和国莲两个人，正走在去边民家中巡诊的路上，两个人选择了骑马，骑马比较随便，可以按照自己的意图随意行走。如果不想骑马，叫连队出车去也非常方便，但是那样就不随便了。何军医征求国莲的意见时，国莲立即选择了骑马。

出了山口就是宽广草原，瓦蓝瓦蓝的天边，有白云慢慢游动，远处的山坡上一群一群的牛羊，镶嵌在绿油油的草地上，让人有呼喊和歌唱的冲动。国莲感叹，怪不得生活在草原上的人都有歌唱的天赋，这样的环境不唱才怪了。

“是啊，我也有这样的感触，你还没看见百花盛开的草原，那景色真是太美了。我每次看见，都会有那种想躺在草地上，再也不走了的念头。”

“不过，我听尉扬说冬天就太冷了，日子很难过了。”

“是啊，就是冬天比较冷。如果下了大雪，牲畜和人的日子都不好过。不过，如今已经和过去不同了，很多牧民人家在城里都有楼房，到了冬天只有牧羊人留下，孩子和老人们几乎都在城里。”

国莲和何军医，两人骑马慢行，一边走一边聊天。何军医说的很多事，国莲以前听都没听过，她不断感叹。

“哦？第一次听说，牧民们在城里都有楼房？”

“就是啊。如今的牧民都很富裕，一般的家庭都会有一二百只羊，一只羊的价格在一千四五百元，你算算他们的资产是多少？按一个家庭每年有六七十只羊出栏，那就是十万左右。目前在离这里最近的草原城市，有二十多万就买一套很好的楼房。在这个村里，光我知道的，就有十几家在城里有楼房。”

“哦？真是不错……何军医，前面有人家了，我们过去吗？”

“那是牧民的夏营地，先不去了。我带你去乌云大婶家，她家是一个医疗点，牧民都喜欢去那里，我常在那里给他们看病。”

“噢，是这样。这么多年，您跟他们非常熟悉吧？”

“是啊，已经二十多年，每个家庭我都熟悉了。”

“何军医，我们一定要为牧民看病吗？我们是连队的军医，给官兵们看好病，不就行了吗？”

“这是人民解放军的爱民传统。这里又是边防，与当地边民搞好民族团结的关系，边防才能更加安全和巩固。人心都是肉长的，你对他们好他们自然对我们好。是吧？”

“对啊，我也深有感触。我来那天，如果在山里没遇到白宝顺，可能就很危险了。”

“‘苏木’就是‘乡’的意思，它的地域抵得上内地一个县的土地面积，但是这里的人口却非常稀少，夏天会见到牧民们放牧的夏营地，到了冬天走几十里也很难见到一户人家。”

“哦？这么宽广啊？”

“很多牧村，离最近的卫生院，也要几十里，特别是那些夏季牧场，牧民们在夏营地，要去卫生院有的甚至要走百里之多，牧民看病难啊！”

“明白了。以后我也会像您一样，多出来给牧民们看病。”

“这是边防军医的传统，或者说是责任吧。我之前的军医，也是这么做的。听说过‘军爱民，民拥军’吧？”

“听说过，不过亲身体会还不多。”

“你的骑术不错？”

“是尉扬哥教的，我练过了！上次我来，就是那次暑假来，您不记得了？我几乎一个暑假都彪着马不放，还跟您骑马出去过……”

“那时你还是小姑娘，怕你已经生疏了，早晨我还在担心。”

“咯咯咯，开始真有点生疏了。”

“国莲——”

“啊？”

“尉排长，他姓尉，你姓国，他又经常说‘我妹妹，我妹妹的’，是……”

“我哪有姓！我们都是孤儿，是在一个福利院长大的，他被送去的时候，六七岁，有姓名；我呢，被送去的时候是婴儿，没有姓，院长就给我起了国莲这个名字，意思是国家的孩子。”

“哦，原来这样……”

“尉扬比我大几岁。我几乎是他抱大的，他从小护着我，跟亲哥哥一样，就只是没有血缘关系……可以说，我只有这一个亲人，他走后，我使劲学习，考上了军医大学，我就想到他身边来……在福利院，原来有一个唐妈妈，她像妈妈一样照顾过我们，可是她已经过世了。”

“你们也是苦孩子，很不容易。”何军医看看太阳，又看看手表。国莲说：“不早了吧？是不该快点，跑起来？”

“好。那就跑起来。”

太阳已经升起了很高，何军医跟国莲，两个人调整身姿，打马向远方跑去，身后落下国莲“咯咯咯”的笑声。

乌云大婶所在的村落，有二十几户人家，她家住在村落的北部，有三间土平房，栅栏围着的院落比一个足球场还大，宽敞院子的西侧，还有一个门向东南开的蒙古包。何军医和国莲到来时，乌云大婶正蹲在地上，手拿奶瓶给一只羊羔喂奶。她的身边，有两只小狗崽儿，不停地拉扯她的衣角。

何军医和国莲在院门口的木桩上拴好马，他像老熟人一样直接打开院门走了进去。乌云大婶直起腰，用蒙古语跟何军医说了一句什么，何军医也用蒙古语回了一句。然后改用汉语问：“羊羔子怎么了？”

“羊妈妈奶太少，吃不饱，喂点牛奶……快进屋坐着。我估摸着你快来了，还带了客人？”

“大婶，她叫国莲，不是客人，是我们连队新来的军医。以后，这里的工作就交给她管了。”

“那你呢，不来了吗？”

“我年纪比较大了，组织安排我回城里去了。”

“好事儿啊，好事儿……快进屋，快进屋说去！”

“这回就不进屋了，我要领国莲去其他地方转转，让她熟悉一下环境。”

“还是进屋坐会儿吧，这个闺女第一次来，哪能不进屋坐会儿？”

国莲向乌云大婶敬军礼，说：“乌云大婶，您叫我国莲吧，以后我会经常来！今天就不多呆了，我们还有很多地方要去。”

“何军医，那你们先去别处，中午回来吃饭，带闺女回来吃饭。”

“今天不了。”

国莲跟着何军医，两个人说着话向院外走。乌云大婶跟在后面送，还是有点不甘心地唠叨：“你每回都说下次，这回一定要回来，不回来我让老头子去找你们，要知道你要走，他不着急才怪了……”

“我走之前可能还会过来，再来一定留下吃饭。”

乌云大婶一直把两人送到大门外，看着他们上马离去，走远了还在后面喊：“何军医，你走前一定要来呀！”

何军医勒住马头，扭头答应：“知道了，您快回吧！”

从乌云大婶家出来，他们去了图门老爹的牧包。在那里耽误的时间比较长，何军医给图门老爹的后背扎了几针，老人家说后背痛了好些天了，就等着何军医来呢；从图门老爹的牧包出来，他们去了老嘎查达家。蒙古人把村子叫嘎查，村主任称为嘎查达。老嘎查达的腿，痛得一瘸一拐的，看见何军医到来，像见了救星一样说：“就等着你来，我这腿是不是就不能治好了？药也吃遍了，针也扎了好几年了，怎么就不能完全治好？”

“就目前来看，风湿这个毛病，是没办法完全治好的，扎针也只能缓解一段时间，等遇到寒冷潮湿天气就又反复了。这种病，是一种让医生和病人都很无奈的病。”

“也是啦，还是先给我扎几针吧，能好几天就好几天。”

老嘎查达一边说，一边自己卷起裤腿。何军医打开医药箱，拿出银针包开始给老嘎查达扎针。国莲询问说，“何军医，我看到有医药杂志介绍，用激素治疗风湿病，说效果很好。”

“治疗风湿的医疗方法有很多种，专门研究的人也不少。我个人认为，利用激素治疗会有一些效果，但是因激素作用引发的副作用也不会小，针对特殊患者可以试一试，但不能引入对所有患者的治疗之中。”

“国莲你刚来，还不知道。这里生活的人，年纪大的多少都有一点风湿的毛病。我这是最严重的，看来是没法治了，要是你有那个什么疗法，就给我用上试试，等我治好了再给其他人用。”

何军医一边给老嘎查达扎针，两人一边唠其他的事儿，他们一会儿蒙古语一会儿汉语，国莲听得断断续续的。在一边看了一阵，国莲说想一个人出去走走，出去看看风景，何军医说别走远了。老嘎查达听国莲说要出去走走，他回手从身边拿出一个大喇叭，拖着扎满了银针的腿到窗台前，对着窗外扯着嗓子喊叫，喇叭里猛然发出的巨大声音把国莲吓了一跳。何军医笑了，说：“你的喇叭都用到家里来了，声音也太大了，胆小的人会被你吓死了。”

老嘎查达“哈哈”大笑：“这几天腿疼得厉害，孩子和老婆又都去了夏营地，有事情需要找人的时候，我就用它喊人来帮忙。”

国莲没听明白老嘎查达喊叫什么，但老人家这个意想不到的举动让她从心里想笑，她也跟着何军医一起笑了，但笑的同时心里也不好受，心想一个病人身边怎么就不留个人照顾？国莲的疑惑也是何军医的疑惑，他问老嘎查达：

“怎么大婶没留在家照顾你？”

“被我骂走了！儿子忙不过来，让她去牧场帮儿子。”

一个穿蓝色短袖衫黑裤子的小姑娘红着脸跑了进来，还擦着头上的汗珠，她人还没进屋就问：“嘎查达，怎么了呀？”

看到屋里有客人，女孩子一下停住脚步，羞怯地看着何军医、国莲。老嘎查达说：“马莲啊，没啥大事儿，你带这个姐姐出去溜达溜达，小心那只厉害的大狗。”

“我自己随便转转就好了，还惊动小姑娘老远跑来，她一定有事情要做。马莲，你叫马莲是吧？我叫国莲，叫我姐姐就好。你要有事情做，就去做吧，我一个人能行的。”

“姐姐，不行啊。我们这里有一条给全村人看家的狼狗，你第一次来它不认得你，看见你鬼鬼祟祟的会咬你……”马莲的汉语说得很流利，但她忽然吐了一下舌头，觉得自己用错了一个词，她的脸更红了：“姐姐，我不是说你鬼鬼祟祟……我的意思是说，它发现有可疑人。”

马莲不说了，觉得这个词用得也不好。国莲笑了，觉得这个小姑娘非常可爱。

“没关系，马莲。我知道你的意思，谢谢你来陪我。”国莲拉住马莲的手向外面走，到了院里，国莲接着刚才的话问马莲：“怎么你们村里，还有给全村人看家的狗？”

“这个狗的主人，去年冬天进城没再回来，它就没了家了，村里人看它可怜怕它饿死，就经常给它扔吃的，也不知从啥时开始，他就开始明白哪个是村里人，哪个是外村人，只要有可疑的外村人出现，它就会追着人家咬。”

“哦？不过我们来时没看见呀。”

“它也不是总在，不知什么时候就会碰到了。”

马莲看上去有十多岁，是个爱说话的小姑娘，她家住在老嘎查达家的隔壁。虽然是隔壁，也和其他人家一样，他们的院落非常大，要想听见邻居家的喊声还真不容易。国莲问她刚才听到嘎查达喊的时候在做什么，她说正在看弟弟，听见老嘎查达呼喊，妈妈就让她快过来看看。

“你的弟弟多大了？”

“两岁了，刚会走。”

听说是个两岁的孩子，国莲决定去她家看看：“马莲，带我去看看你弟弟好不好？我喜欢小孩子。”

“好啊。那去我家吧。”

国莲一边跟在马莲后面走，一边看小村的景象。从心里说，国莲对这个小村落很失望，只有几家的房屋是用砖砌筑的，其他的房屋都是土坯房。这个季节，村里几乎都是老人和孩子。马莲的家也不例外，马莲的妈妈看上去有三十多岁，家里只有她带着两个孩子在家，不过她家牧场比较近，丈夫就在村外河谷里放牧牛羊，马莲说她家的羊群出村就能看见。

马莲的妈妈看见国莲，惊奇的目光不断打量她，只用汉语说了“欢迎”两个字，就不再说汉语，她用蒙古语和女儿说着话，看样子是在问女儿有关国莲的问题。

“姐姐，我妈妈不太会说汉语，她说她第一次看见女兵，她说你长得漂亮。问我你是哪来的。我告诉她，姐姐是跟何军医来的。”

“谢谢你妈妈的夸奖。告诉你妈妈，我也是军医，以后会常来村里给大伙看病。”

马莲的妈妈给国莲找来一个小木墩，让她坐下。马莲两岁的弟弟叫白音，他坐在一个垫子上啃着一块乳黄色像糖果一样的食物，看上去那东西对他来说挺硬的，手上一半嘴里一半，啃得满脸都是哈喇子。小白音不看别人，专心对付那块硬硬的食物。国莲笑了，蹲在他的身边，想起经常被尉扬拿来说笑的，自己小时候流哈喇子的样子。小白音倒是不抠门，看见国莲蹲下看自己，他的小手从嘴里抠出流着哈喇子的硬块，向着国莲的嘴巴送过来。

“咯咯咯……”国莲忍不住笑着，她张开嘴假装真的要吃的样子，“啊，姐姐真要吃了……”

“都是哈喇子，别给姐姐。”

马莲端着一个小盆子，跑过来，打开弟弟的小手。可能小家伙被打痛了，撇了撇嘴要哭的样子，但马上又不哭了，把小手里的食物重新放进嘴里啃着。马莲的小盆里，装得都是小白音嘴里吃的食物。马莲挑出一块，递给国莲，她说：“姐姐你吃一个，是我妈妈做的，很好吃。”

“是什么？”

“奶豆腐。”

“奶豆腐？怎么是黄的？我学校商店有卖的，都是白白的呀。”

马莲眨巴着眼睛，想了想说：“我妈妈做的，都是这个样子。我家没有白的呀，是不是放白米就白？妈妈做的米饭都是白的。”

这个问题，国莲可没法回答，她接过马莲手里的奶豆腐，放进嘴里品尝。心说怪不得小白音啃着费劲，真挺硬的，有点酸酸的，不过很好吃，有一股很浓的牛奶香味。

门口有狗叫声。国莲扭头看去，是一条大黑狗。马莲的妈妈说了一句什么，马莲跑进屋，端了半盆啃完的骨头，说：“国莲姐姐，它就是那条给全村人看家的狗。姐姐你跟我去喂它，它以后就认得姐姐了。”

这条大黑狗，看见马莲端着盆出来，并没有着急跑过来，而是等待在门口。国莲站起身，跟着马莲一起走过去，到了大黑狗跟前，马莲把盆子交给国莲：“姐姐它再看你，你把骨头一起都倒给它。”

“这么多都给？”

“都给。”

国莲把骨头都倒在大黑狗眼前，大黑狗看看国莲又看看马莲。马莲说：“大黑你吃吧，记住这是我姐姐，以后不要当外人去咬。”

“是啊大黑，以后我们就做朋友吧。我再来的时候，也给你带些好吃的，还会给你带个跟你同类的朋友来。”

大黑狗趴在地上啃骨头，眼睛不时看看国莲和马莲。国莲心里非常奇怪，它是怎么知道给全村人看家的呢？难道真应了那句“好人护三屯，好狗护一村”的古语？

“国莲，回来吧！我们要回去了。”

国莲和马莲都向老嘎查达家看去，是何军医在招呼国莲，老嘎查达拄着拐杖，两人正向院子外面走去。国莲说：“马莲，我要走了，哪天会再来，回去告诉你妈妈一声。”

“好的，姐姐，你再来村里时来我家。”

“好，一定来。”

国莲从大黑狗身边走过，向老嘎查达家的方向跑去。

国莲与何军医告别老嘎查达，两人踏上了回军营的路，可离开村子没走多远，就被一辆212吉普车鸣着笛追上来。何军医和国莲只好勒住马缰下马，车来到他们跟前一下停住，一个三十多岁的男人和六七岁的男孩从里面钻出来，男人热情地跟何军医打招呼，小男孩抱着男人的大腿，有点怕生地躲在他的屁股后面，伸头看何军医跟国莲。

“何军医，还记得我吗？我是额尔顿布和。”

“哦，想不起来了，你是这个村的？”

“是呀。我在苏木的镇上养牛场，回村里时候不多，去年冬天有次酒喝多了，从马上掉下来……”

“噢，想起来了。那次你喝多瞎胡闹，不走大门非得骑马跳墙，还说那是越障碍驯马。结果墙没跳过去，你的头却在墙上磕出了一条大口子，是你手捂着头皮去找我。我给你缝了四针。”

“就是，就是。”

“怎么，还喝酒吗？”

“喝呀，不喝酒，那多没意思？不过，没再跳墙。”

“没跳墙，跳河了。”小男孩嘻嘻笑着，从额尔顿布和的屁股后面伸出头说，“我阿妈说让我阿爸使劲跳，不是跳墙就跳河，让我阿爸下次跳井算了……”

国莲和何军医都笑了。额尔顿布和没责怪孩子，只在他脸蛋子上掐了一下，说：“是喝醉酒玩呗，不闹闹待着也没意思。”

国莲好奇这个喜欢找乐的男人，认真地问：“多宽的河？那你跳过去了没？”

“没有，掉河里了……哈哈哈，把孩子的妈妈气够呛。是国莲军医吧？我听说来了一个女军医。何军医，我找你们，是想请你们去我家喝酒，好几个朋友都在家等着呢。乌云大婶说你要走了，我还没好好谢谢你呢。”

“不用，不用。我不会喝酒，再说我们还有事，要回营地了。”

“不行。我杀羊了，杀了两只，就是要送送你。我把乌云大婶也叫去了，刚去老嘎查达家找你。老嘎查达还骂我不早说，害得他送走了你。走，走，村里在家的人都去。”

“真的不行，额尔顿布和，我们……”

“啥事都没有，是我们全村人的心意，正好我回来了，想留你们一起热闹一下。”

“我阿爸说，你们不去，他就追部队去。”

“是，是。我刚在车里这么说的，我儿子记性好。”

何军医还想推辞，额尔顿布和却从他和国莲手里抢过了马缰，非常麻利地把马拴在了212吉普车的后面。何军医还在犹豫，国莲觉得再客气没意思了，她说：“去吧，何军医，反正回去也赶不上饭时了，人家又这么盛情，再拒绝就不好了。”

“对对。你们要真走，我真跟着你们回去，跟你们领导请你们去。”

何军医坐进了副驾驶座，国莲跟小男孩爬进了后面的座位。额尔顿布和一脚踩下油门，212汽车“呼”一下窜出老远。用不着看路标，用不着担心掉下路基，这辆被城里人和部队淘汰的212越野吉普，像野马一样向小牧村而去。远远地，有牧民出村来了，他们在等着额尔顿布和把两位尊贵的客人拉回去……

6. 神鸟回家

时间一晃过了一个多月，大黄狗的伤腿好了，红鹡鸟也能飞翔了。国莲特别开心，虽然何军医的走给她带来了一些压力，但总的来说工作还算得心应手。一个胃痛了两天的战士，吃过她给配的几样药后没再疼；一个患重感冒的战士，挂了吊瓶后很快就好了，其他一些头疼肚子疼的小的毛病，给点药医治后也都好了。为了能在毕业后顺利进入边防连队独立工作，大学二年级她就开始了在附属医院的实习工作，每逢周末和平时的节假日，她的时间都是在医院度过的，大四那年她开始放学就去医院，跟着晚上的医生值班。如今看来，这一切的辛苦都没有白费，丰富的临床经验，让她对独立工作充满信心。

又一个早晨来临，太阳明媚而温暖。

吃完早饭后，国莲和尉扬一起从外面回来，他们的手里提着两个塑料袋。大黄狗从窝里跑出来，跑到国莲、尉扬身边。它的腿已经不瘸了，欢蹦乱跳地表示它的高兴。尉扬走向狗窝，大黄狗也跟着跑回去，眼睛盯着他手里的袋子。尉扬把几块大骨头倒在狗窝旁边，大黄狗马上趴在那"咔嚓咔嚓"地啃起骨头来。

国莲走向小树林里红鹡鸟的窝，她伸头往里看，里面是空的。尉扬喂完狗，也走过来，向里看。

“尉扬哥，红鹘没回来。已经两天了。”

“它的伤已经全好了，可能回家去了！”

“不知道还能不能回来。”

“每天都回来吗？”

“是啊。自从它伤好以后，天天都在院里飞，可不知为什么，前天飞走后，到现在还没回来。”

“放点食物，等它饿了，也许就回来了。”

“如果它回家了，也许就不会回来了，”国莲忧虑地看看尉扬，说：“我想去看看红鹘的孩子们，再看看红鹘是不是真的回家了。”

“好啊。今天是周六，可以请假外出的。我去请个假，你去准备一下。”

“好。我去准备，还要在门上贴个条子，让战士们知道我去了哪里。”

“我去请假，二十分钟之后，营地大门口我等你。”

两人分道而去，尉扬去了前院，国莲回了卫生所，打开诊疗室的门，找到一张纸，拿起笔写“我去红鹘的家看看，大约下午回来，小事稍后，大事通讯联系。”

国莲拿着写好的纸条，来到卫生所门口贴在门上，然后才回到自己的宿舍，大约十分钟后她走出了卫生所。这时的她，已经换上轻便鞋和迷彩服，后背上还是那个已经背了好几年的迷彩双肩包，左手拿着一瓶矿泉水，右手拿着一个准备喂狗的馒头。

出了门，国莲对着大黄狗一声喊：“阿黄，走啦！”

大黄狗听见喊声，耳朵竖起来，抬头看着国莲，嘴里还咬着一块骨头。

国莲举起手里的馒头，又喊一声，“走了，阿黄！我们要出去了，去红鹘的家。”

大黄狗马上放弃嘴里的大骨头，向国莲跑来。国莲把手里的馒头掰开，一块一块扔给它，等大黄狗吃完了馒头，她便迅速向前院走去。

来到大门口，尉扬还没来。国莲看看手表，离约定的时间还有五分钟。看来尉扬哥的速度不如我的快，还说在门口等我，现在换成了我等他。五分钟过去了，尉扬没有来。可能是有事耽误了，再等等吧。又过去了五分钟，国莲看看手表，向营房地方向张望着。

“别向里看了，人在这里。”

国莲转过身寻找说话的人，是哈日夫牵着两匹马站在那里。看到国莲疑惑的样子，哈日夫说：“尉扬有事情了，他让我陪你去一趟。”

“有事儿了？今天是周末，应该没事啊？他请完假，就来这里等我，你不是又开玩笑吧？”

“你看我像开玩笑吗？马都牵来了。我们骑马去，把马放在山口，我们进入树林，这样快一些，也省力气。”

“我……”

“怎么，不想去了？你要不想去，我可回去了。”

国莲心里确实想到了不去，想等尉扬有时间了再去，可再一想，红鹘已经两天没回来了，不知发生了什么情况。心里这个念头晃过，她马上回敬哈日夫。

“怎么不想去？是你心里比较勉强吧？你要不想去，我自己去好了。”

“别逞强了，走吧。哪敢让你一个人去？万一你在里面迷路了，尉扬不吃了我才怪！”

国莲接过马缰，但没有上马的意思，她牵着马缰，一步一步向前走。她也知道作为一个军人，有突发任务出现失约是正常的，可心里就是很难过。本来以为来了这里，就可以和他朝夕相处了，可现实远不是那么回事。

“在想什么，心里不高兴吧？当兵的嘛，就是这样，不定哪时就有任务。这么点事就不高兴，那你可准备……”

“谁不高兴了？你就知道瞎说，走吧！”

国莲不等哈日夫说完，跃上马背打马跑走了。哈日夫跟在后面喊：“嗨，真不讲究，怎么说跑就跑了……小心前面的弯路。”

国莲打马跑在前面，一路上都没再说一句话。他们出了山口，很快奔上一座小山坡，过了山坡就是另一个山口。一个多月前，国莲就把这里错当成进入营地的山口了。

大自然真是奇特，不久前还是满目苍翠，如今却已经有了一些秋红的颜色。北方的秋天来得早，进入九月就有秋霜降临，绿色的草地和树木开始逐步染上颜色。

“国莲，停下吧！我们把马放在这里，让它们在这里吃草。”

国莲跳下马，把马缰缠在马的脖子上。哈日夫也跳下马，但是他却用马缰绊住了马。

“绊上吧，不知道要用多少时间，要是它们走得太远，比如跑到那边的山坡上去，追起来就费劲了。”

“我不绊，跑就跑呗，跑了我走着回去。”

依着哈日夫的性子，他又要开她的玩笑了，他想说“放走了马，是想和我骑一匹吗？”，可看到她不开心的样子，他把到嘴边的话咽了回去。他笑笑，走过去替她绊住马。

“你辨别方向的能力怎么样？那个地方远还是不远？”

“好像不远吧。我当时是跟着白宝顺往前走，觉得没走多久就到了。”

“好，那我们先进山口，到了地方按照记忆照旧路走。”

“行。”

两个人来到山口，顺着国莲一个月之前走过的路向山里走，两旁的树木在微风的吹动下枝叶摇动，一片片黄绿相间的树叶吸引了国莲的目光。国莲的心情开始好起来。

“哈日夫——”

“啊？”

“你的家乡离这里多远？”

“我降生在呼伦贝尔大草原，小地方的名字叫新巴尔虎左旗，离这里千里之遥吧。”

“想家吗？”

“想，想经常回去看看，但是真正回去的时候没几次。”

“这里，就这里，”国莲站住了，他们到了她遇见红鹇鸟的地方，“我第一次看见红鹇，就是在这里。红鹇从那边来，从我头上飞过，飞得很慢，翅膀的羽毛被血染红了。”

“向哪个方向飞的？”

“那个方向，是西南吧？”

“西南树木不多，离牧民的草场也近，它的家不应该在那个方向啊。”

“在一个山坡上，有一棵树冠很大，像榆树一样的树，可又不是榆树，叶子不太一样。”

“那是柞树吧？去红鹇鸟的家，你们路过河谷没？”

“没有路过河谷，都是杂草和树木。”

“我们往这边走，应该是这边。”

“可红鹇是往那边飞的呀。”

“放心吧，这里我比你熟。我没事的时候，别人请假进城什么的，我请假是跟牧民们混热闹。这些地方没少来。”

“哦？好吧，那就听你的。”

国莲跟着哈日夫下了路基，向他指出的方向前行。初秋的树林里，杂草和树棵子已经不像夏季那么茂盛，走起来也不如那时费劲。哈日夫不愧为“老江湖”，他能够非常顺利寻找到前行的路径，不用披荆斩棘开拓道路。他们只走了三十多分钟，就看到了国莲说的那个山坡，山坡上的那棵老柞树，有一半树叶已变成斑斓的风景，像五彩的霓裳般美丽。

“是那棵树吗？”

国莲端详一下四周的环境，肯定地说：“是，就是那棵大树，只是树叶没那么绿，不过更好看了。”

“走，看看去。”

来到树下，国莲和哈日夫盯着树上的鸟窝。大黄狗用鼻子嗅着，在草丛里钻来钻去。

“窝里好像没有雏鸟了，一点动静没有。”

“我爬上去看看，要是没有鸟居住，一看就知道了。”

“要是有鸟居住，它们会把你当敌人攻击。”

“没关系，我小心就是了。”

哈日夫爬树快，蹭蹭蹭很快就到了鸟窝下面。在下面看的国莲，有些不放心，怕有鸟攻击他。

“哈日夫，你小心啊！”

哈日夫果然开始小心地慢慢往上爬，等爬到鸟窝底下还停了停，稍后探头去看鸟窝里面。

“怎么样啊？”

“没有，啥都没有，好像很久没住鸟了，一点新鲜痕迹也没有。”

“啊？那它们去哪了呢……那你快下来吧。”

“好。”

哈日夫下树也很快，他很快就下到了树下，拍打着衣服，他问国莲：“国莲，你对红鹘鸟有多少研究？”

“没有多少研究，看过一本饲养和训练红鹘鸟的书，是尉扬让城里的战友去书店买的，不过我觉得没什么实用价值。”

“红鹘鸟，当地蒙古族人称它为乌兰海日古，是红鹰鸟的意思。如果遇见老年人，你能在他们的讲述中，听到很多关于红鹘鸟的神奇故事。”

“是啊，白宝顺也不止一次说过，说红鹘鸟是神鸟，是吉祥鸟。”

“还有一点很重要，它们是一夫一妻制。如果一个死了，另一个很难活下去。”

“你的意思是说，另一只红鹘……”

“已经一个多月了。我担心，红鹘的家可能散了。那些小鸟如果能够捕食，也许能活下去，但是另一只红鹘……”

“不会吧？”国莲的眼泪都掉下来了，“我要知道这样，会在它刚好的时候就送它回来。我不知道是这样啊，我还给它搭了一个窝，想让它伤好了自己回家。”

“别难过了，这怎么能怪你呢？”

“可是，想到那只红鹘，它天天盼着，却没有等回自己的伴侣，它多心痛多失望？它可能已经死了。”

国莲想到自己和尉扬，如果她突然失去了尉扬；如果这个世界上没有了尉扬；如果就剩下她孤零零一个人……国莲不敢再想下去。对于孤儿这个词，她从没像今天这样体会深刻。虽然她没有父母，可是有一个哥哥从小呵护她长大，她不敢想象没有尉扬的世界。

哈日夫不太明白国莲的心思，他不知道她的心肠这么柔软，感情这么脆弱，他赶紧安慰她。

“我也是从老人们那里听来的，也许不是那么回事，说不定是搬走了。在这大森林里，它们要盖一个新房，还是非常容易的。是吧？它们又不用花钱，买水泥檩木什么的。”

哈日夫的话，让国莲稍微好过些，她看着天空，希望红鹘鸟会出现。哈日夫找到一个茅草厚实的地方，坐下招呼国莲：“我们歇一会儿，再等等看，也许红鹘还会来这里。”

“我真想看见它飞回来。”

“行了，别惦记了。红鹘是很聪明的鹰鸟，它们会照顾好自己的。”

太阳已经快到正午，国莲选个位置，坐在哈日夫对面不远处，她仍然望着天空。哈日夫掏出一瓶矿泉水，又拿出两个烤的羊小腿，一个递给国莲。

“已经中午了，吃一点走路有力气。”

“我带了面包和火腿肠。”

“吃这个，火腿肠里的肉不鲜亮，不好吃。”

国莲看一下哈日夫举着的胳膊，接过烤的羊小腿：“在哪弄的？食堂里没这个东西。”

“白宝顺家，可以说是订购，我一周去一次，他每次都提前准备好。”

“挺好吃的，”国莲吃着鲜嫩的烤小羊腿，又抽空扒开火腿肠扔给大黄狗。大黄狗也津津有味地吃着，几个火腿肠都进了它的肚子。哈日夫吃肉也快，他很快吃完了肉，把骨头扔给大黄狗。大黄狗马上叼起来，趴在一边专心啃骨头。

“阿黄特别喜欢啃骨头，只要有骨头啥都忘了。”

“哪有狗不喜欢骨头的，这是狗的天性。”

“那蒙古人烤肉的技术，也是游牧民族的天性吗？烤得这么好吃，真不错，这是我吃到的最好吃的烤肉了。”

“喜欢吃，下次拿回来，再送你两个。”

“说话算话，我可等着吃。”

大黄狗忽然对着天空“汪汪”叫了几声。国莲和哈日夫向天空看去。一只红鹘鸟在高高的天空上出现。

“是红鹘，是咱们的红鹘吧？”

“不知道啊？它跟你熟悉，你呼叫它，如果是它，就一定有回应。”

国莲马上站起来，对着天空高声呼喊：“红鹘——是你吗？我是国莲啊！红鹘——”

大黄狗，也对着红鹘“汪汪汪”叫，那样子，就像跟国莲一唱一和似的。

哈日夫大笑：“喊就喊了，还告诉它你的名字，它能知道你的名字吗？搞笑，你。”

国莲不服气，又对着天空呼唤，仍然加入了“我是国莲”的说明，还回头跟哈日夫解释：“每次和它说话的时候，我就告诉它我是国莲，它应该是知道的。”

“哈哈哈，可能是知道吧，你看它飞下来了。”

红鹘发现了他们，“吉儿，吉儿”叫着，它开始向下盘旋，最后落在他们面前的一棵小树上。

“红鹘，真的是你！红鹘啊，怎么了？你的孩子们，不在这里了吗？你没找到它们吗？”

红鹘，“吉儿，吉儿”又叫了两声，声音不高。国莲向红鹘招手，自己坐在地上，嘴里也发出“吉儿，吉儿”的鸟叫声。

红鹘飞过来了，稳稳地落在了国莲的身边。国莲抱起它来，用手抚摸着它的羽毛。

“它好像瘦了很多，身上都是骨头。”

哈日夫从国莲的包里掏出火腿肠，扒开掰成小块举到它的面前。红鹘没有吃，它躲避地把头歪向一边。

“可能是没找到家人，它心里难过，所以不想吃食。”

“怎么会呢？可不要真像我说的那样。嗨，红鹘，你还是吃点吧。你喂，他可能不认得我，不吃。”

国莲接过火腿肠，送到红鹘嘴边，可它还是不吃，只是发出低沉的叫声。国莲叹口气：“你没看见吗？它通人性的，肯定它没找到家人，它是在用低沉的语调告诉我，它很难过。”

“是啊，神情非常落寞的样子。”

“怎么办？那些鸟儿都去哪了？怎么才能找到？”

红鹘扇动翅膀，要飞走的样子，国莲不舍地松开手，说：“红鹘，你还要去找你的家人，是吗？去吧。”

国莲站起身，举起胳膊，红鹘飞走了。国莲目送它远去，大声喊：“红鹘啊，要找不到它们，你可记得回去啊！红鹘，不要一个人留在外面啊！”

“准确点，你应该说不要‘一个鸟’留在外面。”

“就是‘一个人’嘛，我就这么说，在我心里，它跟我一样都是生灵，和你我身份平等。”

“好，你对。只要愿意，你把它当成人，或者它把你当成红鹘，都没问题。关键是，我们得回去啦。”

“走吧。我也想回去了。”

两个人收拾好背包，叫上大黄狗，开始往回走。往回走的路上，国莲没那么着急，一边走一边欣赏初秋的山林风光。

“哈日夫，问你个问题。”

“说。”

“你遇到过不开心的事吗？”

“怎么？以为我没有心脏吗？”

“认识额尔顿布和吗？我觉得你的性格挺像他的，他做的事儿总是让人想笑。”

“你说的是，骑马跳河那个额尔顿布和吧？哈哈哈，他还有许多搞笑的事，给你讲一个典型的。”

“哦？”

“额尔顿布和在城里有一套房，有时进城办事他就住几天。去年冬天，有一次他带着媳妇进城了。因为他媳妇汉语水平不高，总想让他陪着去逛街。可他呢，每天忙着找朋友喝酒，一连三天喝得天高地厚，唱唱咧咧地半夜才回家，到了第四天夜里，怎么敲门媳妇也不开，他便发挥歌喉的功能，对着门缝给媳妇唱情歌，一首又一首把媳妇唱烦了，媳妇终于开门出来拉他进屋。”

“唱情歌唱开了门，还真是浪漫。”

“精彩还在后面呢，喝高兴了唱歌，越唱越高兴，高兴就啥都忘了。他唱着歌被媳妇推进了屋，唱着歌去睡觉了，一会儿便鼾声四起。门口‘砰砰’的敲门声，对他来说，就像另一个世界上的事儿一样。”

“怎么有敲门声？”

“还用说吗？他自己进屋顺手关门，把慢一步的媳妇关外面了。”

“哈哈哈……”

“媳妇怎么敲门，他都不开了。他媳妇也搞笑，以为丈夫跟自己开玩笑，故意报复她不开门的事，便也对着门缝唱情歌……”

“哈哈哈……”国莲乐得没办法往前走，她抱住一棵大树，笑得弯了腰，笑得眼泪都出来了，她断断续续地说，“哈日夫……你骗人你……一定是你瞎编的。”

“不是编的，真不是编的，有人为证，”哈日夫也笑，“是住他楼上的朋友说的。那天，她媳妇对着门缝唱了半天情歌，后来听到屋里丈夫打呼噜的声音，才知道丈夫不是跟她开玩笑，气得她开口大骂额尔顿布和是狗娘养的。然后只好去楼上敲门，楼上住的是他们家的朋友。”

“最后怎么办了？”

“楼上的朋友，媳妇还没在家，只好在楼道里帮她打 110 报警。”

“民警来了？”

“来了。但是来得不快，接线员说需要稍等，等开锁的专业技术人员到了才来的。”这样一折腾，等民警给打开门时，额尔顿布和就站在门里。他非常惊奇媳妇被警察送回来，吃惊地问“怎么回事？媳妇，你穿着睡衣去哪了？还被警察送回来……”

“咯咯咯，把大伙都逗乐了吧？”

“他媳妇气的，跑进卫生间，拿出拖布对着他就打。”

“这个额尔顿布和，真是太搞笑。”

这个故事，把国莲一天的不高兴都笑没了，两个人很快走出了树林，走出山口去找他们的马。远处，一个牧羊人甩着鞭子，正在唱一首很好听的歌曲，哈日夫轻轻地跟着唱：“飞跃八千里路云和月乘风而来；近看草原大地青春焕发的光彩；跨上我心爱的黑骏马踏歌而行；奔向你的怀抱飞扬你的神采……”

“你说，额尔顿布和整天那么乐呵，就没有犯愁的事？”

“怎能没有？他家兄弟三个，他排行老大，成家时正赶上两个弟弟都去念大学，娶媳妇时除了请大伙吃顿饭，就买了一床被子，她媳妇是本地姑娘，看中的也就是他本人，啥也没要就嫁给了他，结婚后跟着他去镇里，开了一家养牛场，钱都是借的……你说他能没愁事吗？”

“哦，可他给人的印象，总是快乐的。”

“可能是吧，骨子里就心大。用老百姓的话说，就是没心没肺的。”

“其实，这样的性格挺好的，能排解自己，也能让别人开心。”

“所以，你也要学习这样，反正高兴一天，不高兴也一天。”

“哦？就是呀，高兴一天，不高兴也一天，那就高高兴兴的吧。”

国莲迎合着哈日夫的话，笑着去找自己的马。因为给马上了绊子，两匹马都没走太远。哈日夫先上了马，等待国莲上马。国莲忽然说：“哈日夫，这里离村里的小学挺近的，我们顺便去学校看看吧？我一直想去，来一个多月了，还没去过。”

“不去，不去！去那里做什么？”听国莲说要去学校，哈日夫想也没想一下就拒绝了，“我们出来时间已经很久了，快回去吧。”

“去学校也不费啥时间，就拐个弯，你看山湾子那边就是村子，小学校就在村子后面。我们去看看就走。”

“国莲，我说不去就不去了，你听我的好不好，等下次再去。”

“为什么？你今天咋这么不好说话？不就拐个弯吗？”

“国莲，我有事着急回连队，就算我求你了！我们快走吧，啊？”

国莲心里非常奇怪，哈日夫是个随和的人，怎么突然这么倔强？国莲上了马，跟在哈日夫后面慢慢走，心里犯嘀咕。哈日夫缓和了一下口气，说：“别不高兴，哪天我专门陪你来村里，你想去哪里就去哪里。”

“也好，我就听你的。我相信，你不去总有你的理由。”

国莲不再坚持去学校，两个人开始打马奔跑。哈日夫这次跑在前面，国莲追在后面，只一会儿工夫他们就跑过了山梁，正追得起劲的国莲，忽然发现已经跑上山梁的哈日夫，又调转马头跑了回来。看到跑回来的哈日夫，国莲不知道发生了什么事，勒住马缰等待他回来。

“怎么了？干吗往回跑？”

“回来接你呗，你跑得这么慢，想跟你换一下马，”不等国莲回答，哈日夫已经过来拉住她的马缰，“我们换下坐骑，再比一下，看谁跑得快，这样才公平，是吧？”

国莲只好下马，埋怨哈日夫：“换什么马呀？我不想换，你那匹太烈了。我还是骑我自己这匹，也不想跟你比高低。”

哈日夫和国莲，因为换不换马的事，耽误了时间。本来跑在后面的大黄狗，现在也追了上来，而且它停也没停就继续往前跑去，一边跑还发出“汪汪”

的叫声。国莲愣住了，一个念头忽然从心里闪过：前面发生了什么？有什么东西，是我不能看的？哈日夫的举动，咋这么奇怪？

国莲推开哈日夫，跃上马背，打马向大黄狗追去。哈日夫看了看国莲的背影，叹了口气：唉，我真是瞎操心。

国莲跑上山梁的时候，大黄狗已经没了踪影，她只好继续追赶，等拐进了山口，才看见大黄狗等在路边，和它一起等待的，还有牵着马站在一旁的尉扬。

“尉扬哥，你怎么在这里？”

“我去村里办事也刚回来，刚才看见大黄狗追来，知道你们在后面，就在这里等你们。”

哈日夫追上来，他连马也没下，跟他俩开着玩笑：“尉扬，我这个保镖正式卸任了。国莲交还给你，你们小情侣慢慢走，下次需要顶替再找我。我的名字叫百顶不厌……”

山谷里，回响着一串“哈哈哈”的笑声，引逗得尉扬和国莲也笑了。哈日夫走远了，国莲开始跟尉扬讲述去红鹘鸟家里的经过，路上留下两人慢慢前行的脚印。

7. 绝食的红鹇

尉扬之所以失约国莲，是因为苏日娜打来了电话，而且这个电话是由接线员转给连长的，说他们学校举行少先队员入队仪式，请少先大队校外辅导员尉扬前去参加。

尉扬答应国莲一起去红鹇鸟的家，当他去连部请假时，连长也正要找他。连长说和当地搞好关系是边防连队的重要工作，而且尉扬既然是人家学校少先大队的校外辅导员，就应该去参加这个活动。尉扬从连部出来，就想到请哈日夫帮忙，希望他陪国莲去红鹇鸟的家。这也是哈日夫拒绝国莲去小学校的原因。如果他带国莲去了，第一尉扬会怀疑他故意那样做；第二国莲看见尉扬在那里跟苏日娜搞得那么近乎，不知道会是啥结果。本来他们没去学校，两个人顺利回到营地也就万事大吉了。可偏偏苏日娜多情，要送尉扬到回营地的山口。当哈日夫骑马跑上山梁时，正好看见尉扬和苏日娜也刚刚拐过山弯，吓得他一头冷汗，他心里大骂尉扬脑袋被牛踢了！这要是让国莲看见，天还不塌下来才怪。哈日夫急中生智，打马跑回国莲身边，为了阻止她看见前面的残酷情景，搞了个要换马公平比赛的闹剧。

尉扬也看见了哈日夫，他的心脏一下抛向了天空，焦急中对苏日娜脱口而出，说："你快走！我妹妹来了！"

苏日娜愣住了，她四周打量一遍，看见山梁上一个军人的身影，她便知趣地打马跑走了。尉扬一溜烟向山口跑去，但是马蹄急速的声音，还是吸引了大黄狗敏锐的耳朵，或者是优秀牧羊犬的第六感觉出现，它可能发现了对自己主人不利的状况。当它如离弦的箭一般越过国莲和哈日夫，跑上山梁的时候，就看见了前面刚刚分头跑开的苏日娜和尉扬。大黄狗的喉咙里发出警惕的“呜呜”声，经过瞬间的判断，大黄狗便放开爪子追向尉扬。

我和苏日娜只是普通朋友，一切往来都是正常的。尉扬在心里安慰自己，可他还是非常不愿意让国莲看见他和苏日娜在一起。今天他丢下国莲，去小学参加活动，这个可以算正常工作，可是如果他和苏日娜单独行走在一起，就难免让国莲误会。如果这误会发生，他和国莲的世界就彻底完了。尉扬也生苏日娜的气，为什么一定要缠着我？我从来没表达过喜欢你，虽然你吸引我，但是我的心没在你那里，这你应该清楚的！

尉扬在山口下了马，等待大黄狗到来。虽然什么也没做，但尉扬还是觉得自己对不起国莲，他也非常感激哈日夫，他虽然不知道他用了什么方法，但是他知道是哈日夫帮助了他，使这个最糟糕的误会没有发生。当国莲来到面前，他本想把今天发生的事，全部告诉国莲让她谅解，但最后没勇气这样做，他怕国莲伤心难过。但是就是这一念之差，造成了国莲以后更大的误会。

在回营地的路上。当国莲向尉扬讲述去红鹘鸟家里的经过时，尉扬本想呼应她快乐的情绪，但他的心绪不宁阻碍了情感的表达，直到国莲讲述哈日夫讲给她听的额尔顿布和搞笑的醉酒故事，尉扬才“哈哈”大笑，从心里快乐起来。

在吃晚饭的时候，尉扬坐在一个不被人注意的地方，慢慢地吃着等待国莲的到来。但是一直到食堂里准备关门国莲也没来。尉扬心里七上八下的，他从食堂出来直接去了后院卫生所，他心里非常不安，很想看看国莲在做什么。尉扬到来的时候，国莲趴在红鹘鸟的窝边上，她正在伤心地哭泣。尉扬吓了一跳，以为国莲从别处知道了他去学校的事，他的心“突突突”乱跳，犹犹豫豫地来到国莲的身边，小心地问：

“国莲，你怎么了？”

看到尉扬到来，国莲扑到他的怀里哭得更大声了，她哽咽着说：“红鹇死了，你看它……呜呜，它死了……”

“啊？怎么会死了？”尉扬悬着的心落了下来，但转瞬又焦急起来，红鹇可是国莲的宝贝，她把它当作和自己一样平等的生灵，也许是从小缺少亲人的缘故，她对这些小动物特别亲。看国莲哭得伤心，尉扬的眼睛也湿润了，他问国莲：“红鹇，它啥时回来的？”

“不知道，可能比我们回来得早，也可能刚刚回来吧。我刚要去吃饭，想着来这里看看，就看见它趴在那里。我喊它都不动了，好像死了。”

鸟窝里的红鹇，毫无生的气息，它躲在最里面靠角落的地方，身体和头都歪在一边靠在一把茅草上，像已经死去一样一动不动。尉扬伸出胳膊，但是太远了抓不到它，他转头对国莲说：“去拿个凳子。”

国莲跑回屋里，拿来一个凳子。尉扬说：“我扶着凳子，你爬进去把它抱出来。我太重了，进去怕鸟窝塌下来。”

国莲踩着凳子，半个身边钻进了鸟窝，她抱住红鹇鸟，一点一点退出来，说：“我抱住它的时候，它动了一下，快点，我要去给它喂点什么东西，它嗉子里空空的啥也没有，身上都是骨头，一定是饿的……”

在尉扬的扶持下，国莲下了鸟窝，她立即抱着红鹇跑回自己的宿舍。尉扬拿着凳子在后面大声说：“国莲，你等一下，别太急了，先给它喂点奶粉。”

国莲已经到了门口，回身说：“我这里没奶粉了，尉扬哥，快去给我找点来。”

尉扬放下凳子，向前院跑去。这阵，能救活红鹇鸟，成了尉扬最大的愿望，他希望奶粉能让红鹇鸟活下来。

国莲跑回宿舍后，开始冷静下来，刚才猛然看到红鹇的样子，她以为它已经死了，难过得忘了救治它。现在她想到先烧开水，等会尉扬拿来奶粉，要先给它喂点温热的东西暖胃，她又想到应该安慰它，给她活下去的勇气。这样，她烧上开水后，又把红鹇抱在怀里，抚摸着它的羽毛，用温柔的话语安慰它，她说：

“红鹘，你没找到你的孩子，也没找到你的情侣，是吧？你非常难过，你不想活着了，是吧？可是，你还有我啊，我是你的亲人，你也是我的亲人，知道吗？我从很小的时候，就已经是个没家的孩子了，别人以为我每天乐呵呵的，不知道没家是怎么回事，可我心里的苦他们怎么会知道，是吧？但是，红鹘啊，你心里的苦，我知道啊，你明白吗？白宝顺说你是一只吉祥鸟，是一只通人性的神鸟。我信他的话，我知道你能明白的我心意，你要勇敢地活下来，好不好？”

尉扬回来，他抱了好几包奶粉来：“都是战士们给的，听说红鹘回来了，他们都非常高兴，听说病着又都很着急，让你一定治好红鹘的病。”

“真谢谢他们。”

电水壶里的水开了，尉扬很快打开奶粉袋子，拿来国莲指给他的一个小碗，准备冲奶粉。

“先少冲点吧？”

“对，少冲点，看样子，好几天没吃东西了，不能多喂。”

“没有小勺吗？得用小勺喂吧？”

“看一下抽屉里。”

小勺找到了。尉扬用小勺在碗里搅着，舀起一勺用舌头试了试温度。

“应该可以了。怎么喂呢？掰开它的嘴？”

国莲试着掰开红鹘的嘴，但是红鹘紧闭的尖嘴根本掰不开。尉扬放下碗，又从抽屉里找到一根筷子，用他的大手掰开红鹘的嘴巴，把筷子夹在它的嘴中间，红鹘反抗着想把筷子扔掉。国莲焦急地喊：“红鹘，别动啊，别动……”

红鹘的力气已经耗尽，它只动了几下，没能把筷子甩掉。尉扬瞧准机会，迅速向它的嘴里倒进了一小勺奶粉。第一勺成功了，接着又喂进去几口，很快半小碗奶粉进了红鹘的嗉子。

“好了，尉扬哥，就先喂这些吧。”

尉扬拿走了卡在红鹘嘴巴里的筷子，红鹘吧嗒了一下嘴巴，甩了甩脑袋。国莲笑了，说：“看它，还能甩嘴巴呢，能甩嘴巴就是有力气，有力气就有希望呀，是吧，尉扬哥？”

“好好照顾，应该没问题。”

“谢谢你，尉扬哥，多亏你在这里，不然我都不知道怎么办了。我还以为它已经死了呢。”

“你呀，跟哥哥说什么谢？好了，你也休息吧，我回去了。这一天折腾的，累了吧？”

“好的。”

尉扬收拾了桌上的奶粉、小碗、筷子，准备走了，他说：“记得好好关门，虽然在军营，也要注意安全。”

国莲答应一声，看着尉扬开门出去的身影，一股暖流注满了心房，对他没去红鹘家的失约已从心里原谅。

尉扬走后，国莲把自己平时坐的小垫放在床上，然后让红鹘趴在小垫子上，自己躺在它的身边，用手梳理它的羽毛，跟它说了一阵不知能不能听得懂的话。天色黑下来，国莲起身开灯，屋里一下亮堂起来。还应该做点什么呢？对了，应该准备点牛肉，万一红鹘晚上想吃食物了，她这里可是没有。这样想着，国莲决定去食堂看看有没有牛肉。这个时候食堂肯定关门了，只能去炊事班寻求帮助。

国莲去了炊事班，跟班长说明来意，班长指派一个小战士，带国莲去食堂厨房找到了牛肉，还按照国莲的意思把牛肉切成了小肉块。国莲连声说谢谢。但是，对国莲的这一切好意，红鹘显然不领情，尽管国莲晚上起来好几次，把新鲜的牛肉送到它的嘴边，但它还是把嘴躲来躲去，一点想吃的意思也没有。

早晨，在去食堂吃饭之前，尉扬先来了国莲这里。国莲还没梳洗好，她打开门把尉扬放进来。

“我给它准备了牛肉，一个晚上好几次想让它吃点。”

“吃了吗？”

“没吃，它把嘴躲来躲去的，不吃。”

“要不，再给它喂点牛奶？”

“好。”

两人又给红鹘喂了半碗牛奶。尉扬征求国莲的意见：“是不是也给它吃点牛肉？”

“不知道牛奶和牛肉能不能一起吃，还是过一会，等牛奶消化了再喂吧。”国莲放下红鹘，说：“一会我想给何军医打个电话，问问他该怎么办，也许他会有办法。”

“我们先去吃饭，吃完饭再问吧。”

国莲重新把红鹘放在床上，轻轻摸了摸它的头，说：“红鹘，别不高兴，一会儿一定要吃点，好吧？你看，我也要吃饭去了。”

国莲和尉扬一起去食堂吃了早饭，回来国莲就去了连队办公室，给何军医打电话。何军医接到国莲的电话非常高兴，问了半天他军营战士们的情况，最后问国莲有啥事。国莲把红鹘鸟不吃不喝的事讲一遍。

何军医在电话里说：“多安慰它，像动物一样，鸟类也是有感情的。这一只红鹘跟你还是有感情，或者说是感恩你救了它，不然它会死在外面，不会回来。”

“对啊，我也认为它们是有感情的，”国莲又感叹着，“不过，我真没想到红鹘可能是因为我回来的。”

何军医安慰国莲说：“不用着急，它也像人一样心里不好受，需要一个过程渡过难关。看它现在的情况，主要是拒绝食物，不用喂牛奶了，喂牛肉就行，喂牛肉的时候，要有山楂，掰成小块喂点，有利消化促进食欲。”

听了何军医在电话里的指点，国莲觉得红鹘真的是只通人性的鸟，非常感动它能够回来。何军医说得没错，如果它不惦记回来看看，一定会死在外面。国莲又跑到战士们的宿舍，跟大伙找山楂果。但很可惜，哪也没找到山楂果。哈日夫主意多，国莲到处找哈日夫，最后在乒乓球室找到了他。

哈日夫正跟刘清河打乒乓球，听国莲说了事情的经过，两个人都收起了球拍。刘清河也觉得这是一个难题，他说：“也许白宝顺的商店有吧？”

哈日夫摇了摇头："白宝顺的商店里不可能有，只能出去找找看，山沟里，山坡上……我记得有一条沟的山坡上，有一棵，两棵，三棵山楂树，去那里一趟，也许有收获。"

刘清河做事认真，他眨巴着眼睛，问哈日夫："什么一棵，两棵，三棵的，到底几棵？"

"我不是在数嘛，这么求真……"

"多远？我不认识路，哈日夫，你和我去呀？"

"你还是别去了，挺难走的。刘清河你今天值啥岗？"

"下午岗，和排长说一声，中午之前回来就行。"

"好，你去和排长说一下，我也跟连长打个招呼去，十分钟后门口见。"

因为几个山楂，要去很远的地方找，国莲心里有些不忍，她跟在哈日夫和刘清河后面，犹犹豫豫地说："哈日夫，要是太远就别去了，为了几个山楂太折腾了。"

"干吗这么想？用你的话说，红鹘也是生灵啊，要是几个山楂救活了它，那我们又何乐而不为？"

"那我也想去，光让你们去我心里不舒服。"

"真不行，你还是回去看你的鸟吧，你去了反倒会拖累我们。"

"好吧，那我回去等着。也是的，你们两个去一定比我跟着快多了。"

哈日夫所说的三岔沟，离连队的营地很远，而且树林茂密不能骑马。哈日夫跟刘清河虽然有野外训练经验，也走了两小时四十分钟才到那里。山楂树还在，可树上的山楂，却已经被人采摘得几乎没有了，只在高高的树梢上，还有那么二三十个红红地挂着。

"清河，你在树下草棵子里找找掉落的，我上去把那几个弄下来。"

哈日夫再一次用上了他爬树的高超技术，他爬上树冠的顶端，使劲摇晃那几个挂着山楂果的树干。

刘清河钻进草丛，开始找那些掉下来的山楂果，没一会儿就拣了几十个放在树下。虽然那些小东西有些干瘪，但看着红艳艳的小果已经逐渐组成了一小堆，他心里那种高兴劲儿像拣到了宝贝一样。哈日夫摇落的果实，不断打在他的后背和屁股上，他也不躲开一下，只顾盯着那些鲜亮的小山楂。

树上的哈日夫，对着高高的树尖发呆。这个大树的树尖上还有三个小山楂果，不管他怎么使劲摇，就是像粘在了树枝上一样，怎么也不掉下来。他懊恼着，想到幼年时的自己曾经在拳头粗的树枝上荡来荡去，何愁树尖上这三个山楂果不下来？看看树干，他不敢再往上爬，身体太重了。心说，这就是长大的好处！懊恼了一阵，他还是从树上下来了。

看到刘清河已经拣到了那么多的果实，哈日夫一下高兴起来："你拣了这么多啊？够了，够了，足够红鹘吃了。"

"你也摇落了很多，你看这些鲜亮的，都是你从树上弄下来的。"

"这些不鲜亮的也不错，虽然有些干瘪，可还是能吃的。我们再找找，一定还能找得到。"

两个人又找了一圈，一个也没再找到。哈日夫笑着责备刘清河之前找得太仔细了，没让自己享受到找山楂的乐趣。

"那两棵树在哪？你不是说有三棵吗？我们再去那里找找吧。"

"三棵都在这里呀，你没查一下？"哈日夫一本正经地指着大树和大树下面的两棵小树，"一，二，三。这不是三棵吗？"

"搞什么鬼？这就是你说的三棵树？"

"对呀，小树也是树，蚂蚱也是肉，"哈日夫非常满足地说，"装上走吧，再耽搁就吃不上午饭了。"

往包里装果子的时候，哈日夫挑出两个鲜亮的，递给刘清河一个，说："尝尝鲜，近水楼台先得月一把。"

"本来就少，还吃啊？"

"嗨，你怎么总是嫌少啊？一个巴掌大的鸟，能吃几个？已经足够了。"

山楂果，酸酸的，吃在嘴里，酸得牙缝里冒出酸水来。刘清河咧着嘴，酸得"呲哈呲哈"的。

"这果子太酸了，比小贩子卖得还酸，不过挺好吃的，过瘾！"

“再来一个？”

哈日夫把手伸向装山楂果的包。刘清河一下打开了他的手：“你猪八戒吃人参果啊，吃了一个还要一个。”

哈日夫哈哈大笑。

“走走走，看你吓的。以为我真是猪八戒啊？”

哈日夫笑着，他喜欢逗刘清河，看到他认真的样子，他就觉得挺开心。为了一只小鸟，两人在树林里跋涉了一个上午，可他们一点累的感觉没有，反而因成果颇丰感到舒心快乐。哈日夫一路找事儿跟刘清河拌嘴，两个人说说笑笑回到了连队。

哈日夫跟刘清河回到连队时，国莲和尉扬正给红鹘喂牛肉。它还是不想吃，只能掰开它的嘴巴，把小块牛肉放进它的嗓子里，它才会吞进去。看到哈日夫和刘清河真找回了山楂果，国莲对他俩一阵夸奖。

尉扬说：“不用夸他们，你一夸他们就不知北了。行了，别站着，拿出两个来掰开呀。”

刘清河赶紧打开小包，从里面掏出一把山楂。哈日夫从他手里捡出一个掰成小块，趁国莲给红鹘喂牛肉的间歇，把小块山楂送进红鹘的嘴里。山楂比牛肉好喂，很快就喂了两个。

“好了，别喂了。”国莲按住哈日夫又要掰山楂的手，马上叫停，她说：“两个就够了，留着下次再喂。尉扬哥放开它吧，牛肉也就喂这些吧，它应该已经饱了。”

国莲拿过床上的小垫子，放在桌子上，让尉扬把红鹘放下。红鹘趴在小垫子上，眼睛睁着看眼前的四个人。国莲说：“你们快看，它在看我们啊！今天它好像好多了，昨天都不睁眼睛。”

“那两顿牛奶，也一定起作用了。”

“嗨，我说你们，喂完了它，也该去喂喂自己了吧？”哈日夫觉得肚子非常饿，他着急去吃饭：“不饿吗？跑了一个上午，我的肚子嗷嗷叫了。”

“走，走，走。你个黑大个，总是忘不了吃。”

尉扬推着哈日夫，先出门去了，国莲和刘清河还对着红鹘看。刘清河说：“这只鸟越看越漂亮，要是它能说话就好了。”

“我觉得，就是不会说话，它也明白咱们的意思。走吧，我们也吃饭去。”

“好。我也饿了。”

国莲关好门，跟刘清河一起走出卫生所，两个人去食堂吃饭。在半路上，刘清河跟一个战士打招呼，他的问话引起了国莲的注意。刘清河问他背回来的小猪怎么样了。国莲就问，啥叫“背回来”的小猪。刘清河给她讲，说这个战士姓林，是后勤连队的战士，负责养猪什么的，大伙喊他小林子。小林子家是贵州农村的，夏天回家探亲，背回来两只当地的土猪崽，说这种猪的肉一百多元钱一斤，想养大了让大伙尝尝鲜。

“天啊，他真……”国莲找不到合适的语言表达心里的感动，说：“我一定要去看看，太让我感动了，好几千里地，背回小猪崽来养，只是为了让战友们尝尝他家乡的土猪肉。”

这个小事儿，让国莲心里念念不忘，吃完饭分手时一再嘱咐刘清河，找个时间领她去看小猪崽。从心里说，国莲希望马上就去，可人家刘清河跑了一个大上午，去给她的红鹘摘山楂，要说不累那才怪了。所以她忍住了马上要看的念头，只是嘱咐他一定要记住这件事。

刘清河也没忘记这个事儿。第二天是周日，刘清河一大早吃完饭就来找国莲。刘清河这么早就来找国莲，还不仅仅是要去看贵州的土猪，他还有一个关于女朋友的问题要问国莲。当他们两人走在去后勤连的路上，刘清河就提出了一个让国莲想不到的问题，他说：“国莲军医，你是女孩子，我想问你一个女孩子的问题。”

“哦？女孩子的问题？是你女朋友吧？”

“嘿，就算是吧。”

“啥叫就算是？你说，我听听。”

刘清河想了想，挠挠头，又踢飞了路边的一个石头子，“吭哧”着说：“也不知道能不能算女朋友，她今天好了，明天又不好了，总是挑我毛病。今天说我傻，明天又说我笨。你知道的，前些天我回家一趟，她又来我家不走了。我爸妈又让我问她结婚的事儿，她想都没想，开口就说不结。我爸妈就骂我，让我另找女朋友。”

“你没问问原因吗？就一个‘不结’就完了？”

“问了。她不说。”

“那她对你，好不好呢？”

“有时候挺好的，每次回去都给我买这买那的，她还……反正我们……我回去就住在一起。”

“你给她钱花吗？”

“给。可我也没多少钱，也没给她多少钱。”

“你说个准确数，你每次回去给她多少钱？”

“这次回去给她五千，前几次，也是每次给几千吧。”

国莲有点为难，她也没这方面的经验，她除了尉扬心里没别人，更不知道刘清河的女朋友怎么想。国莲想了半天才说：“我觉得，你该听你爸妈的话。”

“我也想过分手，可她一去找我，我就又舍不得。”

“哦？”

“我很矛盾，很想让她跟我结婚，可她就是不喜欢结婚，要是我真的找了别的女朋友，她不知会怎么样……我的爸妈也年纪大了，他们也想让我早点结婚。”

刘清河低下了头，看上去很懊恼。国莲忽然想到自己，心里一下很难过，有父母是多么幸福的事儿啊。可惜，她天生就没有这个幸福，除了她自己，从来没人关心她的婚事。国莲不想再谈这个伤心的话题，她说：“我们快走吧，去看看回来，还有其他的事儿要做。”

刘清河答应一声，加快脚步往前赶，但他还是说：“谢谢你，国莲。我一直想找个人说说，可又不敢和他们说，你也知道那些人的嘴巴。我怕他们笑话我。”

“你放心，我会给你保密，有啥想不开的就和我说，说说心里会轻松很多，是吧？”

刘清河憨厚地答应着，他笑了，确实感到心里轻松多了。这一天，国莲和刘清河终于看到了贵州土猪，不过他们很失望，那小猪除了矮矮的腿，再看不出有啥特别之处。小林子告诉他们，小猪崽还太小，等长大差异就明显了。国莲就嘱咐小林子，等小猪长大了记得叫他们来看。小林子兴致高，他又带着他俩去看了其他的养殖动物。国莲心里感叹，在这大山深处，要想做好连队的后勤工作，还真是不容易，不知有多少战士，为此付出辛劳和汗水。

8. 战友情深

一个温暖的周末，刚吃完早饭不久，一群战士就聚在了篮球场上。国莲今天兴致高，她也跑来加入队伍。看看有女孩子加入，小伙子们的劲头更高了，还吸引了许多来看热闹的人。

篮球场上，十几个战士分成两队，国莲夹杂其中。这个时候的国莲，一点女孩子的样子都没有，她在人群里撞来撞去，为抢一个球，差点把王朝阳撞得摔倒，引得围观的战士大笑。刘清河跟哈日夫挤在一起，一边看一边议论。

刘清河笑着说："简直一个野小子……哈日夫，你说这个国莲，这阵怎么跟野孩子似的，平时没见她这样，是吧？"

"要不像野孩子，怎么敢来这么遥远的山沟？"

"平时给人看病挺温柔的，这阵又像野孩子，比老爷们还能抢！"

哈日夫逗刘清河："怎么，心动了？想追吗？"

"不敢，怕被尉扬打。你厉害，你追呗？"

"好，我可不怕被打。我就跟尉扬抢一抢，看能不能抢过来"

"那我告诉国莲，说你要抢她，"刘清河说着，就冲场地里的国莲喊："国莲军医，哈日夫说……"

"你小子，"哈日夫突然把一个纸团塞进刘清河的嘴里，然后对着国莲喊："国莲，国莲，刘清河说，你这阵儿野蛮得像个野小子！"

国莲看他们一眼，对他们举了一下拳头。这时，一个战士跑过来，她对着场上的国莲喊："国莲军医，来了一个牧民，说找军医……"

国莲"啊"了一声，跑下场，跟着战士跑走了。哈日夫看场上空缺，马上跑上去顶数，他喊着说："大家继续，我来接替国莲。"

国莲跟着战士来到大门口，白宝顺正手捂着腮帮子走来走去。国莲跑到他跟前，说："老白，你怎么了？"

"牙痛得厉害。国莲军医，你会扎银针吗？"

"你先跟我去卫生所吧，让我先看看你的牙怎么回事。"

"不进去，你和我去乌云大婶家，我媳妇在她家。"

国莲笑了。她以为白宝顺担心自己看病不精，需要媳妇在一边壮胆，她责怪地说："老白，牙疼，就是扎个针，再给你拿点药，还要你媳妇在跟前吗？你怕我学医不精，治不好你的牙吗？"

白宝顺摇头摆手："不是，不是……我媳妇，（比画）脚，长钉钉……钉钉知道吧？不能走路！"

"什么钉钉？你在说什么？"

白宝顺着急了，不知道汉语怎么说那个字，他把鞋子脱下，指着脚底板说："就是这里，老老的……钉钉……"

"什么呀？我不明白呀，哈日夫！哈日夫！"

哈日夫，在篮球场上"咋咋呼呼"玩得正酣，根本听不见国莲喊他。一个正往外走的战士，看到国莲喊哈日夫的名字，转身跑到篮球场去给她喊人。

哈日夫跑着来了："白宝顺，你怎么在这里？怎么了？"

国莲说："白宝顺牙疼，可不知怎么，又比画脚。他说的什么意思，我听不明白，你跟他说。"

白宝顺正在穿他的鞋子，不满意地埋怨："女的不如男的，我一说何军医就明白了。我怎么说，她都不知道，还军医呢，急死我了。"

"老白，你再说怎么了？"哈日夫又问国莲："他说什么了？让你不明白？"

“他说钉钉，脚上长了钉钉！”

白宝顺用手比画着，用蒙古语说完，又用汉语解释：“老老的钉钉，硬硬的！”

“啊？哈哈哈！知道了，知道了，就是鸡眼嘛。他说媳妇脚上长了一个大鸡眼！疼得不能走路了，让你给扎下去。”

“鸡眼？鸡眼……咯咯咯，鸡眼！老白，你还丁丁的，说鸡眼我不就知道。哈日夫，还是你和我一起去吧，再出来个马眼，我就更不知道了！”

国莲的话把白宝顺和哈日夫都说乐了。哈日夫让白宝顺先回去，他们准备一下随后就到。哈日夫要回去和连长说一声，国莲要回去带药箱，两人约好二十分钟后马厩见。

国莲和哈日夫两人没有太耽搁，很快跟在白宝顺之后来到了乌云大婶的家。白宝顺和媳妇金花，还有乌云大婶和另一个妇女，他们都等在院里。

大黄狗也跟来了，看见昔日的两个主人，老远就撒着欢跑过去了。大黄狗先奔向了白宝顺，不断蹦跳着立起两只前爪向白宝顺的身上扑，白宝顺只好伸出胳膊抱了它一下，嘴里不断说“好了，好了”。然后大黄狗就转向了金花，金花拍拍它的头，“西拉，西拉”地叫了两声。哈日夫告诉国莲，“西拉”就是“黄色”的意思。“西拉”不满足被叫两声就罢休，它不断把一只爪子抬起递给金花，金花只好拉住它的爪子，又拍拍它的脑门，捋一下它头和脖子上的毛。

乌云大婶把哈日夫和国莲让进屋里。白宝顺和金花也丢下还在撒欢的大黄狗，跟着进屋来。国莲让白宝顺先坐好，先检查了疼痛的牙齿，确定了哪颗牙之后，她打开银针消毒包，决定先给白宝顺扎牙。白宝顺对国莲扎针的手段不太放心，他用眼睛斜着她。国莲的动作很仔细，细心地挑选了满意的银针，她挑出的针很细，这让白宝顺也比较满意，心里说何军医也是这样挑选的。国莲拿起针，选好穴位后，很快就扎上了一针。

哈日夫站在不碍事的地方，他的眼睛专注地看着国莲。乌云大婶和金花与另一个年轻妇女，三个女人不时用蒙古语交流几句。国莲又扎了两针后，开始捻动之前扎下的一根针，她看着白宝顺的表情，比画着他的腮帮子处询问。

“怎么样？扎针的地方有啥感觉？”

“扎疼了，挺好的，何军医扎也这样。”

“疼？”国莲端详着白宝顺的表情，“怎么会疼呢？看你的样子，不像疼痛的样子啊？”

哈日夫用蒙古语和白宝顺交流，然后告诉国莲，他说的“疼”，是“麻木”的意思，哈，他不会用汉语说“麻木”这个词。

“麻木就是麻木，还疼！”

白宝顺不服气，说：“那你，还不会我们的话呢，何军医都知道。”

“你……好吧，我今天就开始学蒙古语，等我学会了，看你怎么说。”

“好了，你坐好，不要动了。我给里面的再来一针。”

国莲和哈日夫，在乌云大婶家耽搁了一个上午。给白宝顺和他媳妇扎完针，也不管国莲是不是故意那么说的，哈日夫马上把这个话茬接了过去。“做我学生如何？我毛遂自荐，自告奋勇，一定把你教得蒙古语‘呱呱叫’！”

“好啊，可是你说的，要教不好，看我怎么……也给你扎一针。”

“甘愿奉陪！”

国莲从白宝顺的脸上拔下针，问他：“牙还疼不？”

白宝顺对哈日夫说蒙古语，“哇里哇啦”说了一大串，国莲说：“真来了，一句汉语也不说了。怎么着，在气我呀？”

“气气你，不让你知道。”

“好，不说不是吗？”国莲拉出使劲扎针的架势说：“看我怎么收拾你！”

“不敢啦，不敢啦，现在说汉语。”

哈日夫给国莲解释：“白宝顺说，牙好多了，外面的不疼了，里面那个有点疼，说你的手艺不错，跟何军医很像。”

“你看，我没说你坏话吧？”

国莲仔细端详着老白，说：“老白，上次你和现在一点都不一样，你还这么爱说笑啊？”

“那时心里没底呢，哪有心思说闲话。”

又来了一位妇女，说经常耳朵眼儿里疼。国莲给了她一盒消炎药，让她先吃着，说下次来，会给她带一瓶滴耳液来。

回军营的路上，哈日夫和国莲牵着马慢慢走，医药箱背在哈日夫的肩上，国莲手里拿着一根小树枝，上面被秋霜打红的叶片鲜红耀眼。他们两个人，一边走一边交谈。大黄狗一会前边跑，一会后面跟。

哈日夫说:“其实，学蒙语也不难，和牧民们接触多了，简单的就学会了。”

“不，我要学，就学好，不是简单的，而是都要学会，像你一样！”国莲从心里感觉到，学好蒙古语是自己工作的需要：“我不是生活几天或者几个月就走了，而是要在这里生活很长时间，也许五年八年，也许十几二十年。”

“那可不容易。”

“什么不容易？”

“待在这样的地方不容易，学好蒙古语也不容易。”

“不容易也得学！我是这里的军医，万一牧民有紧急情况，你又不在身边，他们说话我又不懂，那不耽误事吗？”

“好！你有决心学好，我就有决心教好。”

“那你现在就教我一句吧。”

“教你……赛白努？”

“什么？”

“赛白努？是问对方，你好！”

“赛白努……赛白努……”国莲重复着，突然大声说:“哈日夫，赛白努？”

“赛呐！其赛白努？”

“什么？”

“‘其’，‘其呢’都是你的意思。”

“其赛白努？”

“赛呐！赛呐！”

国莲兴高采烈地说："我会了！赛白努？其赛白努？赛呐！赛呐！"

"塔，赛白努？"

"什么？"

哈日夫大笑："哈哈，不知道了吧？'塔'是您的意思，这是尊称，问对方'您好！'"

国莲显出非常惊讶："问个好。这么多讲究啊？还有吗？"

"再说一遍，我听听。"

国莲张了张嘴，一句也没说出来："遭了，都忘了！"

"看，不行吧？"

国莲笑着说："……其赛白努？塔，赛白努？赛呐，赛呐，赛呐。怎么样？想难住我可没那么容易。"

"你还真行，孺子可教也……不过，我说徒弟，我们还是快走吧，不然没饭吃了。"

国莲答应一声"好"，很快上马跑走了。哈日夫追在后面，两人消失在进山的路上。

哈日夫和尉扬一起从食堂走出，国莲在后面追出来，喊："哈日夫，哈日夫——"哈日夫跟尉扬同时回头，看着她一脸兴奋的样子。

尉扬说："国莲，干吗风风火火的，什么事儿？"

"国莲在学蒙古语，为了出诊方便。"

"哦……这么快就想学了，不愧是我妹妹。"

国莲没接尉扬的话，她连说带比画："哈日夫，喝酒怎么说来着？就这个没记住，剩下的都记住了，'吧嗒依滴'，'淖高依滴'，'比其，比其……'"

尉扬笑："哈哈，会说好几句？"

国莲歪头，调皮地说："怎么，尉扬哥要教我？"

尉扬赶紧摆手，说："哈，我这两下子可不行，还是让哈翻译教吧。"

国莲转向哈日夫："哈日夫，再教我几句。"

"没问题，别的不敢吹，这个还可以。"

“你们聊，我出去转转。”尉扬有事要走，他离开两人向大门外而去。国莲看见他去大门外，追着问：“尉扬哥，你要去哪？是出去散步吧？我也要去。”

“你好好学吧，我要去几个哨位，都非常远。”

“我也跟你去吧，很多地方我还没去过。”

“你先学习，哪天再带你去。”

尉扬走远了，国莲很失望地走回来，说：“哈日夫，你还是继续教吧。我们去阅读室，那里肃静。”

“看你的样子，有心思学吗？不如我陪你去界河边，那里的风景不错。尉扬也可能去那里，保管能追上他。”

“真的啊？那个地方我一直想去。好，明天再学，我们去吧。”

“哪用明天，路上也可以学，是吧？”

听说能去界河看风景，国莲一下把刚才的不愉快丢一边了，她高高兴兴跑回去准备行装。

界河离连队的营地并不是很远，徒步大约走两个多小时的路程。当初白宝顺带着国莲和大毛、二毛，就是往界河的方向去的，可惜他们并没有走到界河就被抓了。这使国莲对界河有了一份惦记的情感，今天终于踏上了去那里的行程，国莲的脚步就迈得很快，她不断招呼哈日夫快走，可哈日夫根本不听她招呼，只有大黄狗欢欢喜喜地跟着她往前跑。

哈日夫可不着急，他喜欢秋季山水景色的大气和豪迈，高高的天空，带点苍凉的大地山水，让他觉得心胸一下辽阔了许多。当登上一座小包的时候，他干脆不走了，站在那里唱起了电视剧《成吉思汗》主题歌。

国莲本想催他快走，可当他唱起歌的时候，却深深被他的歌声吸引……

风从草原走过
吹散多少传说
留下的只有你的故事

被酒和奶茶酿成了歌
马背上的家园
因为你而辽阔
到处传扬你的恩德
在牧人心头铭刻
深深铭刻
每一个降生的婴儿
都带着你的血性
每一张牧人的脸庞
都有你的轮廓
每一座毡房的梦里
都有你打马走过……

哈日夫是那么投入专注地唱着，国莲心里生出一个疑问，无论从哪个方面说，哈日夫都是一个优秀的男人。可是，她从没听他提起过女朋友的事儿，他没女朋友吗？哈日夫唱完了他的歌曲，看着国莲问：

“怎么样，这首歌曲喜欢吗？”

“气势太强了，是男人的歌曲。”

“哦？那我给你唱首温情的？一首藏族歌曲《卓玛》，怎么样？”

“还是先别唱了，我想问你问题。”

“好，你说。”

哈日夫找块石头坐下了，他想听听国莲想问他什么问题，准备好好给她解答一番。国莲笑了，放下背包，也坐在地上。

“哎，你可别这么坐，”他向四周看看，跑到一棵树下，抱来两块朽木，说：“我的母亲说过，女孩子怕凉，坐这个木块上，咱们一人一块。”

“你这么细心啊，平时看你一点正形没有。”

“那只是平时嘛。”

“哈日夫——”

“啊？”

“你有女朋友吗？怎么总也没听你说过。”

哈日夫又重新坐下，看着远处大片大片气势磅礴的山峦和森林，长出一口气，慢慢说：“是啊，我不太喜欢说自己的事情。今天就和你说说吧，怎么说呢，简单点吧。我父母的民族情感非常重，他们希望我找一个同民族的女朋友，可我一直没碰上喜欢的……去年回家，有亲属给介绍了一个，我的父母非常喜欢这个女孩子，无论从哪方面说，这个女孩子都是不错的，可我呢，就是无法从心里喜欢她，不想再伤父母的心，所以就这样搿着呢。”

“都什么年代了，不喜欢就是不喜欢，总会碰到喜欢的，干吗勉强自己？”

“很难说，这种事可遇不可求，两人心灵相通，完全互相喜欢，相亲相爱走一辈子，哪那么容易？”

“怎么？郁闷了？”

“没有，郁闷啥？走吧，还有很远呢。”

国莲说了个“好”字，起身准备动身，她对着远处喊：“阿黄，走了！”

大黄狗的身影在几棵白桦树后，它冲国莲“汪汪”两声，可是不肯回来。国莲继续喊，它又“汪汪”两声，还是不回来，国莲说：“它在做什么？咋还不回来了？”

“走，看看去。”

两个人来到大黄狗不肯离去的地方，大黄狗看见国莲和哈日夫到来，摇着尾巴跑过来迎接他们一下，就又跑回了白桦树后面，对着一个洞口“汪汪”。原来白桦的后面，有两块牛犊子一样大的岩石，岩石下是个很大的洞，洞口小里面大，三只毛茸茸的小狗崽一样的小家伙，挤在洞口处往外伸脑袋。

哈日夫只瞭了一眼，就吓得“嗷”一声，他拉住国莲就跑，边跑边没好声地喊大黄狗：“阿黄！阿黄……”

看到哈日夫紧张的样子，国莲也边跑边呼喊大黄狗。大黄狗看看主人被吓跑了，不明所以地“汪汪”着跟在后面。一口气，哈日夫拽着国莲跑出了一百多米，但他不是往山下跑，而是在山顶上往远处跑，跑出了一百多米，他才站下四处观察，喘粗气说：“看到母狼了吗？”

“母狼？”

“天哪，母狼就在洞口不远处的大树后面，它……看着我们，眼睛都红了！大黄狗。”哈日夫指着大黄狗，“你玩什么不好，干吗去招惹狼崽子？”

“狼崽子？你没看错吧？是不是野狗啊？我前几天还看见野狗了，就在咱们那个后山上……”

“祖宗，是狼吧，哪来的野狗？”

哈日夫查看了四周，确实已经没危险了，才说：“好了，我们小心点，往这边走，从这边下山。”

经过这一吓，哈日夫不敢再大意，脚步也不断加快了。他心里有点后悔带国莲出来，万一有点啥事那还了得！不过还好，他们很快进入了一条战士们经常出没的地段，哈日夫悬着的心也终于落在了地上。可他刚刚落下的心又悬了起来，大黄狗又“汪汪”起来，它对着树林使劲叫。哈日夫警惕地跳起来，拉国莲躲在一棵树后。

树林里传来声音，发出“哼”的鼻音，大黄狗“汪汪”着跑进树林，哈日夫急了，喊：“阿黄，你怎么回事？”又对国莲说：“好像是野猪……”

“野猪怕啥？大不了轰走算了！”

“我的大小姐，多数野猪都攻击人，是吃人的！”

“啊？吃人？你吓唬我……”

“快上树！真是野猪！”

“在哪？我怎没看见？”

“快上！”

国莲被哈日夫连推带举，上了树。这时，国莲也看见了，树林里深深的草丛中，两头硕大的野猪正向这边跑来。大黄狗对野猪的出现，不知是振奋还是激动，像终于找到了对手一样兴奋，它“呼哈”地一会前跳一会后跳，看上去像堵截野猪，又像猫逗老鼠一样玩。

国莲继续往上爬，哈日夫也跟着往上爬。看看离地面很高了，哈日夫松了一口气，两人各自找了一个树枝坐稳。国莲大笑。

“野猪会吃人吗？你故意吓唬我！”

“好！不信你下去和它们耍耍……”

哈日夫话音没落，国莲“啊”一声惊恐大叫，接着，国莲掉了下去。哈日夫反应极快，伸手去拉，但只拉到了国莲的一片衣角，没拉住人，自己却失去了平衡，两个人一前一后，掉了下来，砸断了两根干树棒。这一意外，吓住了跑来的两头野猪，但它们也只是愣了愣神，便向树下而来。

哈日夫顾不得两人是不是摔疼了，他拉起国莲靠在树下，大吼国莲：“上树！”

“不！树上有蛇！”

“必须上！”

国莲爬了两爬，抬头一看，一条大花蛇正顺树枝慢慢爬下来。啊，她手一软，任自己又掉下来。这回是国莲拉住哈日夫撒腿就跑，她喊说：“蛇！很大的蛇！”

哈日夫被国莲拉得一个踉跄，脚下被树根一绊，摔倒了。这一闹，野猪的野性上来了，“嗷嗷”叫着奔两人而来。国莲不知道野猪的厉害，拣起砸落的树棒向野猪打去。野猪更疯狂地扑向国莲。大黄狗这下明白了问题的严重性，它不要命似的扑向野猪。可惜野猪是两只，它只能跟一只拼命。眼看野猪扑来，危急之时，哈日夫一个猛扑，扑在野猪身上……接着，只听一声惨叫。

那头扑向国莲的野猪，倒在地上，脖子下、地上一摊血。不知啥时，哈日夫手里已经多了一把蒙古刀，他胳膊上流着血。国莲惊呆了，丢下木棒奔哈日夫而来。

哈日夫大喊：“小心！”

国莲奔到了哈日夫的身边，抓住他流血的手。这时，另一头野猪，用蛮力甩开了大黄狗的疯咬，直奔国莲的后身而来，眼看野猪冲向国莲的后背，哈日夫胳膊一伸，一下将国莲掠到了一边，两个人摔倒了，野猪扑过来，大黄狗扑过来……枪声响了。

尉扬和几个战士，出现在哈日夫和国莲的眼前，野猪是被尉扬打死的。山野一片寂静，国莲的脸吓得惨白，她傻傻地看着两头死掉的野猪。哈日夫龇牙咧嘴，坐在地上，胳膊上一片血红。

尉扬来到国莲身边，拉住她的手，说："没事了，不用怕，它们都死了。"

国莲点点头，看到哈日夫流血的胳膊，马上打开背包，从里面拿出急救包，给哈日夫包扎伤口。尉扬蹲在他们身边，一边帮忙给哈日夫包扎伤口，一边问哈日夫："你们两个怎么跑这里来了？多危险……"

"你没带国莲出来。我看国莲不太高兴，就带她一起出来，想去界河看风景，连带教她学习蒙语。谁知道……运气好差！刚才还被母狼吓了一跳。"

"你呀，别人天天走这都没事，偏偏你们一来就有事儿。走吧，一起走，还浪漫不？胳膊伤重了吧？"

哈日夫"嘿嘿"笑着："告罪，告罪，我伤了没关系，幸亏没伤到你的小媳妇，要真伤到了，我可就真的担当不起了。"

"知道你这样，该让野猪多咬你一口，让你使劲儿贫嘴。"

"你们烦人，还开玩笑……想想就后怕！"

"别说，你这一说，我也真有点后怕！"

"多亏尉扬哥来了，不然今天真喂野猪了！"

"哪能那么惨？别忘了，我是蒙古人！只要有一半的命，也能杀死一只狼！"

"对了，你的刀哪来的？"

"呵呵，国莲你不要忘了，哈日夫可是地道的蒙古人。这个年代还差了，过去蒙古男人，哪个不随身带一把蒙古刀。是吧，哈日夫？"

"对呀。不过，今天是我大意了，来这样的地方，怎能不带武器！"

"以后我再也不来这里了。"

"哦？还有我妹妹怕的东西啊？你从小可是什么都不怕的。"

“野丫头也被吓住了。”

“你们气人！”

国莲使劲放下哈日夫的胳膊，哈日夫疼得大叫。尉扬带来的几个战士，收拾完残局，一行人和一条大黄狗，便走在了返回营地的路上。国莲和哈日夫的界河之行，就这样半途而废了。

9. 偶遇情敌

夜幕笼罩着满山的秋色，营地里静悄悄的。国莲从外面回来，她悄悄打开屋门的一条缝，外面的月光照进屋里，床上，桌子上，地上，像笼罩了一层淡淡的薄雾。国莲蹲在门口，嘴里发出“吉儿，吉儿”的鸟叫声。红鹘在黑暗中睁开眼睛看看国莲，国莲又发出一声“吉儿”的声音。然后她蹲在门口等待，大约一分钟，屋里传出一声轻微的回应，“吉儿”。国莲惊喜地站起来，开门进屋拉亮电灯。红鹘正站在桌子上，睁着明亮的眼睛看她。

国莲走过来，抱起它转了一个圈，开心地跟它说话：“红鹘，我和你一样，也是只红鹘，对吧？你看，我也会像你那样叫，我是你的同类，是吧？所以，你应该自己吃食了，不能老是让我喂你，对吧？”

国莲从包里掏出一个小铁盒，打开。红鹘伸头，看看铁盒里的食物，然后看着国莲。国莲只好从铁盒里拿出一块牛肉条，红鹘盯着牛肉看了好一阵，然后用嘴叼住，吃进了肚里。

国莲高兴得蹦起来，大喊：“啊，红鹘，你终于肯自己吃了，太好了！我去告诉尉扬哥。”

国莲转身向外跑，到门口又停住了，她回头看红鹘，红鹘正看着她。国莲回来了，她拉过椅子坐下，说：“红鹘，你吃吧。我不走了，你好好吃，等你体力恢复了，我带你去远处玩，去山顶上，好不好？”

红鹘鸟没再等国莲给拿肉，自己从铁盒里把一条一条的牛肉，都叼出来吃掉了。国莲拿起空铁盒，对着红鹘发出很短一个“吉儿”的叫声。红鹘也发出“吉儿”的回应。国莲高兴得唱起歌，一个人在屋里边唱边舞。

也许是红鹘鸟被国莲的歌声和舞蹈感染，或者它已经接受她成为同类，它打开翅膀，做出要起飞的动作，但是它并没有飞，而是呼扇了几下。

国莲“咯咯咯”笑着，笑声穿过屋子，在营地上空盘旋。

早晨，国莲早早就起床了。红鹘终于可以自己吃食了，它从消沉中重新振作起来，国莲要带它出去玩，好多天没出去了，红鹘一定非常想念外面的天空。一切收拾妥当后，国莲抱着红鹘来到了院里。大黄狗看到主人出来，叼着一根骨头跑过来，看到红鹘它放下骨头“汪汪”两声，然后又趴下啃它的骨头。国莲四处看看，把红鹘放在地上，然后自己向前面跑，跑出一段距离，回头发出“吉儿，吉儿”的鸟叫声，红鹘展开翅膀向她飞去，国莲接着向前跑去，跑向小树林的方向。红鹘从她头顶上飞过，先飞进了小树林，落在一棵小树上。

红鹘完全好了，国莲高兴得不知如何是好，她跑出小树林，呼叫着红鹘向前院跑，红鹘便追着她飞去了。大黄狗一看主人和红鹘都跑了，也丢下骨头从后面追去。国莲在前面跑，红鹘跟着它飞，一会儿落树上，一会儿在天空逗留。让国莲惊奇的是，红鹘竟然能够悬着在天空停留，它呼扇着翅膀悬在天空的一个位置，好半天不离开，欢喜得国莲双手挥着不断喊红鹘，吸引得很多战士驻足，观看红鹘的空中特技。

红鹘病了有半个月了，战士们都知道它的故事。如今看到它恢复了健康，全都跟着高兴。红鹘展开砖红色的翅膀，跟着不断奔跑的国莲飞来飞去，还不时发出“吉儿，吉儿”的叫声。这个时候，国莲就停下来，发出“吉儿，吉儿”的声音回应。院里，战士们越聚越多，尉扬、哈日夫、王朝阳、刘清河，听到这一消息，也都从宿舍跑出来。

哈日夫深深地感叹：“真是难以想象，国莲竟然能和红鹘鸟交流！”

“说不定，红鹘鸟把国莲当成同类了，你看它跟国莲跟得多么紧？”

当红鹘和国莲再一次发出“吉儿，吉儿”的呼应时，不知谁带头鼓起了掌，瞬间，掌声得到了所有战士的响应，人们使劲拍着手掌，表示对这一奇迹的欣赏和支持。国莲向大家挥手，大喊：“谢谢大家，谢谢战友！”

红鹡似乎也明白了人们对它的厚爱，再次发出“吉儿，吉儿”的鸣叫。国莲伸出一只手，向红鹡发出召唤，红鹡轻轻飞落在她的手掌上。战士们再一次发出雷鸣般的掌声和口哨声。大黄狗不知是嫉妒还是欢喜，它发出了不明所以的“汪汪”声，国莲腾出手，拍拍它的头，表示没有忘记它。

深秋的天气虽然有点凉，但还不是很冷，温暖的太阳升上天空后，就感觉大地又有了热度。自那天早晨后，国莲和红鹡还有大黄狗，就成了营地的一道风景，上次野狼和野猪事件后，国莲就很少独自一人外出了，有时闷得难受就约几个熟悉的战士一起外出。

又到了巡诊的日子，国莲很想跟尉扬一起去，就选在周末的假日里。这一天，天气特别好，吃饭时国莲就约尉扬跟他一起去，可是尉扬说他当天有事，要去界河附近的哨卡走走。国莲想了想，说那你就今天办事，我们明天去。尉扬说明天我也有事。国莲问什么事，怎么一天还办不完？尉扬说真的有事，但没说有什么事。国莲只好放弃和尉扬外出的打算，她找到了哈日夫，希望他跟她一起去巡诊。哈日夫倒好说话，一口答应下来。

国莲和哈日夫一起踏上了去牧村巡诊的路。从上路开始，国莲就一声不吭，路边的风景很美，成片成片的树木和枯黄的野草组成了道路两旁美丽的风光，野草和一簇簇被霜染红了叶片的植物，深深浅浅的红和黄组成了一幅优美的山水画，特别是一种红红的树叶，犹如蒙古高原上饱经风雨少女的脸颊般红润美丽。可这些风景，似乎都难吸引国莲的目光。还好，有红鹡和阿黄跟随，她不时会喊一声“阿黄”，或者对着天空发出“吉儿，吉儿”的呼唤。

“你怎么不说话？这路边的风光多美，你没看见吗？”

“看见了。”

“看你一副消沉的样子，别这样好不好？尉扬他有事，军人就是这样，你又不是不知道。”

“可是，今天连队没事啊，团里那边也没事。周末，可以请假外出的，再说是陪我出去巡诊，也算一半工作吧？”

“可能赶巧有事。好了，别说不高兴的事了。说说你培训卫生员的事吧，课程进行得怎么样？”

“他们啊，听得倒是挺专心的，可是提问时，谁也不回答。”

“唉，年纪大的都转业了，他们基本都是去年的新兵，慢慢来，你是科班，他们是门外汉，哪能一下什么都学会。”

“是啊，可能是我太急了。”

国莲和哈日夫，两个人说着话，从山谷出来，迎面碰上巡逻的刘清河和几个战士。

刘清河勒住马，老远打招呼：“哈日夫、国军医，要出诊啊？”

哈日夫回答说：“是国军医去巡诊，她的蒙古语还没学好，我去当翻译。”

王朝阳的脚前几天扭伤了，吃了好几包“三七片”。国莲想起这事，就问：“朝阳，你脚好了吗？”

“好了，谢谢你。”

战士们没停留，前面走了。刘清河打马追队友，回头说：“国莲，你不是说要学射击吗，哪天开始？”

国莲也喊着回答：“过几天，等我有时间了，就去找你！”

目送王朝阳远去后，国莲和哈日夫打马驰向远方，大黄狗也撒开蹄子，紧追在后面，所过之处的天空，不时传来红鹘鸟“吉儿，吉儿”的叫声。

白音图老爹，常年生活在远离村落的夏营地，他已经好几年不回定居的村落了。老爹早起收拾了一阵羊圈，然后就盘腿坐在包前的一块羊皮上，用盐揉着一块儿新剥下不久的羊皮，老人的身边，一个小桌子上放着一个木碗和奶茶壶，老人不时喝口奶茶。一条小黑狗趴在蒙古包门旁，脑袋搭在爪子上睡觉。忽然，老人听到非常特别的几声“吉儿，吉儿”的叫声，他顺着声音望去，一只红鹘鸟站在了晾晒羊皮的架杆上，老人惊喜地站起身，手搭晾棚仔细观察这只红色的大鸟儿，嘴里发出惊喜的感叹：“呜哇……乌兰海日古希达！大喜，大喜，吉祥鸟飞来了？！”

那条趴在包门旁的小黑狗，发现有生人来到，爬起来“汪汪”叫着。白音图老爹向小黑狗叫的方向望去，两个骑马人向他家这边跑来，老爹自言自语：“吉祥鸟来了，领来了贵客？”

哈日夫和国莲老远就下了马，老人吆喝住“汪汪”叫的小黑狗。国莲和哈日夫到了近前，两人同声向老人问候：“塔赛白努！”

“赛哪，赛哪。是哈日夫啊，我就说嘛，吉祥鸟到了，领来了贵客了。”

哈日夫给白音图老爹介绍：“老人家，这是咱们连队新来的军医国莲，第一次来你家，了解一下您的身体情况。”

“听说了，听说了，就是刚刚见到，”老人欣喜地端详着国莲说：“也是只吉祥鸟啊！来了好几个月了吧？”

国莲笑着说：“啊？老人家您这么清楚啊？”

白音图哈哈大笑：“这个情报，可是础鲁老家伙告诉我的！”

哈日夫、国莲都笑了。白音图老爹说的础鲁老爹，是乌云大婶的丈夫。白音图进屋，一手拿着两张羊皮，一只手拿着两个木碗出来，他请国莲和哈日夫坐下喝茶。

国莲接过木碗，拿起奶茶壶倒茶，哈日夫接过羊皮，放在桌前。两人坐下。白音图老爹自己也坐下来，他说：“我的身子啊，已经是风干的老树了，没啥好不好的……就是这老腿，走路费劲了，等入了冬就更厉害了！”

“怎么回事呢？这里的老人家，不是关节炎，就是老寒腿。”

“他们很多人，都是常年在外放牧，刮风下雨的，夏季又很潮湿，是地方病。”

国莲拿出登记本，记录上老人的名字，然后继续询问：“老人家，您腿疼多少年了？都吃过什么药？”

“我今年六十八了，这腿疼有十几年了，开始吃去痛片，后来也不吃了。何军医没少给我扎针，扎针能好一阵子，阴天下雨就又犯了。”

“老人家，你的腿疼得厉害吗？要是厉害，我现在就给您扎一扎？要是不厉害，我哪天再来。”

“这几天还行，不太厉害，你先去忙，哪天闲来，再来扎吧，扎针费时间呐。”

“那好，老人家，我今天都做一下登记，以后心里也有数，抽时间我就过来。”

“知道，知道，何军医在这里时，就是这样，你们都是好人呐！”

哈日夫站起来，国莲也站起来。国莲说：“老人家，我们先走了。今天还有好几个地方要去，哪天我们再来。”

哈日夫也说：“老爹再见，您多注意身体！”

老人送两人离开。国莲抬头，发现红鹘站在自己的马鞍子上，她笑着说：“你看，哈日夫，红鹘是啥意思？是很喜欢我的马鞍呢，还是想让我知道它在等我们？”

白音图老爹惊奇地问：“乌兰海日古，是跟你们来的？我就说吗，好些年没看见，原来是你们指引它来到，”老人做出祈祷姿势：“感谢长生天，让我又看到了吉祥的乌兰海日古。”

国莲、哈日夫两人走向拴马桩，红鹘飞起来，他们上了马，向远处而去。红鹘鸟飞在天空，大黄狗追在后面。从白音图老爹的夏营地牧包到村落，有一个多小时的路，他们今天准备去小学校，看一看孩子们的健康情况。本来上次去红鹘的家里，回来的路上应该顺路去一下，可哈日夫却说啥也不带国莲去。这次国莲提出，哈日夫马上就答应了。

远处，蓝天白云下，广博的草场上，出现了一棵老柳树，老柳树的树叶黄中带绿，树冠蓬蓬勃勃像一座小山包。已经跑了很久了，哈日夫提议休息一下，国莲马上响应，她也感觉跑累了。一说休息，两人马上来了精神，像比赛一样，使劲磕下马肚，加快速度向老柳树的方向奔驰而去。

这棵树看上去有百年树龄，金黄的柳树叶细小而稠密，许多离地面近的枝杈上，细密的树叶间拴着数不清的红蓝黄等各色布条，微风吹来它们像美丽少女头上的发辫一样随风荡来荡去，使这棵大树如诗如画般美丽多姿。

大树下，好几个地方都堆着茅草堆，显然来这里歇脚的人不止他们两个。

哈日夫笑着坐在一个草堆上："看来，不只是我们在这里歇脚啊。"

国莲也坐下，她的目光还在美丽的树冠上停了，她说："哈日夫，这棵树太漂亮了。你刚才说它是柳树，可它们的树叶怎么那么小又那么密实？我第一次看见这么美丽的大柳树，还有这些鲜艳的布条，像给了大树灵魂一样，多奇怪呀？"

"这种柳树，当地人称为黄柳，它们几乎只生长在沙地草原，看那些细小的叶子，就知道它们是因缺少水分进化成这个的。"

"我在其他的树上也看见过红布条，那是什么意思？"

"祈祷。这样年久孤独的一棵大树，会被崇拜为神树。人们有时会专程来祈祷，消灾祈福。"

"哦。"

红鹘落在树上，发出"吉儿，吉儿"的鸣叫。国莲也发出"吉儿，吉儿"的回应，它就从树上飞下来，直接落在国莲身边，大黄狗本来已经坐在哈日夫身边，这时又起身坐到了国莲的另一边。

哈日夫笑着："阿黄又吃醋了，你看它本来在我身边，却又去了你那里。"

国莲拍拍大黄狗的头，说："谁知道呢，它好像啥都明白。不过抱歉，阿黄，我今天没给你带吃的。"

"一会儿去了村里，我们去白宝顺家，他家有好吃的，可能还有我的小羊腿。"

"对呀，烤小羊腿可真好吃，我也要买几个。大黄狗倒好说了，可红鹘怎么办，我也没给它带吃的。"

"饿了它会抓老鼠吃。国莲，还没问过你，你是怎么训练的？它怎么这么听话？"

"我也没训啊，自从它这次好了以后，就喜欢跟着我，可能因为在它最绝望的时候，我给了它温暖吧。我相信，它是有感情的……我还觉得，只要是生灵，就都是有感情的，只是我们对它们了解得太少。"

"你说的，我也赞成。我们蒙古人的祖先，就认为世上万物都是有灵性的。”

哈日夫拿出水壶，打开喝水。国莲也找出水壶，不过她先给大黄狗和红鹘饮水。

“我从小就是孤儿，知道人间的苦难。我知道，红鹘虽然是一只鸟，但它失去亲人时，也一定是悲痛的。我还记得它不吃不喝，无精打采消沉低靡的样子，它是那样无助，让人看了心痛。”

“知道吗？红鹘鸟是我们蒙古人称之为神鸟、吉祥鸟的鹰类，老人们说，只要它出现，草原上就水草丰美，牛羊肥壮……可是这些年，已经很少有人能看见它了。”

“当初，我听白宝顺说它是神鸟，还怀疑他是骗那两个歹人，后来才知道他说的是真的。”

“老人们都是这么说的。红鹘，不是大的鹰类，它的食物是祸害草场的老鼠，还有专吃草籽的麻雀。老鼠和麻雀少了，草场自然就生长旺盛。我觉得可能跟这个也有关。”

“有道理。”

“牧民们看到它，都会非常高兴。它那么听你的话，还跟着你飞来飞去的，用不了多久，牧民们就会把你当作长生天派来的吉祥鸟了。”

“怎么会呢？你又开玩笑了。”

“怎么不会？你没看白音图老爹，看着你说‘也是一只吉祥鸟’吗？很快就会有人议论红鹘了，消息也很快就会被传开。”

“哦呀，那他们，会不会说我是红鹘鸟变的啊？”

“哈哈哈，这是可能的。我也这么认为，你看它对你多温顺？你这辈子不是红鹘，上辈子也一定是。”

“咯咯咯，”国莲开心地笑着，“是啊，那你是什么？你是一头牛还是一匹马？”

“我是一头牛呗，你看我多粗壮高大……不过下辈子，我会跟阎王爷申请一下，变作红鹘鸟，给你做伴。”

“咯咯咯，你贫嘴，开玩笑。好了，我们走吧。”

“走吧，已经快中午了，去完学校，就该回营地了。”

国莲答应着，两人上马离去。红鹘飞在天上，大黄狗跟在后面。

教室的门开着，屋子里孩子们围成一圈，尉扬唱着《骏马奔驰保边疆》的歌曲，苏日娜围着他伴舞，她优美的舞姿，吸引着小女孩儿们羡慕的目光。尉扬悠扬的歌声，穿过教室飞出门外——

骏马奔驰在辽阔的草原
钢枪紧握战刀亮闪闪
祖国的山山水水连着我的心
决不容豺狼来侵犯
阿爸帮我饮战马
阿妈给我缝补衣衫
亲爱的姑娘向我招手笑
喝一杯奶茶情意深……

尉扬唱着，苏日娜围着尉扬不断展示舞蹈动作。国莲和哈日夫，两人进了教室。哈日夫，欣赏地看着他们的歌声和舞姿，国莲的脸色却黯淡下来。

尉扬看着苏日娜唱，苏日娜围着尉扬舞蹈，他们太专注了，以致国莲和哈日夫进来他们也没发现。忽然，苏日娜一个“不慎”向一边倒去，尉扬吓一跳，机械地伸出手拽住，苏日娜一个顺势，倒进尉扬怀里……尉扬一下愣住了，但他看到了苏日娜温柔的目光，他一下进入了无人境界。

孩子们“拍手”欢呼。哈日夫看着这个意外，也愣住了，他扭头看国莲，国莲的脸色惨白。

“尉排长，歌唱得不错啊！”

苏日娜和尉扬对望着，直到哈日夫说话，两人才如梦惊醒一般。当发现是国莲和哈日夫站在那里时，尉扬赶紧放开苏日娜，他尴尬地不知说什么好。

苏日娜倒无所谓的样子，她欣喜地说：“是国莲军医吧？哈日夫，是你们来了？”

“是啊，国莲说，她还没来过学校，要来看看孩子们的健康情况。”

国莲没理会苏日娜，冰冷地问尉扬：“尉扬哥，你不是说今天去界河那边吗？怎么在这里？”

尉扬说：“是要去界河那边的哨卡，可临时接到学校这边的消息，就来学校了。”

“我们和孩子们在排节目，旗里要在我们苏木举行国防教育现场会，要演出节目，尉排长是来帮助我们的。”

“啊……苏日娜，我还没和你说过，国莲是我在福利院一起长大的妹妹，我只有这一个亲人。”

“啊？是你妹妹啊？以前怎么没听你说过？对了，我想起来了，上次少先队员入队，你来学校回去时，我去送你，在山口你说你妹妹来了……哎呀国莲，那天要不是尉扬赶我回来，我们就见面了，真是的……”

苏日娜还在滔滔不绝地讲述，说她跟国莲几乎早该见面的事儿，可她并不知道尉扬因为来学校，当天失约了陪国莲的承诺。此时阻止苏日娜说下去已经来不及，看到国莲惨白冰冷的脸，尉扬急得额头上都出了冷汗。

国莲一脸冰霜，她问尉扬：“什么亲人？什么妹妹？尉扬先生，我不是你的未婚妻吗？难道你忘了吗？”

苏日娜此时刚发现事情不对劲儿，她惊讶瞪大了眼睛，看着国莲和尉扬。尉扬赶紧说：“啊，是我一着急忘了……是啊，苏日娜，国莲也是我的未婚妻。我们小时候……约定的。”

一句“小时候约定的”，更惹恼了国莲，她继续责问：“小时候约定的怎么了？小时候约定的，就可以忘记吗？好，尉扬排长，既然你认为那个约定没有意义，我现在取消小时候的约定！”

国莲转身，跑出门，非常快地消失了。哈日夫看看尉扬，看看苏日娜，发出生气的一声“嘿呀！”转身追国莲去了。

苏日娜一脸焦急：“尉排长，对不起……我……对不起，她好像误会了。”

尉扬呆呆地站着，听到苏日娜的话语，他看着她一字一句地说：“什么叫好像误会？你在做什么，你在做什么？！”

尉扬的眼睛红了，他强忍着泪水，一步，一步，艰难地走出教室。

苏日娜知道自己闯了祸，一句话也不敢再说了。她望着尉扬痛苦的表情，心里难过极了。她也问自己：是啊，我在做什么？明明知道他有意回避，可还是利用他们连队的领导，让连长下达工作通知，让他一次又一次来学校，她也看得出，他虽然人来了，但心里并不开心。唉，这下好，惹祸了吧！可是，难道我的直觉错了吗？我明明感觉到他对我……他好像对我，有那么点特别的意思啊！唉，算了，算我自作多情了！

苏日娜不是细腻的女孩子，她这样安慰完自己，心里也就宽敞了。当然，她对尉扬的感情，也说不上是要生要死的感情，她只不过非常喜欢他，她的想法是：想办法吸引他，征服他来做男朋友，那就更好了。至于刚才故意假装要摔倒，被尉扬拉住，顺势投入他怀抱的举动，只不过是试探他的心意罢了，她可没认为事情有多么严重。但是，苏日娜认为不怎么严重的问题，却把国莲推进了万丈深渊。可以说，从婴儿的眼界开始，尉扬就是国莲的整个世界，她的心，她人生中的一切，都离不开尉扬这个名字。当她看见这样的一幕，当她亲眼看见，她用生命去爱的男人，抱住了另一个女人的一瞬间，她的世界就坍塌了！

国莲跑去了哪里？哈日夫紧随其后，但还是慢了一步，他跑到门口的时候，国莲和她的马已经没了踪影，只看见不远处的山林上空，国莲的红鹘鸟在盘旋。

10. 跌落悬崖

树林里，国莲扑在草地上绝望地哭着，她的手抓挠着残碎的树叶和泥土。那匹黑骏马，好像感觉到了主人的不幸，它站在她身边，任缰绳拖在地上，它温柔地看着她，没有离开半步。红鹘鸟也飞落下来，它在离国莲不远的地方走来走去，似乎焦急得不知如何是好。大黄狗也站在不远处，呆呆地看着主人大哭，它从没经历过这样的事，也不知该如何安慰放声大哭的主人。

哈日夫下马，把自己的马找地方拴好，再捡起国莲的马缰绳，拍拍马的脖子，找地方拴好，然后他不声不响地坐在国莲的身边。

哈日夫也像红鹘和阿黄一样，不知该怎么安慰这个伤心的女孩子。哈日夫看着国莲很久，他的心隐隐作痛，泪水湿润了眼睛，心里千遍万遍地骂着尉扬。

“蠢猪！一个不知轻重的混蛋！一个脑袋进水的王八蛋！有个这么好的女孩子真心爱着，怎么就不知道好好呵护！”

国莲哭了很久，后来红鹘走了过来，它把头挤在国莲的脑袋边，发出“吉儿，吉儿”的声音，听到红鹘的叫声，国莲哭着抱住了它，脑袋抵着它的身子，哭得更伤心了。

大黄狗也犹犹豫豫地走到国莲的身边，它用嘴巴拱了拱她胳膊，又用爪子推了推她的肩头。国莲转过头，哽咽着用胳膊抱住大黄狗。

哈日夫默默地坐在一边，他的目光，看着树林外的天空。这样过了好一阵，哈日夫才慢慢地说：“国莲，不要自己折磨自己，事情不是你想象的那样，尉扬是学校少先大队的辅导员，有活动前去参加是很正常的工作。”

国莲还再哭，她抽抽噎噎地说：“我也不想……哭，可我……心里不好受，我忍不住……”

远方有白云飘过，一对鸿雁从头顶飞过。哈日夫低头看看国莲，继续说：“上次，尉扬找我，让我陪你去红鹊家，看得出他非常郁闷，是苏日娜把电话打到连长那里，连长亲自通知去参加活动，你说，他怎能不去？这次，也应该是同样的情况……你太敏感了。”

国莲仍然哽咽着：“哈日夫，不是我敏感啊……他们是真的，我看到了他们对望的眼神，他们的眼睛在说话！”

“我知道，那是一场意外，苏日娜要摔倒了，尉扬机械地伸手去扶她，她顺势扑进他的怀里，苏日娜是有些有意的成分，但尉扬不是有意的。我看见，当时他愣住了，后来的目光，我认为那是一种迷惑的目光。”

国莲坐了起来，低下头，然后慢慢地说：“我知道你是好心，你在为尉扬说好话。可是哈日夫，你还不了解我们的过去，我怎会不伤心？从婴儿时开始，我就和他相依为命，我们一起经历了数不清的苦难和不幸。我们盼着长大，盼着有自己的幸福……没爹娘的孩子，你知道多苦吗？”

“我没经历，可我能体会到你的痛苦。”

“我们从小都是孤儿，我们相依为命，我很小就去上学了……冷天，雪天，他不让我自己走，把我背在背上，不知多少次我们一起摔倒。有一次，我得了传染病，一个多月被关在传染病房里，他天天放学去楼下喊我的名字，给我背诵课文，吹柳哨哄我开心……”

国莲忍不住，又哭起来，她想起了童年往事。

哈日夫轻声说：“我理解你此时的心情，要哭就使劲哭吧，把所有的委屈都哭出来，哭完了会好受些。”

“还有一次，我感冒发烧好像快死了……那时我好像七岁，他十一岁，他在我床前哭着说，‘国莲……你不要丢下我，我没有你也会死的，你快好起来吧，等我长大了，就娶你回家，我要有自己的家！’”

哈日夫温和地看着满脸泪痕的国莲，说：“国莲，不要再提难过的事儿了，提那些会更伤心的。一切都会好起来，你往宽处想。”

“那次我病好以后，我就相信这个世界上他是我最亲的人，他当兵离开福利院的前一天……我们约定，今生今世，要永远相守、相伴一生！”

哈日夫站起身，他捡起一块石头，使劲掷向远方。

这一天的夜晚，国莲仍然没从痛苦中解脱出来，她躺在床上想起各种各样的往事，想一阵哭一阵，想到可能就此永远和尉扬分离，她的心疼痛难忍。二十三年了，从婴儿懵懂人间时开始，他就是她的生命，可这个生命，似乎已经不是她国莲的了，她用八年的辛苦努力，才换来追随在他身边梦想的实现，可这一切还有意义吗？如果知道他喜欢上别的女人，她可以不来这里啊，她可以成全他们啊……可他为什么不直接说出来……想到这一切，国莲又开始嘤嘤哭泣，泪水打湿了枕头。

红鹘像趴窝一样趴在国莲的枕头边，不时像勾鸟蛋一样用嘴去勾国莲的手，国莲用胳膊拢过红鹘，悲哀地跟它诉说：“红鹘啊，也只有你才懂得我心里的苦，这个世界上，我再也没有亲人了……我是说，他的心已不在我这里了，我感觉得到……红鹘啊，我心里难过。”

红鹘不知道是不是听懂了国莲的哭诉，它挤在她的枕头边“吉儿，吉儿”低声叫着，像鸟儿互相安慰。

一回到营地，尉扬就把自己关进了办公室。中午饭没吃，晚上饭也没吃，他就那样傻呆呆地坐着。怎会发生这样的事？为什么会发生这样的事？他不断问着自己。国莲离开的那一刻，他的天像塌下来一样，心像刀割一样痛，是真的痛，那种痛只有经历过的人才会知道。

国莲跑走了，哈日夫追去了，他也很想追上去，他想去安慰她，可他的腿不听使唤，好不容易走到大门口，他艰难地爬上马，就这样回来了。

一切都已发生，他深深地伤了她的心，她永远也不会原谅他了。怎么办？

怎样才能让国莲相信，她永远是他最心爱的人？告诉她，他是受连长派遣而去？告诉她，他对苏日娜没有动心？难道他，要把这一切的责任，都推给苏日娜吗？苏日娜有什么错？做错事情的是他尉扬。扪心自问，自己虽然没有做出哪怕一点点让苏日娜误会的事，但是自己对她，难道没有向往过吗？

黑夜沉沉。夜幕下的营地笼罩在一片神秘的寂静之中。一直到深夜，尉扬还没离开办公室，经过十几个小时的自身谴责，混乱的思绪开始清醒，他决定辞去乌拉河小学少先队辅导员的职务。这样想到后，他马上写了辞职报告，报告写完后，心情轻松了许多，就又想到应该去看看国莲，她一定还在生他的气，一定还在伤心。

在这个夜晚，因为这件事，还有一个人没睡，他就是哈日夫。哈日夫一直认为自己是个钢铁男人，永远不会为任何情感困扰。可今天，当他面对国莲的痛苦时，他一腔铁血竟化作了满怀柔情，他很想给她肩膀让她依靠，他也很想抱住凄凄哭泣的她，给她安慰，但是他不会那么做，因为他知道她深爱的人是尉扬，她需要的是尉扬的柔情和安慰。当他看到尉扬一个人独自回到连队，把自己关在办公室一直不出来，对国莲的一切不闻不问的时候，他气得血液都鼓胀起来。

夜里，哈日夫就守在连队的办公楼下，他双手抱胸靠着一棵树，一动不动等待着尉扬出现。当终于看到尉扬办公室的灯关闭时，他放下抱着的双臂，快步向尉扬应该出现的门口迎上去。

尉扬不知道哈日夫在等自己，他毫无准备地出现在哈日夫的面前。当尉扬看见哈日夫，刚准备询问一声什么的时候，哈日夫已经一把揪住了他的衣领，一下将他摔倒在地上，紧跟着，拳头打在他的身上。尉扬一声不吭，也不还手，任哈日夫的拳头落在身上。哈日夫也不言语，他把尉扬按在地上，使劲揍了一顿，然后起身扬长而去。哪里还用语言表达？尉扬知道自己挨揍的原因。哈日夫离开后，尉扬慢慢地爬起来，他一步一步慢慢向国莲所在的连队后院卫生所走去。

在国莲的窗外，尉扬站了很久很久，她听着国莲对红鹃的哭诉，心里非常难过，他忽然想到，如果国莲有妈妈，她一定会对妈妈哭诉……想到妈妈，尉扬的眼睛湿润了，他忽然想念起母亲，如果母亲还在，母亲会替自己去劝劝她吧？母亲啊，是孩儿不争气，是孩儿忘本……

尉扬自己痛苦了一阵，才想到该劝劝国莲了，如果他不说话，她一个晚上都会哭着度过，想到这里，他轻声对着窗户里面说："国莲，我是哥哥，是我在你的窗外……别难过了好不好？对不起，是哥哥做得不好，让你这么伤心。哥哥向你保证，这样的事以后再也不会发生了，好不好？"

国莲的哭声停止了，屋里一点声息也没有。尉扬等好久，见国莲不说话，他接着说："别再哭了，好好睡觉。我也回去了。"

尉扬一瘸一拐地走了。国莲从床上起来，她站在了窗户前，透过朦胧的夜色，她望着他的背影，心里一阵痛楚："是啊，在你心里，我只是你的妹妹啊。可你在我的心里，早已是我的爱人……唉，已经到了这个份，我们还有以后吗？出了这样的事，还能回到过去吗？你的心已经走了，还能回来吗……"

一大早起来，国莲没心思去食堂吃饭，她直接进入药房，开始清点药品。团里最近下了通知，让清点库存后报出短缺的药品清单。冬季来临之前，需要备足常用药品，以防大雪封山交通堵塞带来的不便。早饭后，哈日夫不放心国莲，过来看她，发现她一个人在清点药品，就说给她喊一个卫生员过来帮忙，但没等他说完她就拒绝了。她说人多了反倒杂乱，她喜欢一个人静静地做事。哈日夫也就没深说，觉得这也可能是她躲避烦恼的一种方式。

国莲清点完药品，忽然想到冬季气候寒冷，可能会出现流行感冒。按照何军医的经验，应该多采集一些金银花、大青叶等预防感冒的野草药。可是，她疏忽了。这些草药一直还没去采摘。想到这里，她出去找王朝阳。王朝阳是下午岗，听国莲说了情况后，他说金银花比较耐寒，现在还能采摘得到。他马上找来十几个休班的战士，跟国莲一起上山去采药。

国莲跟战士们进山采药去了。这时的尉扬还没起床，他被哈日夫痛打一顿后，大腿和身上出现了好多处淤紫，他艰难地从床上爬起来，又躺下了。有人敲门，他喊一声："进来。"

来人是哈日夫，他拿着一瓶药酒走进来，幸灾乐祸："怎么还不起床？打重了？起不来了？"

"不重，正在反思……谢谢你打了我。我也早就想打自己一顿了！"

"真心话？"

"是。"

哈日夫打开装药酒的酒瓶，说："起来吧，我给你擦点药酒。"

"真没事儿……国莲怎么样？"

"昨天一直在哭，刚才我去，看她在清点药品，说马上要到冬季了，团里来了通知，怕大雪封山，让多储备一些药品，包括当地牧民们需要的。"

"哦？这个国莲，脾气还和小时候一样，无论怎么难过，也不会忘了干活。卫生员没在吗？让他们帮一下她，那些装药的纸箱都挺重的。"

"我说了，要去给她叫卫生员，可她不让，算了，使劲干活也是消除烦恼的一种方式。"

"好吧，那就让她释放一下。"

"你和苏日娜，到底怎么回事？"

"一直正常交往，谁知道她忽然来这个？"

哈日夫不相信地直视尉扬的眼睛，说："你们是不是心照不宣？看你当时痴迷的样子，你以为国莲是傻子吗？"

"我已经写了辞呈，决定辞去乌拉河小学校外辅导员职位。请连部另派他人。"

"恐怕没用，国莲自尊心很强，她既然看到了那一幕，就很难再解释了。"

尉扬爬起来，龇牙咧嘴地埋怨哈日夫："你这家伙真下死手啊！"

"得了吧，没打你要命的地方……看国莲哭得那么伤心，真想打你半死！"

"是，我也这样想……我真的，半点不想让国莲受到伤害！不然上次失约，我怎会不告诉她原因？"

"狗屁！要那样，你就不该去参加这个活动，排什么节目？肯定是苏日娜有心安排的！是不是她又给连长打电话了？”

“是。不过……好，我就不瞒你。我确信我的情感没离开过国莲，可不知为什么，有时很糊涂，苏日娜好像有一种吸引力……”

“别为自己开脱了……每个背叛爱情的人，都为自己辩解！”

“昨天，看见国莲苍白痛苦表情的一瞬间，我的心马上就碎掉了，觉得自己都快死了……经历了这次，我明白了，我是国莲这个世界上唯一的亲人，我不能再伤害她，学校我也不会再去了！就是国莲不再接受我，我也会用一生去陪伴她！”

“你放屁吧你！这可能吗？”

“我……”

尉扬的对讲机忽然响了。尉扬忙拿起，里面传出王朝阳焦急的声音：“尉排长，两个小时前，我们跟国莲军医进山采药，大约四十分钟前，和她失去了联系，找遍了附近的两千米地带还是没有！”

尉扬跳起来，大喊：“你们的位置！”

“十五号岗……西南……大约3000米，山中……”

尉扬放下对讲机，大声问哈日夫：“她不是在清点药品吗？怎么会去了山里？”

哈日夫没听他责问，已经拉开门跑了出去。尉扬一边往外跑，一边打开对讲机向连长报告意外情况。

国莲去了哪里？当王朝阳和战友们寻找她的时候，她正坐在一座山崖下。一股瀑布自山崖上流下，哗哗流淌的泉水，隔绝了这里与外界的声音。此时的她，坐在一处绿草滩上，浑身上下还滴着水，多亏崖下还不太寒冷，可她被泉水一泡，也已经浑身哆嗦。从山崖上掉落的时候，她的头划破了。她简单地给自己的头缠上了绷带，脚也不能走路了，她抬头望着悬崖上的天空。

大黄狗也浑身是水，它是看见主人掉下的一瞬间，想拖住主人没成功跟着掉下来的，它站在国莲身边，使劲抖着身上的水。红鹘在天空盘旋，几次俯冲下来，但是它还没有发现国莲的身影。

国莲龇牙咧嘴地搬动自己的一条腿，用手去抚摸脚腕处。大黄狗又使劲抖身上的水，溅到了国莲的脸上。

国莲抹一下脸上的水，说："阿黄，别甩了，有点水怕啥？你又没伤到。你看我，腿都不能动了，摔坏了！"

"阿黄听到国莲喊名字，马上来到国莲身边摇着尾巴，但它还是又抖了抖身上的水。"

国莲抬胳膊挡了一下："阿黄，叫你别抖了，你气我！"

红鹘在天空发出"吉儿，吉儿"的鸣叫。国莲抬起头，看见红鹘向她飞来，嘴里也发出"吉儿，吉儿"的回应声。

红鹘飞下来，落在了她的身边。国莲抚摸它背上的羽毛，说："谢谢你，红鹘。你找我好久了，是吧？"

看看哗哗流淌的河水和悬崖，国莲发愁了。水声这么大，在这里怎么喊，外面也听不到啊。唉，真是笨啊，可也不能全怪她啊，谁知道悬崖下面已经悬空了呢，只那么一脚过去就掉下来。唉，运气好差。

国莲自责了一阵，看着红鹘。忽然说："红鹘，你飞回去，找到尉扬哥，再带他们来这里好不好？"

国莲打开双肩包，从里面找出纸和笔，撕下一条纸写了一行字。然后解开衣扣，从脖子上摘下一个拴着红绳的杏木小锁，举在红鹘的眼前给它看，用另一只手指点着杏木小锁，她说："红鹘，你要回家去，把这个交给你熟悉的尉扬哥，明白吗？"

国莲把纸条紧紧绑好，和杏木小锁头一起系在红鹘的一条腿上。红鹘低了几次头，看腿上的物件。国莲再一次嘱咐："红鹘，我和阿黄就指望你了，你要快去快回，能明白吗？去吧。"

国莲双手捧起红鹘，往高处送出。红鹘展翅飞走了。红鹘，不是苍鹰，它看上去非常娇小，但是它飞翔速度却非常快。从起飞到回营地，它用的时间也就几分钟。当尉扬召集了战士，正准备出发寻找国莲的时候，红鹘已经飞回来了。它在上空盘旋着，发出"吉儿，吉儿"的叫声。大伙抬头看去，它正一点一点飞下来。王朝阳呼喊红鹘，又学着国莲的样子，伸出双手，嘴里发出“吉儿，吉儿”的呼唤。

红鹘向尉扬飞来，稳稳地落在他的手上。尉扬看见它腿上的杏木小锁，眼睛一下挂满了泪水。他让自己镇定一下，从红鹘的腿上解下纸条和杏木小锁，看着纸条，他说：“国莲掉下了山崖，是浩森谷断崖……好了，我们现在出发！目标是浩森谷断崖地带！”

众战士齐声响应：“是！”

战士们一路小跑着，奔向国莲所在的位置。尉扬边跑边打开对讲机。呼叫王朝阳，告诉他国莲所在的位置。

红鹘完成了送信任务，它向来时的方向飞走了。看着它飞走的身影，尉扬感叹：真是一只聪明的红鹘鸟，从来没训练过，竟然懂得主人的心意。

森林茂密，一条长长的峡谷，河水流淌的声音传出很远。战士们齐声呼喊着国莲的名字：“国莲军医——，国莲军医——”

哈日夫骑着一匹马穿行在一片矮树林里，他抬头仰望天空，发现了盘旋的红鹘鸟，他调转马头，向红鹘鸟盘旋的方向跑去。

其实，此时的国莲，离大家并不遥远，她就在人们呼唤她的峡谷底下，只是她回应的声音被流水声淹没了，外面寻找的人无法听到。

国莲小心地把着一条腿，这条腿看来伤得很重，稍一挪动就疼得她冒汗。国莲思考着如何处理这条腿，虽然是医生，可她对处理自己的腿，还是拿不定主意。国莲正在犹豫，黄狗叼着一根短木棒跑来了，它把短木棒送到国莲的手里。国莲笑着拍拍它的头，另一只手又在它的下颌底下挠挠，她说：“阿黄，你给我一个短木棒，是啥意思？拄着它走吗？太短了。”

大黄狗又刁住木棒，这一次它把木棒放在了国莲受伤的腿上。国莲一下明白了，惊喜地拿起木棒，说：“天哪，我明白了，你是让我绑在腿上，是吧？”

国莲把短木棒放在受伤的腿上比画，因为主人明白了自己的意思，大黄狗高兴得又蹦又跳。国莲比画这边，又比画那边，木棒放在一边，手指着另一边，告诉大黄狗：“阿黄，你看，一个不够，再找一个去。”

大黄狗跑走了，很快就又跑回来，又刁来了一个短木棒，粗细竟然和前一个差不多。国莲惊呼：“天哪！阿黄，我简直不敢相信这是你干的，你是怎么想到的？咯咯咯，这个白宝顺，是不是从军犬部队或警犬基地，把你偷来的？”

大黄狗知道主人夸奖自己，乐得直撒欢儿。天空上传来红鹘鸟鸣叫的声音，红鹘回来了。国莲用一些小树枝和大黄狗叼来的木棒，把大腿夹住，然后开始缠绷带。

红鹘鸟落下来，不远处站着牵马的哈日夫。崖顶上，战士们呼唤国莲的声音也传下来。哈日夫把马缰缠在马的脖子上，向国莲走来。国莲听到战士们的喊声，抬头发现哈日夫站在面前。大黄狗也听到了战士们的呼喊，它发出“汪汪汪”的叫声，似乎在告诉大家，我们在这里，你们快来啊！

国莲看着哈日夫，不说话，只是看着他抿嘴笑。哈日夫也笑着：“你怎么搞的？这下面好玩吗？你来下面做什么？”

“你还开玩笑……这里有什么好玩？我是掉下来的，我的腿都断了！”

“哦，真的？我还以为是你自己跳下来……怎么，真的断了？我看看。”

哈日夫伸手摸向国莲的腿。国莲大叫：“哎吆，别碰，疼！”

哈日夫瞪她一眼：“真邪乎，我还没碰到，疼什么？”

国莲不好意思地说：“我自己碰还痛呢，你要碰到就更痛了！”

“别动，让我看看，我可是老接骨医生……怎么不信吗？”

哈日夫打开国莲缠上的大腿，用手去捋顺。国莲龇牙咧嘴，不信任地说：“嗨，你会还是不会？”

哈日夫没理会国莲，继续捋，突然双手抓住她的腿一拽一掰。只听“咔嚓”一声，国莲“啊——”还没喊完，大腿已经恢复了正位。

哈日夫说：“你活动一下……哪里是摔断了？大惊小怪的，是膝盖脱臼了。”

国莲怀疑地活动一下大腿，“脱臼？真的啊？好像不太痛了……呵，我怎么忘了还有脱臼这件事了……你怎么会这个？”

“我父亲就会接骨，早年草原上骑马的人多，很多老牧民都会这个。”

“哦？”

国莲还想问什么，抬头却看见尉扬和王朝阳向这边跑来，他们后面跟着好些战士。尉扬跑到国莲身边，国莲两只胳膊伸向尉扬，尉扬抱住国莲，眼泪“唰唰”往下流，他哽咽着问：“你没事吧？摔得不重吧？”

听到尉扬焦急的问候，一股暖流涌遍全身，他们似乎又回到了幼年时代。国莲轻轻地说：“尉扬哥……我没事儿。”

尉扬破涕为笑，说：“你……当然不会有事儿！头，你的头怎么了？”

众战士围着他们。哈日夫站起身。尉扬查看国莲头上的伤。哈日夫转身走向自己的马。

看到战士们都在看自己，国莲马上对大家说：“我没事，对不起，我让大家担心了！不是大问题，”她指着山崖，继续告诉大家：“是那边，山崖底下被水掏空了，树木又茂盛，不小心就掉下来了。我伤得不重，以后大家要记住，有水的山崖底下可能就是空的，千万不要再发生我这样的事儿！”

尉扬站起身，说：“五班长、七班长，你们清点一下人数，大家准备返回！”

哈日夫把马牵了过来，他说：“尉排长，让国莲军医骑在马上吧。”

“好的，你还真想得周到，谢谢啊。”

“谢啥？我呀，只是图自己跑得快，可没想到回去要驮着一个受伤的……有你这个情哥哥在，谁会那么操心啊？你们说是不是？”

有人跟着起哄，大喊“是”。尉扬抱起国莲，哈日夫和王朝阳帮忙，大家七手八脚，把国莲送上了马背。哈日夫把马缰交给尉扬，自己跟着大队战士，一行人向河谷外面出发。

11. 战友突发急病

国莲的头上还缠着纱布，她斜靠床躺着。尉扬手里端着一碗米粥，坐在她床前的凳子上，他面前还放着一个托盘，里面有炒菜、排骨、咸菜。国莲这阵坐在那里生闷气，她这阵又想起了尉扬和苏日娜的事。尉扬劝说着："好了，别生气了，是哥哥不好！别耍小孩子脾气，快吃饭吧，啊？"

国莲气鼓鼓的，她说："不吃，不想吃。昨天那阵我忘了，这阵又很难过，想起就生气！"

"别说傻话了，哥哥永远是你哥哥，也会守着你一辈子。如果需要拿命换，哥哥也绝不犹豫……"

"你这样说……我更难过！你只是我的哥哥吗？我不想做你妹妹！"

"哦，因为这个生气啊？好了，国莲，别赌气了。我不是故意的，从小这样说都习惯了。当然了，我们不只是兄妹，我们还要有一个家，我们自己的家，我们会一起生活一辈子。"

"可能吗？你的心都走了……"

"别瞎说，哪有那回事。"

"我不想吃，你走吧！我要自己待着，我要想一想。"

"好，好，你自己待会儿，记得把这饭菜都吃了。"

哈日夫敲门进来，说："你俩在干什么？走廊里都听到喊了……尉扬，国莲受伤了，你还惹她生气？”

“我不是要惹她生气……正好，你来劝劝，她还在生我的气。”

尉扬起身离开。哈日夫坐在国莲床前的凳子上，端起饭碗。国莲低下头，不再言语。尉扬说走就走了，这也让她生气。以前他不是这样的，就是怎么生气，他也不会把她留下一个人走开。现在是怎么了，她只说了那么几句，他就走了。难道过去的他，永远不会回来了吗？国莲又开始伤心，眼泪都流下来。尉扬哪里知道她的心思，她不想让他走，可又赶他走。嗨，女孩子……

哈日夫放下饭碗，说：“要哭就使劲哭呗，鼻涕怎么没流下来？嗨，你的脸盆呢？”

“脸盆在盥洗室，我这儿没有，你找脸盆做啥？”

“给你接眼泪。”

“你，气人！”国莲破涕为笑，说：“我这没事儿了，我会自己吃饭。你去做事吧。”

国莲自己下地，把饭菜端到桌子前，毫不客气地吃起来。哈日夫暗笑，说：“看来，是我救了尉扬啊！要是我不来，你还要耍脾气，是不？”

“没有，看见他就想起苏日娜，所以生气！”

“好，那我告诉尉扬，以后不要让你看见他。”

“你，就会气人。”

“好了，不开玩笑了。你好好休息。我也回去工作了。”

哈日夫离开了。国莲吃完了饭，又回去躺在床上，头上受伤的伤口还有些疼，她也想乘机休息一下，想一想自己跟尉扬的问题，还有那个苏日娜。可她并没躺多久，院里就传来几个战士嘈杂的说话声，这声音一直进了走廊。国莲赶紧起床，看来他们一定是来找她的。果然，他们从她宿舍门口路过，直接去了诊疗室。看到国莲不在，马上有很大的声音喊着说：“大家快分头去找军医，小陈子快去报告班长。”

“我在这里，”国莲从宿舍跑出来，一边跑向诊疗室，一边问：“怎么了？是谁有病了？”

“军医，我们是王朝阳班里的。他叫杜成，吃饭时还好好的，现在肚子疼得厉害，都走不了路了。”

“躺在检查床上，让我看看。”

杜成捂住自己的下腹部，弓着身子，汗珠不断从头上冒出来。几个战士帮忙，他才躺在了检查床上。国莲挂上听诊器，用听诊器在他的腹部听着，然后按住下腹部，再松开。杜成马上喊了声疼。国莲又拿起他的一条腿，用上曲的方式碰了下他的肚腹，他马上又喊疼。

国莲问：“恶心吗？”

一个战士回答：“刚才吐了一口。”

这时，王朝阳跑了进来，跟进来的还有尉扬。国莲马上说：“你们来得正好，尉扬哥你马上跟首长们联络，杜成是急性阑尾炎的概率极大。我现在就联络团部的军医，听一下他们的意见。朝阳你留下照顾杜成，你们两个回去给他准备一下换洗衣服。很快，我们要送他去医院做手术。”

尉扬跑出门外，打开对讲机，一边和连长通话，一边疾速地向外面跑。国莲的动作也非常麻利，她先进入药房取来盐水和几个小药瓶，说：“坚持一下，我会先给你输液，这样能缓解一下。还有你自己要镇静，阑尾炎不是大毛病，只要割除就没事了。”

国莲的头上还缠着纱布，可她早忘了自己的伤。她进入配药室，只是几分钟的工夫，就拿着一瓶兑好的药液出来了。王朝阳早已把一个点滴架移到了杜成身边，国莲马上给杜成扎上了点滴。做好这一切后，国莲接通了团部军医室的电话，接电话的是黄军医。国莲简单地说了杜成的病情，黄军医说他们刚刚接到了团部的指令，会很快过来把杜成接走，让国莲这边准备好。

“可是黄军医，杜成腹部疼得非常厉害，不能颠簸的。”

“放心吧，不是坐车，是用直升机。医院那边，也会提前联系好。”

国莲一下松了一口气，说：“杜成，你好点没有？还在疼啊？坚持一下，团部很快会派直升机来接你去医院。”

王朝阳给杜成擦着汗，他对一个战士说：“你马上去外面候着，飞机来了马上告诉我。”

“是。”

战士答应着跑了出去。国莲想了想，打开自己的药箱，从里面拿出银针消毒包，说：“我在你的虎口穴上扎一针，会缓解一下疼痛。”

杜成点着头。国莲拉过椅子坐下，拿出银针在他一只手的虎口穴上扎进去，她慢慢捻动着，问：“感觉如何？”

“好……些了。”

外面有直升机螺旋桨的“突突突”声音传来。王朝阳激动地说：“来了，直升机来了，来得挺快的。”

外面守着的战士也跑进来，说：“我看见了，它在降落。”

“在哪降落？”

“就在院里。”

国莲从窗户望出去，尉扬站在院子中央，一边后退一边举着一面小红旗。直升机真的就停在了卫生所的院子里，引得大黄狗一阵“汪汪”叫。直升机舱门打开，黄军医从里面露出头来，尉扬跑上前去。国莲马上返身拉开诊疗室的屋门走了出去。王朝阳没敢动，他守在杜成的身边。

黄军医进来了，他后面跟着过来了尉扬和几个战士。黄军医走到杜成跟前，问：“怎么样？还疼得厉害吗？”

“好点了。”

“黄军医，不好意思，不知道你们会来得这么快。看他疼得厉害，我在他虎口穴上扎了一针，刚刚好了一点。”

“你做得对。这个吊瓶，直升机上带不来。小伙子，你坚持一下怎么样？很快就到医院了。”

“行。我能坚持。”

国莲从杜成的手上撤下输液针。杜成起身，他想自己下地走。黄军医马上说：“不要让他走路了，谁力气大抱他一下。”

王朝阳说：“还是我来吧。”

杜成的个头不太大，但重量也不轻。王朝阳伸出胳膊，用力抱起杜成，人们为他闪开一条路，也有在前面跑的，前面跑的去给开大门。尉扬打开窗户，说外面的战士：“你们快接一下王班长，帮忙把杜成送上飞机。”

人们跟在王朝阳后面，都来到了院里。黄军医自己先爬进机舱，然后指挥大伙。人们七手八脚的，终于把杜成送上了直升机。

飞机起飞了，人们在下面不断摆手喊着：

“杜成，安心治病！”

“杜成，回来给你接风！”

送走了杜成，国莲像虚脱了一样头昏目眩，她轻飘飘地向地上倒去。还好，尉扬就在她身边，马上伸出胳膊抱住了她，她看看尉扬，说：“我头昏，好像太累了。”

尉扬点点头，抱着国莲向卫生所走廊走去了。王朝阳在后面喊：“排长，国莲军医的伤还没好，喊其他连队的军医过来看一下吧！”

“知道了，让她先休息一下，再看看。”

“不用，”国莲说：“你放我下来，我没事了。”

尉扬没理会国莲的话，他把她抱回了她的宿舍，然后说：“杜成那边不会有问题，这回你好好休息。”

“我没事，刚才是太紧张了。我很怕耽误了杜成的病，急性阑尾炎很厉害，阑尾穿孔就会很危险。”

“放心吧，你睡一会儿吧。”

“好。一会儿你替我打电话问问，盯着杜成的消息。”

“知道。”

国莲真的感觉很累。她觉得自己这几天运气太差了，前天出了苏日娜的事，昨天掉在了山崖下，今天又出了杜成的事。她心里说，千万别再出事了。我要好好休息一下。

国莲一会儿就睡着了。尉扬看她睡得很安稳了，也就放心了，知道她不是伤口的问题，只是累了需要休息。尉扬坐在椅子上，也有些困意，他前天晚上被哈日夫打了一顿，一个晚上睡不着，一方面反思，一方面也是被打得浑身疼。昨天国莲差点出事，一个晚上他又没睡好，回忆着幼年时的很多事，越想就越睡不着。现在看见国莲睡觉，他的睡意也被引发出来，但他还坚持着，告诉自己不要睡着了。为了提一下精神，尉扬从桌子上拿了一本医药书，坐下来一页一页地翻看，但看着看着，他就趴在国莲的床边睡着了。

不知睡了多久，国莲先醒了，她看见尉扬趴在床边睡着了，胳膊下还压着一本药书，那是何军医留给她的一本《本草纲目》。看到尉扬疲劳的样子，国莲有些不忍叫醒他，但这样睡觉醒了会更累。想了想，她还是推醒了他，说："回去睡吧，我没事了，头不晕了。"

尉扬醒了，他点点头，说："那我回去了，你再睡会儿吧。"

"知道。你也回去好好休息一下。"

尉扬走了。国莲看着他离开的背影，心想：不管怎么样，他还是我最亲的人，如果我有事，最着急的还是他。因为不放心我，他才在这里睡着的。想一想，那件事也许真的是我误会了……唉，算了，这件事还是不要再想了，就让它过去吧。

国莲不知是不是真的原谅了尉扬，但她没再生他的气。但是，当她听说尉扬因为她，辞去了少先大队辅导员的职务，这让她心里非常不舒服，一种成了尉扬工作绊脚石的感觉不断在心里发酵。

一连三天，国莲没看见尉扬，她的情绪非常低落，她觉得尉扬是不想辞去辅导员职务的，只是因为她的出现，他才没法再去学校了，她觉得他这样处理的结果，是让人认为她过分敏感，是因为她吃醋他才不能在那里工作了。

国莲的心里非常烦乱，到了第四天，又听说苏日娜要带小学生来部队慰问，她在诊疗室再也待不住了。从心里说，她现在不想遇见苏日娜，也不想再撞见她和尉扬见面的场面。不知为什么，她总是觉得尉扬的心里有苏日娜的影子。想了想，就决定去牧村转转。

国莲背起医药箱出了门，在院里呼唤一声红鹘，又回身叫上阿黄，便向大门外走去，刚来到了大门口，就看见尉扬带着几个班的战士跑步回来，还领喊着“一二三四”的号子。

听到尉扬喊号子的声音，国莲忙又返身往回走，迎头碰上哈日夫。哈日夫说：“你怎么往回跑？在躲谁啊？”

国莲不理哈日夫，向门旁的宣传栏后躲去，大黄狗也跟着藏起来。尉扬带着队伍，跑进营地大门，向院里草场跑去。哈日夫站下，看着队伍跑过。队伍过去了，国莲从宣传栏后走出，快步走出大门。哈日夫紧走几步，也出了大门，追上国莲，说：“怎么，又闹意见了？”

国莲慢下脚步，两个人慢慢向营地后面的马厩走去，国莲低声说：“尉扬辞去了小学辅导员的职务，换成李教导员去了。”

哈日夫笑道：“因为这个呀，谁去还不一样？”

“怎么会一样？……我觉着，这是我造成的！”

“我倒觉得，他辞去这个职务是件好事，无论对他还是对你，都是好事。再说了，少先大队的辅导员换人是正常的，新老更替，谁也不能当一辈子。”

“可我觉得心里非常不舒服……你去哪儿？”

“十三卡的战士拣到了两个蒙古族孩子，正在送回来的路上，连里通知了我，我要去路上接他们。”

“啊？拣到了小孩子？我跟你去吧。我也喜欢小孩子，顺便看看他们的身体状况。”

“你呀，找借口，要跟着去玩吧？”

“嘻嘻，求你了，我真的喜欢小孩子。再说了……听说小学生要来连队慰问演出，我不好意思见苏日娜。”

“得，国莲，你不用这么放心上。苏日娜是个男孩子一样豪爽的女孩子，肯定早就放下这个事情了。”

“我……走吧，那我也要跟你去。”

“好吧。那就一起去。”

两人走进马厩，各自牵出自己的马出发了。因为着急见到两个小孩子，两个人一路无语，只是打马向前跑。大约跑出了四五公里那样，前面出现了三个坐骑。哈日夫勒住马缰，说："国莲，下马，咱们就在这里等吧。"

哈日夫和国莲，两人站在路边等了不一会，三匹坐骑就到了跟前。刘清河老远就喊："嗨，哈日夫，国莲，是你们啊？"

"怎么，你亲自送回来了？"

"是啊。为了安全，我想还是自己送回来吧。既然孩子到了我们身边，就应该好好把他们送回来，别出其他的意外。"

"呵，你这阵脑瓜不呆板了？"哈日夫取笑刘清河，"你老说自己脑瓜笨，这阵怎么不笨了？"

刘清河"嘿嘿"两声。

站在国莲和哈日夫面前的两个孩子，看上去年纪也就在十多岁那样，蓬头垢面的，衣服也破烂不堪，两只胳膊和大腿都裸露在外面，腿上还有划破的伤痕，国莲心里一阵心酸，这么大的森林，又有野兽时常出没，他们在外面是怎么度过的？两个孩子也用惊奇的目光打量国莲，估量他们长这么大第一次看见女兵。

哈日夫温和地用蒙古语和他们交谈，他只说了几句话，就把两个孩子逗乐了。现场气氛轻松起来，本来问一句答一句的孩子，滔滔不绝地说起话来。

原来，这两个孩子一个叫哈图，一个叫蒙根，他们的家在苏根苔嘎查，大约离乌拉河嘎查七十多公里。哈图十三岁，蒙根十岁。小兄弟俩是进入森林找牛的，可牛没找到，他们还迷路了。他们自己也不知道从家里出来多少天了。

基本了解了孩子们的情况，也休息了一阵。一行人上马往回走，一路上两个孩子不断跟哈日夫说话，大概在叙述他们的经历。

回到连队，哈日夫先领他们去洗了澡剪了头，又找出自己的衣服给他们换上，然后把他们带到了国莲这里。因为两个孩子腿上的伤，被水泡之后又有血液渗出。国莲给伤口消了毒，然后包扎好。

哈日夫说："国莲，让他们先留在你这里吧。我去连里给苏根苔嘎查打个电话，孩子走失了家长肯定非常着急。我和连长说了，让他们在这里休息一天，明天再送他们回去。”

国莲说：“好，你去吧。”

哈日夫走了之后，国莲不知道该和孩子说什么，她以为他们不懂汉语，没想到那个大些的孩子哈图忽然用汉语问国莲：“就你自己？还有别的女兵吗？”

“啊？”国莲愣住了，马上又说：“是啊，这里就我自己，没有别的女兵。你会说汉语啊？”

“在学校学的。”

国莲高兴了，他们会说汉语，就能够交流，她说：“走，咱们去我的宿舍。我给你们找点吃的，饿了吗？”

“不饿。我们吃饭了。”

“在哪儿吃的？”

“送我们回来的解放军，是在他们那儿吃的。”

国莲带着两个孩子回到自己的宿舍，找了半天找出几块巧克力，分给他们，她说：“不好意思，太少了，都被我吃光了。”

哈图和蒙根接过去，一边吃一边互相交谈。国莲问：“你们在说啥啊？”哈图说：“我弟弟说，这个糖有点苦。我告诉他这个叫巧克力。”

“蒙根不会汉语吗？”

“他刚上二年级，还没学汉语。”

“哦。哈图你们晚上在树林里怎么过夜？在里面害怕没？”

“我们晚上爬到树上去，白天下来寻找出路。我弟弟有些怕，我不怕。”

“是啊，你为什么不怕？”

“我都十三岁了，大男人有什么好怕的？成吉思汗像我这个年纪，都骑马打仗了。这树林子里，顶多有几只野兽，没啥好怕的。”

国莲赞叹着：“想不到你的胆子这么大，对了，应该说胆气，不过，真的遇到野兽，你打不过它们，会很危险。以后还是小心好，你认为自己长大了，可你还小啊。”

“孛日帖赤那，孛日帖赤那……”蒙根拉着哈图的胳膊，好几次提到这几个字。哈图就说知道了，然后他说：“我弟弟让我和你讲一下，我们遇到狼的事。”

“哦？你们遇到狼了？我也遇到过，不过我只看见了狼崽子。”

“我们看见大狼了，开始就一只，后来又来了一只。”

“没怕吗？”

“没怕。我先让弟弟上树了。我力气大，再说我还有一把刀，它们要袭击我，我就自卫。”哈图说着，从腰上抽出一把刀给国莲看。那把刀的大小和水果刀差不多，但刀鞘上雕刻有云子卷图案，跟哈日夫手里的差不多，他说：“我爸爸的，出来找牛时，我带在身上了。我是怕遇到坏人，咱们这边疆，总有坏人想在这里逃跑。”

“说得对，可你的力气还真不够对付两只狼，多危险？”

“我知道，后来又来了一只狼。我只好爬到树上去了，多亏我爬树快，差点被一只狼咬到脚脖子。还有，我弟弟也不赖，我上树的时候，他用兜子里的山楂果，使劲打那些狼。”

在哈图的诉说中，国莲还原了他们经历的危险一幕。哈图和蒙根两个孩子在森林里寻找回家的路，一只饿狼发现了他们，它跟在他们的后面。哈图发现有狼跟踪，让弟弟赶紧上树躲避，他拿出蒙古刀守在树下，与那只狼对峙。那只狼，看到哈图手里有刀，不甘心地“嚎”来同伴。哈图感觉到自己不能对付两只狼，他迅速向上树爬去。期间，狼向哈图靠近，企图袭击他。蒙根看到狼向哥哥靠近，掏出准备果腹的山楂果，一颗又一颗打向狼。狼开始不太明白袭来的“子弹”，当它明白这东西没有杀伤力后，突然扑向正在爬树的哈图，但这时它已经失去了袭击哈图的最佳机会。

国莲真替他们后怕，万一当时出了意外，后果不堪设想。心想：他们还是小，哈图更是初生牛犊不怕虎。哈图说：“一直到深夜狼都没走，后来不知是什么声音吓跑了它们。今天早晨，我爬到大树顶上，看见了巡逻的解放军。

我让弟弟和我一起呼叫，他们听到了我们的喊声，就都过来了，里边有送我们回来的那个大叔叔，是他们把我和弟弟救下来的。”

哈图说的大叔叔，是刘清河，他的长相显老，另一个小战士，只有十八岁，他显然还是孩子。哈图是个非常有胆量的孩子，也有一股英雄气概。他虽然只有十三岁，可做起事来胆大心细。国莲和他们两个在屋里闲聊，红鹘飞来站在了窗外，哈图和蒙根惊喜地趴在窗户上向外面看。国莲笑着打开窗户，红鹘看见有生人在，它犹豫地伸着脑袋向屋里看。国莲用手摸摸红鹘的羽毛，问哈图和蒙根：“见过这样的大红鸟吗？”

哈图说：“没见过，不过我觉得它像鹰，眼睛和嘴都像。”蒙根拉住哈图的手，跟他说了半天蒙古语。哈图又问了几次。然后他对国莲说：“我弟弟说他见过一次，跟我阿爸去森林的时候看见过一次。我阿爸说它叫乌兰海日古。”

“对呀，就是乌兰海日古，也叫红鹘鸟。我叫它红鹘。”

“它是你的吗？”

“是。”

“它会叫吗？”

“会啊。”

“真好。”

哈图和蒙根羡慕地看着红鹘。哈图忽然说：“姐姐，我阿爸讲过一个鹰的故事，我讲给你听？”

“啊？好啊。你刚才叫我姐姐，我真高兴。蒙根，你也叫我姐姐。好吧？你讲，我听着。”

国莲把红鹘抱进来，坐在椅子上。哈图和蒙根两个人，用手去摸它。哈图开始讲他的故事，他说：“我阿爸讲，成吉思汗小时候经常出去打猎，有一次他带着自己的鹰出去了。”哈图说着，看一眼国莲膝盖上的红鹘，他说，“不过我觉得，那肯定不是这种红颜色的鹰，一定很大。”

“那当然，”国莲说，“红鹘只会抓老鼠和麻雀，不能抓住大的猎物。”

哈图继续讲，“成吉思汗一大早就出去了，可到了中午还没打到一只猎物。他心里着急，便到大森林里去寻找猎物。天气很热，他沿着羊肠小道向山里走很远，他喝干了自己带的酸奶水，可还是渴得嗓子都冒烟了。这时，他决定先寻找水源，等喝了水再寻找猎物。他找啊找，终于在一个山谷看到石头上有一滴一滴的水在滴下来。他非常高兴，就从皮袋里取出一只喝奶茶的木碗。”

“比西，比西，蒙根艾嘎包老……”

不知为什么，蒙根打断了哈图的讲述，两个人用蒙古语争论起来。国莲好奇地问：“你们在说什么？下面怎么了？”

哈图不好意地摸摸自己的头发，刚想说什么，可就在这时，哈日夫回来了，他敲门进来说，乌拉河小学来慰问演出的孩子们正在演出文艺节目，问哈图和蒙根想不想去看。听说有文艺节目看，两个孩子早忘了讲故事的事，跟着哈日夫走了，临走哈日夫招呼国莲也去，可国莲说她不去，她还有别的事儿要做。其实，国莲也没有其他的事情要做，她只是看着红鹘发呆，心里不断想着苏日娜的事情……

12. 蒙古国少年

哈日夫带两个孩子看完演出，又来找国莲和他们一起去吃饭。吃饭时哈图忽然想起还没讲完的故事，他说："姐姐对不起，那个故事没讲完就走了。"

"故事？谁的故事？"哈日夫摸不着头脑，问国莲："你在给他们讲故事吗？"

"不是，是哈图给我讲一个鹰的故事，还没讲完你就把他们带走了。"

"啊，是啊？哈图继续讲，我也要听，讲，快讲。"

哈日夫有点急不可待。哈图放下筷子，说："你一定听过的，成吉思汗和鹰的故事。"

"有条毒蛇泡在泉水里那个？"

"是。"

"你继续讲，我小时听过，已经忘差不多了。"

哈图接着国莲宿舍里的话茬说："我阿爸讲的，是成吉思汗从皮袋里取出一只金碗，蒙根说我说错了。不过姐姐，成吉思汗那时还小，又不断被人追杀，生活非常贫困，他不会有金碗。所以，我说他取出的是喝奶茶的木碗，木碗更好……"

"哦，还有金碗木碗的故事？"哈日夫更奇怪了，国莲告诉他，哈图讲故事用了木碗这个词，是他自作主张改动了故事。蒙根就说不对，是金碗。

国莲又对两个孩子说：“不过没关系，哈图，你有思想，你思考得对，有些事情就需要自己独立思考，不过蒙根也有道理，他尊重故事原型。这次，你讲的时候，还是用金碗吧，哈图。”

“好。”哈图继续讲道：“成吉思汗耐着性子，用……金碗接住一滴一滴流下来的水。当水接到七八分满时，他高兴地把杯子拿到嘴边，想把水喝下去。就在这时，一股疾风猛然把杯子从他手里打了下来。将到嘴边的水弄洒了，成吉思汗不禁又急又怒。他抬头寻找风的来源，原来是自己的爱鹰在头顶上盘旋，才知道是它捣的鬼。可尽管他非常生气，却又无可奈何，只好拿起杯子重新接水喝。当水再次接到能喝时，他的爱鹰又把水弄洒了！”

“我来讲吧，”哈日夫忽然对哈图说：“你快吃饭，一会儿饭都凉了。”然后他对国莲说：“成吉思汗耐着性子，一声不响地举起水杯，再从头一滴滴地接水。当水接到七八分满时。老鹰再次向他飞来，试了几次，成吉思汗忍不住了，拿出箭射向他的鹰，把鹰射死了。可是，这样一来他忘了手里的杯子，杯子掉进了山谷里。”

蒙根嘴里吃着馒头，又开始插话，哈日夫用蒙语阻止了他，继续讲：“成吉思汗无法再接水喝了，不过他想到：既然有水从石头上滴下来，那么上面也许有蓄水的地方，很可能是湖泊或山泉。于是他拼尽气力向上爬。他终于攀上了山顶，发现那里果然有一个蓄水的池塘。成吉思汗兴奋极了，立即弯下身子想要喝个饱。忽然，他看见池边有一条大毒蛇的尸体，这时他才恍然大悟，原来是飞鹰救了他一命，正因为它打落了接水的杯子，才使他没有喝下被毒蛇污染的水。成吉思汗非常后悔射死了对自己忠诚的飞鹰。他难过地说，这是个沉痛的教训，永远不要在发怒的时候处理任何事情。”

故事讲完了，国莲一句话不说，她对成吉思汗动怒射死一只救了他的鹰非常生气，又非常舍不得那只聪明懂事的飞鹰。她叹口气，惋惜地说：“成吉思汗太鲁莽了，脾气也太大了。”

哈日夫接过国莲的话，说：“我也这样想过，可换个角度去想，又是另一回事了。不管平凡的人还是伟人，包括成吉思汗，每个人都会犯错，关键是吸取教训。这是一个寓言故事，成吉思汗这次鲁莽了，但他以后就没有再犯这样的错误了，对吧？”

“对，”哈图说，“我阿爸也说过，成吉思汗再也没犯过这样的错误，以后再遇到问题时，他就反复思考为什么。”

“明白了，这是一个有哲理寓意的故事，”国莲陷入了沉思，她慢慢地说：“哈日夫，你说得有道理，只有经历过了，才会吸取教训，才能学会思考。”

哈日夫本来打算第二天送哈图和蒙根回家，可他们的家长听说两个孩子在这里，下午早早就来把他们接走了。国莲跟着哈日夫送走了两个孩子，她本可以不出来送，可她还是找借口一定跟着出来了。因为她看见尉扬和苏日娜，他们正一起带孩子们参观连队，她怕迎面遇见他们，她心里还有上次事件的心结没解开。送走孩子，国莲说：“哈日夫，我有事想听听你的见解。”

“好啊，那你陪我去营地后面吧。我要找一种叫‘地瓜皮’的东西，我们一路走一路说。”哈日夫猜到了国莲的心事，路上他直接就问了这个问题：“你是不是要问苏日娜为什么要来连队？为什么尉扬要亲自带她和孩子们参观？”

国莲摇了摇头，她说：“哈日夫，我是要问，从你的眼光看，尉扬和苏日娜在一起，会不会比和我在一起幸福？如果他们互相爱慕又心灵相通，我觉得我应该成全尉扬，他不光是我爱的男人，还是我的亲人。”

“你在自己为难自己，又在胡思乱想。但是，我可以直接告诉你，以我的眼光和经验看，他们两人不适合做情侣，就是真的在一起，也不会有长久的幸福。还有，我觉得尉扬今天的做法是正确的，自从上次事件之后，尉扬辞去了辅导员的职位，许多人会产生更大的误会，觉得他们之间可能真有什么。如果今天尉扬回避了苏日娜的到来，那误会就更深了，本来没事也成了有事了。但是他们还像普通朋友一样交往，一切不利的猜疑也就过去了。尉扬和苏日娜之间，也需要以一个正确的交往方式，打破那天事件造成的尴尬和误会。”

国莲点了点头：“我明白你的意思，可我说的，也是真心话。这几天我啥都想，也许尉扬真的喜欢苏日娜，不一定和我一起长大他就一定要和我在一起，是吧？要是不喜欢了，在一起也没用，是吧？”

“你别想来想去的了，不是那么回事。”

国莲又说：“虽然尉扬和我没直接说过这个，可我总觉得他跟我之间和以前不一样了，好像总是小心翼翼的，总是在回避一件谁都不想说的事情，以前我们不是这样的。”

“那就直接问出来，想问什么就直接问，不然心里的结会越结越紧。我是旁观者，我觉得是你自己想得太多了，把自己逼进了死胡同。”

国莲低下了头，思考着哈日夫说过的话。哈日夫是个非常不错的朋友，他会直接说出事情的要害，他说得有道理，最近她像钻进了牛角尖一样，像一个不守信用的人，反反复复在心里折腾的，就是这么一件完全出于意外的小事。国莲扭头看一下哈日夫，他正蹲在地上细心地拣着一种黑乎乎的干瘪皮状物体。

“这是啥东西？”

“学名不知道，我家乡人叫它‘地瓜皮’，冲水喝治疗胃胀。我这几天胃总是胀鼓鼓的。”

“那你为什么不说，我给你找几样药不就行了？”

“我讨厌吃药。”

“谁喜欢药啊？当然是因为病了没办法才吃药。”

“我现在有办法，喝这个就会好了。”

“那我也试试，要是管用，就列入我的中草药秘方。何军医给我的药方可不少，有些真的非常管用。”

国莲也开始拣“地瓜皮”，两个人寻遍了半个山坡，下山时提着两个大塑料袋子。哈日夫和国莲还没到山底，尉扬来了，他站在山底下等他们。哈日夫要过国莲手里装满了‘地瓜皮’的袋子，说：“我先回去了，你们慢慢走。”

哈日夫回去了，尉扬站在那里心事重重，最后他突然说：“国莲，我不知怎么了，非常想家，想回家乡去看看。你从家乡出来后，回去几次了？我们一起回去吧？”

“一次，就是唐妈妈病重那次我回去的，给她老人家送终后再没回去。”

“我也是，我出来八年了，只在唐妈妈病重时回去过一次。可我总是觉得有些事情还没办完，唐妈妈说过我父母的事，可我一直没信心处理这个事，我一直在躲避，我怕想起那些难以回首的往事……”

“尉扬哥，你是不是对我很失望？是因为苏日娜的事伤了心，想回家乡去寻求安慰吗？”

“怎么还说苏日娜的事？那纯属一个误会，我不是和你说过了吗？”

“可我们一直没好好谈一下这个事，你和我都在回避，你因为我辞去了辅导员的工作，我心里也非常不好受。那一天虽然是误会，可你我心里都有一个结还没有解开。尉扬哥，从小你都是我最亲的人，我也是你最亲的人，我们敞开心扉说说心里话吧。”

“国莲……”

“尉扬哥，你先让我说完。”国莲靠在一棵树上，她继续说“这些天我每天都在想这个事情，我觉得是我太自私了，我们虽然从小一起长大，我们有互为生命一般的情感，有相守一生的承诺，可这并不代表我们之间真的有男女之爱。那时，我们真的还小，就是你真的对苏日娜有了一份男女之爱，也是人之常情，是没有错的，更何况她是那么优秀的一个女孩子，豪爽大度不拘小节，不像我小心眼儿……”

“国莲，别这么说。苏日娜确实是不错的女孩子，能吸引许多人的目光，这就像漂亮的风景能得到很多人的欣赏一样，可这跟情感和爱情不是一回事。我不适合她，她也不适合我。如果说以前我还弄不明白的话，这次苏日娜事件和你掉下悬崖之后，我已经彻底明白，我的生命里不能缺少你，如果没有了你，我的生命也就是一棵干枯的树。”

“对不起，尉扬哥，我这些天一直怀疑，我以为你的情感已经流失，我怀疑你对我的情感只是兄妹之情。”国莲说着，眼里汪满了泪水：“我以为，你已经不再需要我了……”

尉扬拥住国莲，说：“不是你想的那样。在小学校，你扔下一句决绝的话跑走后，我心疼得快要死去了一样，连去追你的力气都没了。那天晚上，我写了辞职报告，哈日夫气我不去安慰你，还打了我一顿，但是那天晚上我还是去看你了。在你的窗下，我站了很久，你和红鹳说的话，我都听见了。第二天，听说你失踪了，我觉得世界都坍塌下来了。”

“我也是这样的感觉，当我看见苏日娜……就是那件事，我一下就感觉自己要死了，整个世界也坍塌了……”

敞开心扉的倾诉，解开了国莲好些天以来的心结，她答应跟尉扬一起回家乡去。这个时候，尉扬忽然想起一个事，他说：“国莲，我忘了一件事，我们快回去吧。苏日娜没走，她在营地等你，说一定要见了你才走。”

“苏日娜？她在等我？”

“是啊，她说要见不到你，会惦记着再来一趟。”

国莲“哦”了一声，和尉扬一起加快了回营地的脚步。果然，苏日娜在等待国莲回来。哈日夫也在这里，他身边的地方，放着两大袋“地瓜皮”。苏日娜看见国莲和尉扬回来，她老远就迎了过来，说：“国莲，我一直在等你。”她把手里的火腿肠交给尉扬，自己走过来，接着说：“前些天，我听说你掉下山崖了，一直想来看你，就是瞎忙，一直到今天才有机会。”

“哦，我没事了。你们……活动早就结束了吧？”

“已经结束了。上午演出，下午参观了营房，孩子们喜欢战士们，每年都会来这里，是爱国主义教育的一项内容。”

尉扬说：“苏日娜想见了你再走。”

“那孩子们呢？”国莲四处寻找：“孩子们哪去了？”

“我让金虎老师先带孩子们回去了，”苏日娜笑着，她又说：“这么老远，要是不等你回来就回去，我就会惦记再来一趟，多吃亏啊，是不是？”

尉扬说：“苏日娜执意要等你回来。为了安全起见，我让刘清河送金虎老师和孩子们去了。”

哈日夫接过话茬，他表示抱歉，他说：“抱歉，让苏日娜久等，是我说要去采‘地瓜皮’，国莲觉得新奇就跟着去了，采的时间久了点。这不，为了赔罪，留在这里没走，正陪她说话。”

尉扬说：“正好，晚上我们一起吃饭。不过，这个东西……什么地瓜皮的做什么用？”

“熬汤或泡茶，治疗胃胀。”

几个人一起进了卫生所，国莲说：“苏日娜，要是回去没事，你晚上就住我这里吧，行吗？”

苏日娜毫不客气，她大咧咧地说：“就是，你不说，我也要说了，我自来也没准备走。”

“那太好了。”

尉扬和哈日夫来到诊疗室，尉扬回头问国莲：“这些东西放哪儿？桌子上行吗？”

“行啊，就放桌子上吧。我明天处理。”国莲没跟他们进去，她带着苏日娜进了自己的宿舍：“我这里太简陋了，军营就是这样的，只好委屈你了。”

“嗨，哪里会委屈。我家里呀，还不如你这里呢。”

晚上，苏日娜和国莲，两个人挤在一张床上唠嗑。另一张床上，虽然也铺着被褥，可苏日娜却说不好，一定要和国莲挤在一起。

苏日娜忽然想起国莲的红鹳鸟，她说：“知道吗？你的红鹳鸟，在草原上已经出了大名。大伙还说，你也和红鹳一样，给草原带来安康吉祥，你也是草原上的吉祥鸟。”

国莲低下头，不好意思地说：“谢谢大伙这样说，不过我……其实，我哪像他们说的那样好？对不起，苏日娜，那次的事儿……是我太冲动了。”

“嗨，说对不起的应该是我，”苏日娜推一下国莲，说：“一直都是我一厢情愿的，尉排长没有那个心思……”她“咯咯咯”笑起来，又凑近国莲的耳朵，调皮地说：“是我勾引他玩，他们太严肃了，总是一本正经的。哈哈哈……”

国莲愣住了，她还没见过这么豪爽的女孩子，几句话就解开了她心里积压好久的疙瘩，她也跟着笑了：“咯咯咯，你呀……”

国莲这个时候，也忽然来了直性子，她说：“苏日娜，他因为我，辞去了你们小学的校外辅导员职务，你不生气吗？”

“什么？我生气？怎么会呢……别傻了！”

“可是……”

“别可是了。我十八岁来小学教课，辅导员都换了好几茬了。”她又小声说：“嗨，李教导员人也不错，哪天我再聊扯聊扯他，省得他也整天绷着脸，咯咯咯……”

国莲也笑：“你呀，就知道开玩笑，没正经话。”

“只是玩笑嘛，哪来那么多正经的，放心吧，我不会过分了，追我的小伙子多着呢，光是挑选也要挑几天。”

“怪不得哈日夫说你豪爽，他说我心眼小唧唧，老把这个事放心上，说你早不当回事了。”

“嗨，那个黑大个？他敢背后说我？我知道他，也是个挺气人的家伙。”

“对了，苏日娜，你教我唱首歌吧。我非常喜欢你们的歌曲。”

“你要学哪首？”

“不知道啊，哪个都非常好听。我……还是你说吧。”

苏日娜想了想，说：“我先唱几首，你听听，喜欢哪首，我就教你哪首。”

“好啊！”

苏日娜放开歌喉，开始一首又一首地唱，静悄悄的边防营地的夜空，第一次有女孩子优美动听的歌声传来，开始是苏日娜一个人唱，后来就变成了国莲跟着唱，歌声穿过屋宇回荡在寂静的夜晚——

望不尽连绵的山川
蒙古包像飞落的大雁
勒勒车赶着太阳游荡在天边
敖包美丽的神话守护着草原

啊！我蓝色的蒙古高原
你给了我希望
从远古走到今天
你就是不灭的信念
把我的爱献给你
把我的祝福留给你

轻轻牵着记忆的长线
漂泊的白云唤起我的思念
梦里常出现故乡的容颜
阿妈亲切的背影仿佛在眼前
啊！我蓝色的蒙古高原
你给了我希望
从远古走到今天
你就是不灭的信念
把我的爱献给你
把我的祝福留给你
……

国莲和尉扬要回家乡了，一切都已准备停当。可大黄狗和红鹘的饲养成了问题，把它们交给谁呢？一顿半顿的好说，可要每天照料它们，就是麻烦事了。大黄狗最近总是往外跑，哈日夫说它肯定是“跑秧子”了，就是说它可能要生小狗崽了。阿黄是条母狗，个头长得挺大，但狗龄不大，还没生过小狗崽。红鹘倒是相对省事，它会自己出去找东西吃，只要把吃的放在窗台上，吃不饱的时候就会来这里填肚子。国莲想来想去，觉得两只生灵只能交给哈日夫，他这个人对动物还是蛮细心的，他不像王朝阳那样对动物拒之千里，也不像刘清河那样做事不周全，那个杜成倒是提出由他来照顾，可国莲心里明白，他是出于对国莲感激才要替她做事。上次杜成得了急性阑尾炎，国莲要是没及时诊断出，后果不堪设想。为他做手术的医生过后告诉他说，当时他的情况非常危急，再耽搁一会儿肯定就穿孔了，阑尾炎穿孔是很严重的大事。杜成因这，心里一直感激她，身体康复后，经常来国莲这里帮忙做事。

哈日夫毫不推辞，爽快答应替国莲照顾大黄狗和红鹘，他还风趣地说："等你们回来，说不定小狗崽都已经降生了。"

国莲和尉扬踏上了回家乡的列车，一路上回忆着小时候的人和事，想象着见到他们之后的情景。但是，一切并不像他们想象的那么顺利美好，儿童福利院搬家了，原来树木成荫瓜果飘香的一个大院，如今变成了一座拥有十几栋高楼的住宅小区。

"我们的家哪去了？"他们从小长到大的家——那座儿童福利院，在原址上消失了。国莲懵懂地看着不敢相识的故乡，说："他们是搬走了，还是已经不存在了？"

"一定是搬走了，"尉扬截住一位从小区里走出的老人，客气地询问，他说："大爷，原来这里有一座儿童福利院，他们现在搬哪去了，您知道吗？"

"儿童福利院？"

"是啊。哦，当时大伙习惯叫这里孤儿院。"

"啊，孩子，对不起，我不是本地人，你说孤儿院我也不知道，等我给你问问。"老人对着一个站在远处闲逛的老人喊："老祝，你来一下。"

那位被称作老祝的老人来了，听到尉扬的问题，连连说："知道，知道，他们搬到铁西区去了。我还去看过一次，条件好多了，盖了新的大楼，院里有许多木马、滑梯啥的，就像幼儿园那些设施。"

国莲和尉扬道了谢，叫了出租车前往儿童福利院新址。从旧址到新址，绕了一大圈，打车费花了二十多元，出租车司机解释说，有一条路正封闭维修，不然用不了这么多钱。尉扬表示理解，爽快地付了钱，两人便在儿童福利院门口下了车。

宽敞的大院，四层楼高的主题建筑，墙上绘有动画和卡通人物造型，院落里像老祝说的，有体育健身器材，儿童游乐设施。可是，这些东西似乎平时没人使用，它们只是光鲜地排放在那里。国莲心里一阵不舒服，她想起小时候，每当有领导或爱心人物来参观，保育员就会给大伙换上干净整洁的衣服，站在屋里等待客人来临。这期间如果哪个孩子弄脏了衣服，就会受到责罚，甚至不给吃饭。

尉扬和国莲犹犹豫豫地推开了主楼的大门，门厅里两棵高大的南方植物生长茂盛，对面是一间收发室。收发室窗户紧闭，两人透过玻璃门向里张望。屋里宽敞明亮，一对崭新的大办公桌对放在一起，桌上还有两台电脑，其中一台正开着，电脑桌面上有没关闭的扑克牌游戏显示，靠墙的一边还有衣柜和床铺。

“收发室都这么阔气，看来条件真不错，”国莲看着尉扬感叹，她说：“当初的门卫大爷，每天要烧炉火取暖。”

尉扬不知道想说什么，还没开口，他们身后就传来喊声：“你们是做啥的？是找人吗？”

“是啊，我们找院长。”

国莲和尉扬都转过身来，一个烫着黄头发的中年女人，一边走过来一边回答，她说：“院长不在，有啥事和我说。”

“您是？”

“我是收发室的，啥事？”

“现在这里的院长是谁？”

“你们到底有啥事？要是捐助，就登记一下，要是志愿者服务，就留下电话等通知。”

国莲听着这个女人的话，觉得很不舒服，难道问一下院长，还这么搪塞吗！国莲冷冷地说：“这座福利院是我们的家，我们是这儿长大的，回家来看看。院长要不在，我们就走了。”

这个女人愣怔了一下，马上换了个口气，说：“哦……这样啊，你们等一下，我给院长打电话。”

女人开门进了收发室，拿起桌上的办公电话。尉扬和国莲隔着窗户玻璃，看着她脸上的表情变化。不一会，她放下电话开门说："你们上二楼吧，院长已经回来了，我刚才没看见他回来。"

国莲和尉扬上了二楼，推开院长室的门，一个四十多岁的男人从偌大一个办公桌后面站了起来，他热情地伸出手，说："欢迎，欢迎，欢迎游子回家。"

国莲向院长介绍了尉扬和自己，院长马上说："我知道，我知道，早就听说过。我叫刘庆，是去年来这里工作的。虽然时间不长，但对福利院的历史还是非常了解的。"

三个人寒暄了一阵，国莲和尉扬便坐在屋里的沙发上，跟刘庆院长了解现在院里的情况。这是一间非常宽敞豪华的办公室，南方常绿树，高大的奇石，实木书柜，办公桌上还摆有一个威武的玉石牛工艺品，只粗略打量一下，就知道整个房间是经过精心装修的。国莲感叹说："这房间布置得真不错，现在这里的条件真好啊！我们小时候，还是在旧址，一座土楼，房间都很小。"

"是啊，现在条件可是非常好了。走，我带你们参观一下。"

因为找不到多少话说，刘庆院长就想出了带他们参观的好办法。从二楼开始，尉扬和国莲参观了孩子们干净整洁的宿舍，室内游艺区，图书阅读室，健身活动室，孩子用餐的食堂。一路走下来，国莲心里充满了不安，当年唐妈妈在时那种温馨的情感一点也找不回来了。

13. 重拾旧梦

刘庆院长在见到尉扬和国莲之前，还真不知道有两个这么出色的孤儿在他们院里长大，等听了他们的自我介绍，马上意识到这两个孩子是不能怠慢的。所以他亲自出马，像接待上级领导一样，亲自给他们介绍院里的情况，带着他们参观院里的福利设施，连孩子们睡觉盖的被子也打开让他俩看，最后他自豪地说："福利院现在的条件，比许多有家庭的孩子都好，要什么有什么，你们当年的条件和现在没法比吧？"

"是啊，当年我们还住过火炕，和现在是没法比了，"尉扬感慨地迎合着这位他们一点也不熟悉的院长，他也提出了自己的疑问："孩子们都去哪了？"

"大的都去上学了，还有两个四岁的，去了幼儿园，家里只有一个三岁的病儿。这个小孩是脑积水，整天躺着不会动，全靠护理员照顾。"

"哦，现在这里还有多少孩子？"

"总共有十三个，三个初中，四个小学，还有三个聋哑孩子，在特殊教育学校。"

"哦。"

刘庆院长接着说："以前的老职工，也基本走没了，你们有非常想见的吗？要有，我给你们联系。再就是，中午我请你俩出去吃饭，给你们接风洗尘，也尽一尽家长的责任，虽然你们不在我任内长大，但是我总归是家长，对吧？”

“哦，院长，谢谢您的好意，可我，很想留在这里吃饭，”国莲说，“我们想回忆一下当年的感觉。”

尉扬也说：“是啊，就不用出去了，还是在家里比较好。”

刘庆说：“那也好，我去通知食堂加两个菜。中午我也留下陪你们。你们自己先溜达，四处看看，十二点准时回食堂吃饭。”

“好的，院长，谢谢啊。”

刘庆院长走了，国莲和尉扬都松了口气。国莲悄悄地说：“尉扬哥，我觉得心里非常不舒服，你注意没，好像所有的东西都是摆设，都是崭新的，如果天天有人用这些东西，不会这样油光崭亮，那些书本也没有人看，都是新新的。”

“好了，国莲，别想那么多。这些东西，对于我们这些孤儿来说，一点意义没有，只要每天有睡觉和吃饭的地方，就足够了。”

“不知道保育员对孩子们怎样？”

“我们只是回来看看，那些事情还是不要问了，总归比原来好多了，不会挨饿受冻的。”

国莲不吱声了，尉扬的话，让她想起小时候很多吃不饱的日子。虽然唐妈妈很疼他们，可食堂的饭菜她是没办法做主的，有时他们放学回来晚了，食堂里就只有剩汤剩菜，米饭和馒头不知是吃光了还是被收走了，总是光光的一点也找不到，特别是长身体那几年，她总是感觉吃不饱，还经常被管理员埋怨吃得多。但愿如今的孩子们，不要经历她小时候的遭遇。

尉扬和国莲自己转了一会儿，觉得没啥意思，就又回到院长室。这次，尉扬直接询问院长关于自己的事，他说：“当初唐妈妈在的时候，曾嘱咐我长大回来处理一下父母的遗留问题，可我不知从哪开始。希望院长帮我查一下档案，看里面记载了什么。”

“哦？还有这样的事？”随后，刘庆院长拨出了一个电话，叫来了一个姓田的女孩子，让她给尉扬和国莲找档案。

姓田的女孩说她叫田荧。在院长室，她答应得非常痛快，说回去就给找，可出了院长室，她就抱怨说自己每天工作如何如何多，又说搬家搬的，这么久的档案怎么找啊！

因为有求于人，尉扬和国莲只好客气地拜托她帮忙。国莲说："是啊，福利院的工作向来比较烦琐，人少事情多，也真辛苦你们了。"

田荧打开一扇门，里面有一排档案柜，都是崭新的，靠门口还有一个办公桌，后面有一把椅子。田荧坐在椅子上，用公事公办的口气说："什么档案啥的，都在这里，你们自己找，找到了拿来让我看一下。"

国莲心里不由得一肚子气，这是什么工作态度？怎么会有这样的人在这里？尉扬拉了国莲一把，来到档案柜前，示意她不要计较这些琐事，然后挨个查看标注的年限。这时，田荧又开始唠叨，说院长把工作都推给她一个人，说她每天都累得要死，说其他人都是皇亲国戚，都是光开工资不干活的花瓶。

尉扬很快找到了国莲进入福利院那一年的档案，他说："国莲你看，这个是你来那一年的。"国莲赶忙过来，眼睛盯着一页一页的表格，最后她们找到一个标有国莲名字的表格。这是一张已经褪色老化的表格，手工画的表格里，用钢笔清楚地写着"国莲"，"女"，"婴儿"等字样，父母栏里，分别标着"亡"一个字。国莲低下头，默默落泪，这是她第一次看到有关自己的记录，也是标识她不幸命运的记录。尉扬默默地合上这本档案，用力握了一下她的手，表示安慰。

国莲擦下眼角抬起头，跟尉扬一起顺年表寻找后面的档案，但是找来找去，就是找不到尉扬来那一年的。国莲问坐在门口椅子上的田荧："田姐，档案都在这里了？"

"怎么，你怀疑其他地方还有吗？没有了，都在这儿！"

"等一下，我们再找找之前之后年代的，"两个人又找了很久，还是没有，尉扬奇怪地说："都找过了，就是没有我的。"

田荧瞪大了眼睛，打量他，说："你们是找自己的档案？你们是这里的孤儿？噢，天哪，你是小国莲？尉扬？"

这个时候，国莲也看出来了，原来站在他们面前的，竟是他们一起长大的小苏子！这一发现让三人都很激动，国莲拉住她的手，连连说："小苏子，你还叫什么田荧？你一点没原来的模样了啊！"

"你们也是，一点也没看出来。我因为知道自己姓田，所以自己给自己起的名字。"

尉扬的档案虽然没找到，却遇见了当年的小朋友，这让国莲心里一下热乎起来。田荧再一次仔细打量国莲和尉扬："你们都是军官啊？国莲也当兵了？看来你们混得不错，只有你们最出息了。"

"你怎么样啊？回来做事了？"

"当初我也没好好学习，不记得了，初中没毕业就出去瞎混，结婚又离婚，离婚又结婚，可最后还是离了，还得了一场大病，因为没有家人，最后是院长出面送我去了医院，不是现在的院长，是原来那个，出院后就回来在这里干活，一直到现在。"

"也好，不管怎样，生活稳定了就好。"

"就这样吧，只能在这里混生活了。尉扬哥，说起你的档案，我想起一件事，记得有一次老院长跟一个陌生人吵过架。那个人说你被孤儿院收养了，不能算继承人什么的。老院长就说，你是被寄养，不是收养。"

"哦？有这样的事，我一点也不知道。"

尉扬心里越来越糊涂，怎么又出来了寄养的问题，哪里来的陌生人？难道他还有亲人在世？因为又出了这样的问题，尉扬一时高兴不起来，中午他也没吃多少。

田荧也跟着尉扬和国莲一起去了食堂，她是天天吃在院里，三个人刚坐在桌子前，刘庆院长就来了，但他不是来吃饭，他说中午遇到突发事情，不能陪尉扬和国莲吃饭了，来道个歉。看见田荧在，就马上说让她陪尉扬国莲吃饭。田荧爽快答应说："行！就包在我身上，一定让他们吃好喝好。"国莲心里暗笑，看来田荧是社会老油子了，已经学会了见啥人说啥话的混世韬略。

尉扬的事情越来越复杂，不但当年他进入孤儿院时的档案找不到，就连他当兵之前的户籍，也查不到了。这让尉扬和国莲非常懊恼，一晃五六天过去了，他们去了民政，去了派出所，还去了武装部，可最终什么线索也没找到，他们都替他翻找了档案，但是记录他身世的记录一个也没有。在负责征兵工作的人民武装部，他们有了一点点的收获，只查到了尉扬的毕业证复印件，和当时孤儿院的集体户口复印件。但是，如果按照这个户口本来说，尉扬的户口应该还在现在的福利院，可现在的福利院集体户口里，没有他的名字。

找来找去毫无头绪，这让尉扬非常失望，他觉得自己这次回来毫无意义，他对国莲说："国莲，这件事就到此为止吧，找下去也没意义。在部队八年，不知道这些的时候，我生活得也非常好，何必这样找来找去的？"

"那怎么一样啊？如今知道了这些，不弄明白，回去也难以呆得安稳。"国莲想了想说："当年你父母出过交通事故，不如我们去查一下事故处理情况吧。"

国莲这样一说，尉扬也一下想起来，他说："对啊，唐妈妈不是也说过，我父母的后事还没处理完吗，应该去交警大队查一下处理情况。"

说这个事的时候是中午，尉扬和国莲已经回到了福利院的宿舍。刘庆对他们还是蛮照顾的，他说别的帮不上，但让他们回到家吃好喝好，这个他还能做到。这样，尉扬和国莲就被安排住在了福利院，这也是他们一直放在心上的家。国莲和尉扬商量好，等离开"家"时，给这个"家"留点钱再走，这样住着也就心安理得了。

下午，就在尉扬和国莲准备去交警队时，田荧带着一个人回来了。用她的话说，就是挖窟窿盗洞的，他找到了老院长的儿子。老院长原来姓姜，这个他们一直不知道，总是叫老院长，却从来没问过姓什么。

老院长的儿子叫姜勇，他见了尉扬和国莲的面，拉住他们的手激动地说："你们终于回来了，我一直等待你们回来。"他细心地打量尉扬，说："我父亲没说错，他说你一定会有出息，让我等着你回来。"

听说是老院长的儿子，尉扬和国莲赶紧让他坐下说话，田荧还自告奋勇地找来开水给他沏茶水。听姜勇说他父亲有嘱托，不等尉扬和国莲开口，田荧就焦急地追问：“快说，快说，我都等着急了。”

姜勇说：“别着急，让我从头说。”接着端起茶碗，他吹了一下水上漂着的茶叶，慢慢开始讲述有关尉扬的一切——

尉扬的父亲叫尉江山，是一名来自南方的退伍老兵，和老院长的大儿子姜鹰是战友。那场车祸中丧生的，不光是尉扬的父母亲，还有老院长的大儿子。姜勇这样一说，尉扬也想起来了，当时他们的车上，确实还坐着一位叔叔。原来他是老院长的大儿子姜鹰。

简单说，尉扬的父母在交通事故中丧生。因为他的家在南方，这里没有亲人，还留下了不满七岁的尉扬，老院长只好代替这个年幼的孩子，处理他父母的一切后事，最后把他寄养在孤儿院里。尉扬父母交通事故中获得的抚恤金，全部存在写有尉扬名字的存折上。姜勇说完这一切，他从内衣兜里掏出一个存折，他说：“那个年代，抚恤金不多，全都加起来不到十六万。你看，这里是每次存款的记录，还有利息，都是五年存一次。我父亲在世时，都是他亲自负责，后来他过世之前交给了我。对了，还有这个交通事故处理调解书，”姜勇又掏出一个信封，从里面拿出一张纸，他说：“处理结果和给了多少钱，都写在这上面。”

看着这个存折，国莲心里酸酸的。这就是他们的老院长，用他独特的方式，呵护着一个年幼的孤儿，使他长大成人，还为他保存了父母用生命换来的资财。看着这个存折，尉扬泪流满面，他没有接存折，而是抱住了姜勇，他呜咽着说：“叔叔，如果说我在这个世上还有其他的亲人，那就一定是你了！”

姜勇拍着尉扬的肩头，动情地说：“我父亲虽然没亲自抚养你，可他是拿你当自己的孙子看待的，你父母的陵墓，也和我大哥的在一起，处理他们的后事时，他们的待遇也是一样的。”

“叔叔，”尉扬跪下了，他说：“有句话说，恩大不言谢，侄儿感激的话不知如何说。如不嫌弃，侄儿今后就是您的亲侄儿。”

“孩子，因为你父母，我们才有这个缘分。还有一个事，你父母当初发生交通事故时，是租房居住，那时通讯交通都不便，他们的老家在哪里我一直没弄清，不知道他们在老家的情况。以后你要想知道他们之前的情况，还需要自己去寻找。”

尉扬使劲点着头，说：“知道了，叔叔。这个事情，就放在以后吧。”

姜勇的到来，让尉扬一下解开了发生在自己身上的谜团。在福利院，他始终没给尉扬办理孤儿入院手续，也就是说他利用了自己作为院长的权力，把尉扬寄养在了孤儿院。老院长去世后，就没人知道尉扬的事是怎么回事了。

谁说世界是冰冷的？谁说人间没爱？老院长和老院长的儿子姜勇，他们用诚信和善良行动，让尉扬和国莲深深感受到了人间的温暖和人性善良的一面。尉扬和国莲，还有田荧一路紧跟，三人在刘庆院长的建议下，做了一面锦旗送给老院长的家人，又通过媒体讲述了老院长一家的感人故事。一时间，老院长一家的仁义故事成了街头巷尾的美谈。

尉扬和国莲的这次家乡之行，体会到了人间最珍贵的真情。临走，他们给“家”的弟弟妹妹们每人购买了礼物，给姜勇家的孩子和大人买了答谢的贵重礼品，也给“家里”留了一笔钱，算作一点心意。田荧也毫不客气地点名要了一份自己一直惦记又没弄到手的黄金饰品。

尉扬和国莲回来了，只走了十几天的他们，受到了红鹘和阿黄的狂热欢迎。大黄狗阿黄撒欢中差点把国莲推到，红鹘在她的头上飞来飞去叫个不停，目中无人地把尉扬和哈日夫两人晾在一边。哈日夫非常嫉妒这两只生灵对国莲的感情，埋怨它俩“忘恩负义”，他说：“你们两个也太过分了，我这么辛苦照顾你们十几天，主人一回来就把我忘了，真不像话，你们！”

阿黄和红鹘可不在意他的唠叨，仍然围着国莲转，特别是大黄狗，把一双带泥水的爪子不断递给国莲让她握，弄得国莲的身上手上也都是泥巴。哈日夫这次是开车来接尉扬和国莲的，他们回来之前，这里刚刚下了今年的第一场雪，大雪过后天气温暖了许多，路面上的积雪化成了泥水，一路泥浆飞溅。

国莲回来，许多战士跑来看他们。为了让每个人都品尝到她们带回的家乡食物，尉扬采取了把礼品分发到各班排的方式，这才避免了不拿自己当外人的乱糟糟分食特产的场面。国莲回来，还有几个人特别高兴，就是五六个来自各排的卫生员，他们在国莲回家乡的日子，奉命天天倒班留守卫生所。国莲一回来，他们就抱着获得的“奖品”一溜烟都跑走了。

休息了两天，哈日夫来找国莲了。他说想去看一下老祖母，让国莲跟他一起去，除了医药箱，还得带上红鹡和大黄狗。国莲说：“这是自然，你不说也要带它们的。”可哈日夫接下来的话，让国莲吓了一跳，他说：“希望她还活着，我答应过要带你去见她。”

“你什么意思啊？难道老人家……”

哈日夫说的老祖母，名字叫斯琴，她八十多了，住在离营地很远的地方，非常偏远。国莲跟着哈日夫来到的时候，都快中午了，两匹马的身上都湿透了，大黄狗也累得“哈赤哈赤”的。终于，国莲看见远处枯黄的野草丛中，有一座破旧的蒙古包孤单地伫立，旁边是一条还没冰冻的小河。哈日夫老远就下了马，国莲也跟着下了马。哈日夫一声不吱，他的脚步沉重，神色苍凉，国莲受他感染，脚步开始放慢，大黄狗感觉到了主人异样的心情，它抬着爪子轻轻地跟在他们的后面，只有红鹡鸟，不知是出于什么原因，它带着欢快的鸣叫，飞落在一根灰色拴马桩上。

毡包的门打开了，一个看上去十六七岁的男孩走了出来。他看见哈日夫和国莲到来，低下头抹下眼睛，然后向哈日夫走来，他啥也没说，两只胳膊伸向哈日夫，哈日夫拥抱了他，拍拍他的肩头。

冬季的阳光并没有照亮毡包，斯琴老祖母的身躯躺在暗影里，褪了色的蓝袍盖在她的身上。她无声无息地躺着，国莲伸手轻轻拨开她的眼睛看了看，老人似乎从睡梦里醒来了，她幽幽地说：“它回来了，它在叫……”

外面，红鹡鸟真的在鸣叫，“吉儿，吉儿”的声音有长有短，像在唱一首歌。哈日夫说：“是啊，老祖母，它回来了，它就在外面。我抱您起来，我们出去看看。”

在国莲和小男孩的帮助下，哈日夫小心地抱起老祖母，向蒙古包外走去。初冬的阳光照射着枯黄的草地，残雪在阳光下发出耀眼的亮色。哈日夫抱着斯琴老祖母，一步一步向拴马桩走去，国莲和小男孩跟在哈日夫后面，红鹘还在“吉儿、吉儿”地叫。斯琴老祖母抬起苍老的头，昏花的眼睛里发出慈爱的目光。

国莲伸出手，嘴里发出轻轻的声音呼唤“吉儿”，红鹘飞来落在她的手上。国莲把红鹘举到斯琴老祖母的眼前，老祖母注视着红鹘鸟，咧开没有牙齿的嘴乐了，她用蒙古语断断续续地说：“我在等你，你终于来了，我的吉祥鸟……”

小男孩拿出两张羊皮，紧挨着包壁铺好，哈日夫抱着斯琴老祖母坐下，国莲和小男孩也坐在他们的身边，大黄狗也挤在他们身边，把头搭在国莲的脚背上假寐。红鹘鸟这时可能是叫累了，它也趴在国莲的膝盖上闭目休息。

初冬的阳光，明媚依旧。斯琴老祖母苍老的身躯，裹在那件褪了颜色的羊皮袍子里，她享受着太阳和人间的最后温暖。过了好久，她似乎又从睡梦中睁开眼睛，她的目光明亮却慈爱，她的目光从哈日夫、国莲、小男孩的脸上扫过，最后她盯住国莲，她似乎刚刚发现了她的存在，她伸出骨瘦如柴的手，国莲赶紧靠前接住她伸过来的手，她的手慢慢伸向国莲英武的戎装，再抚摸她秀美的脸庞，她的眼里流下浑浊的老泪，她呼唤着：“海日古，我的乌兰海日古，孩子啊，你也回来了？真的是你吗？我的孩子啊……”

国莲懵住了，看哈日夫，哈日夫点点头，国莲柔和亲切地说：“是啊，我回来了，真的是我啊……”

哈日夫悄悄说：“女儿……”

国莲再次点点头，她摘下帽子放在一边。哈日夫向国莲转过身，国莲用胳膊抱住斯琴老祖母的身体，老祖母慈爱地抚摸着她黑黑的头发，说：“你走那天，是阿妈给你梳的头发……头发更黑了……你也更好看了……”

不知是错觉还是忽然进入梦魇，一阵忽远忽近的马头琴声从前边飘来，红鹘鸣叫着飞走了。老祖母的嘴微微张合几下，眼睛盯着国莲和她身边的男孩子，国莲看着她的目光，用另一条胳膊把男孩子抱在怀里，男孩子的手托起老人的脖子，老人欣慰地微笑着，她慢慢地闭上了眼睛。那一刻，国莲忽然明白，斯琴老祖母完成了生命的旅程，她慢慢地走远了。

斯琴老祖母，就这样死在了三个人的怀里。哈日夫帮助男孩子把斯琴老祖母抱进屋里，三个人给老人梳洗一遍，穿上她整齐叠放在一旁半新蒙古袍和一双绣花的马靴。然后，他的孙子，那个十六七岁的男孩子，又打开一块薄毡，跟哈日夫一起，把老人包裹在了里面。一切处理停当后，男孩子牵来一头老牛，套上了一辆勒勒车，三个一起把老人从蒙古包里抬出，把她的遗体放在勒勒车上。小男孩看着哈日夫，他的脸上突然流满了泪水，哈日夫再一次拥抱了他，他们无言地相拥了很久，最后男孩子抹下眼泪，转身向勒勒车走去……男孩子驾着勒勒车，慢慢地向远方走了。

哈日夫坐在不久前坐过的羊皮上，向国莲招下手，国莲过来坐在了他的身边。他看着远方，慢慢地说："老祖母说她年轻的时候，这片牧场水草丰美，牧草长得齐腰深，牛在里面吃草只能看到脊背，羊在里面游不刮风看不到羊群……"

斯琴老祖母，是哈日夫母亲家族里最年长的一位老人，她嫁到这个家族以后，一直住在这个毡包里，算一算快七十年了。这座毡包，从围毡到顶棚，层层叠叠都是补丁。草原解放后，有人动员老祖母跟集体户住在一起，可是无论怎么说她就是不去。老人和儿子媳妇都不和，只有这个重孙可她的心意，她的这个重孙子有病，闻不得奇怪的味道，老远看见有汽车开来，他就得马上跑开，如果闻到了汽油味，会很快倒在地上不省人事。

斯琴老祖母的丈夫，在她很年轻的时候，参加了解放草原的队伍，后来死在辽沈战役中，她的大女儿解放后当了兵，她的名字叫乌兰海日古，这你知道，那是红鹊鸟的名字，她和你一样是军医，二十五岁时死在了援藏的路上。斯琴老人，从来不相信丈夫和女儿已经死亡，她年复一年，每年照旧盼丈夫和女儿归来。

哈日夫说："我来边防部队后，我母亲让我抽时间来看看她老人家。我就在不忙的时候，或者心情不好的时候来这里。我不止一次看见老人家一个人偷偷哭，她和儿子媳妇们闹得老死不相往来，原因是儿子在村里领头开荒，还种了一大片青储玉米。我能理解老人的心，她厌恶所有损坏草场的事儿。”

“前不久我来这里，看到她糊里糊涂，整天对着远方望啊望，她仍然在等待丈夫和女儿回来，她的意识全部回到了年轻的时候，天天唱一首歌，歌词的大意是等丈夫回家，”哈日夫的眼睛里有泪光，他说：“看上去老人的日子不多了，她那个时候已经开始不吃饭，只能喝下一点点牛奶。为了安慰她，我答应带她的女儿回来，我说她在部队生活得很好，还有一只红鹘鸟陪伴。我说这个的时候，她非常注意地听，她还说‘部队里都是大事，刚走多久啊？别回来了，让她好好工作，给她阿爸争气！”

“那你怎不和我说呢？”

“你那时正准备跟尉扬回家乡，这就挺好了，她看见你就如看见了自己的女儿一样，就算帮她圆了一个心愿吧。”

夕阳开始西斜，斯琴老祖母的重孙子还没回来。哈日夫看看时候不早了，说：“咱们回去吧。”他把地上的两张羊皮收起送进屋里，然后关好包门，两个人踏上了回营地的路。

14. 产妇危在旦夕

大雪下个不停，北风呼啸怒吼，大兴安岭寒冷的冬季，完全暴露出冰冷无情的可恶嘴脸。国莲蜷缩在被窝里怎么也睡不着，她惦记着那些站在冰雪中执勤的战士，因为经验不足的缘故，她疏忽了“冻疮”这个名词，储备的冻疮膏明显不够用，雪地里巡逻的战士，寒夜里守护国门的他们，好些人的手脚都冻出了水泡，严重的已经起了脓包。国莲不断责怪自己没早提防，她已经两次向团里发出求助报告，可由于这一年的冬天特别寒冷，最低气温多次下降至零下三十八九度，团里储备的治疗感冒和冻疮类药品，也明显出现短缺现象，他们也在等待直升机再一次运送药品。团里的军医安慰国莲，告诉她别太着急，只要大雪停了药品就会马上送到，可大雪下了三天了还是不停，各班排发下去的冻疮膏都用完了，如果再这样下去，她怕战士们的冻伤的手脚，都会出现严重的化脓症状。

国莲觉得战士们的伤情，是自己严重失职造成的，如果何军医在肯定不会出现这样的情况，想到何军医，国莲马上跑去连部，给何军医打去了电话。何军医听了她介绍的情况，说可以寻找冬青子，用冬青子熬的水，热敷冻伤的手脚。哪里去寻冬青子？何军医说他也没采摘过，听说古老的柳树或榆树上都会有。

国莲在被窝里睡不着觉，想着天亮就去采摘冬青子。尉扬和王朝阳的手，由于和战士们一起轮岗，也都肿得像面包，脚上也冻出了水泡。如今，只有哈日夫和国莲还可以承担采摘冬青子的任务了。唉，没办法，又要求助哈日夫了。这个哈日夫，好像国莲的什么事都需要他参加，又想尉扬哥多亏不是小心眼，如果小心眼一定不高兴。上次从斯琴老祖母家回来，已经到了夜里熄灯时间，尉扬一直站在大门口等他们，对他们双双晚归一句话也没说，看他们饭时未归，还给他们留了晚饭。

国莲东想西想，一直到凌晨才朦胧睡去。忽然，一阵紧促的敲窗声惊醒了国莲，尉扬和哈日夫，他们喊着她的名字敲她的窗户。国莲麻利地爬起来，对着外面喊："怎么了？出了啥事啊？"

哈日夫说："连里接到乌拉河村嘎查达电话，说乌云大婶的儿媳妇生孩子困难，请我们赶快去一趟，连长让我和尉扬一起陪你去！"

"知道了，我马上准备。"

尉扬嘱咐着："外面非常寒冷，你多穿衣服。我和哈日夫去马厩牵马，然后在门口等你。"

"知道了！"

国莲答应着，赶紧下地拉亮电灯，寻找厚实的衣裤，然后跑进诊疗室，寻找该携带的药品和纱布等物品，她抬头看一眼门上的电子表，时间指向凌晨四点十五分，她心里说一句："还好，已经是凌晨了。"

一切装备妥当，国莲再一次检查一遍，然后背起医药箱向外走去。推开屋门，一股强大的冷风差点把她推回来，她侧着身子挤出门外，刺骨的寒风立即打透了她的衣裳。

尉扬和哈日夫已经等在大门口，马和人的衣服上，都已经挂满了雪花。看见国莲出现，哈日夫先上了马等待，国莲从尉扬手里接过马缰，又在他的帮助下费力地爬上马。下了三天的大雪，最低洼处也有半尺深的积雪了。

哈日夫慢慢地在前面引路，三人拉开距离，小心翼翼地向山下出发。如果不是这场大雪，国莲还从没感觉到这条山路险峻难行，雪的堆积使路面显得非常狭窄，稍不留意就有跌落进河谷的危险。哈日夫一会喊小心左边，一会喊小心右边，到了山口附近，暴风雪刮得更猛烈了，马和人被夹裹在风雪中，一步一步艰难向前。终于出了山口，天光开始大亮了，大雪也小了很多。哈日夫带头打马，三人急速向乌云大婶家疾驰而去。

乌云大婶的儿媳其木格难产了，她从昨晚开始生孩子，十几个小时了还是生不出来，村里的接生员格日勒和几个上了年纪的女人，全都围着其木格安慰着。格日勒对其木格说："别着急，休息一下，攒一下力气再生。"

其木格满头大汗，痛苦地挣扎着。乌云大婶安慰着儿媳："孩子，不要怕……女人都会生孩子，使劲儿，一使劲儿，就生出来了！"

格日勒也说："是啊，不要怕，生孩子都是很痛的！"

其木格哭喊着："啊……不行了……我……我没力气……啊……痛啊……"

外面，大雪地里，院里院外都是人，有人向远处张望。乌云大婶的儿子海宝，在屋门口焦急地走来走去，不时向院外看去，屋里又传出其木格的喊叫声，他痛苦的蹲在地上。

在人们焦急的等待中，三匹坐骑冲过风雪，从远处跑来。人们迎上去，哈日夫和尉扬跳下马，国莲却冻得手脚不听使唤，她在众人的帮助下，困难地从马上溜下来，脚冻得站不稳险些摔倒。在大伙的搀扶下，国莲活动着大腿和冻僵的脚，然后快步向院里走去，人们给她让开一条路，又跟在她的身后，涌进院里。

看见国莲来到，海宝迎过来，挡住国莲去路，他一下跪在地上，哭腔说："国莲军医，其木格，孩子生不出来……你要救救她！"国莲伸手拉海宝，着急地说："快起来，让我进去看看……"海宝不起来，她还想说什么。哈日夫趋前一步，一把拽起海宝，把他拽到一边，国莲乘机向屋里跑去。

屋里，接生员格日勒焦急地伸着两只手，她的两只手上都是血，接生了很多孩子，她还是第一次遇到这种情况，想尽了各种方法，孩子就是生不出来。国莲推门走了进来。

乌云大婶像看见了救星，她从炕上看着国莲说："国莲呐，你可来了，其木格这孩子……老天保佑，她这是第二胎啊，怎么还这么难？”

国莲顾不得回答乌云大婶，也顾不得屋里的其他人，她摘下背着的药箱，奔向产妇，撩起被子查看，少顷，她又用听诊器听产妇的肚子，屋里人的目光都焦急地向她注视。这时的其木格，只是不断地哼哼，她已经没力气喊叫。

国莲看看大家，又看看产妇，她说：“大家先不要惊动她，让她稍微休息一会，我出去一下。”

国莲从屋里出来，尉扬和哈日夫迎上来，老嘎查达和几个牧民也围上来。国莲的鼻尖上都冒汗了，她焦急地说：“婴儿的胎位不正，小腿在下面，是老百姓说的‘立生’，需要送医院做剖腹产手术。老嘎查达，怎么办？叫过救护车吗？”

“我拨打了旗里医院的救护车，可是大雪封路，他们说来不了！就是他们不来，我才给你们打了电话。”

国莲看着尉扬和哈日夫，说：“怎么办？我一个人不行，这里的环境也不适合做手术，可是……必须做剖腹产才能救孩子和大人。”

尉扬说：“马上再次呼叫救护车，让他们无论如何前来救人！”哈日夫说：“恐怕不行，旗里医院到这里，怎么也得三个小时，这样的大雪天，三个小时也未必来得了，产妇……其木格能等了吗？”

国莲咬着嘴唇低着头，她在努力想办法，不自主地在门口走来走去。海宝挤进来，着急地问：“国莲军医，我媳妇她怎么样了？”

国莲看着他，说：“你放心，不会有事的。我正在想办法……哈日夫，尉扬哥，你们分头给营地和团里汇报，我需要团里或其他连队派两名军医支援，让他们带上手术需要的一切药品和手术器械，说明是做剖腹产手术所用。”

屋里传来乌云大婶的哭喊声：“其木格！其木格，你醒醒啊！”格日勒跑出来，拉住国莲就往屋里跑，一边跑一边说：“其木格昏过去了……她……她好像不行了……”

国莲跟着格日勒跑进屋来，乌云大婶抱着其木格的头，其木格闭着眼睛，头歪在一边。国莲迅速打开急救包，取出银针，让乌云大婶把其木格抱好，她用银针扎了一下其木格的人中，其木格“哼”一声睁开了眼睛，她用微弱的声音说：“国莲，我……我的孩子，他怎么样了……我没力气，我……”她又闭上了眼睛，国莲喊着她的名字，大声说：“其木格，你要坚持一下，不能睡觉，知道吗？一定要坚持住……”

屋外，大雪还在下个不停，人们焦急等待着屋里的消息。国莲又从屋里出来了，她寻找着尉扬和哈日夫的身影，等了一阵儿，他们两个人都回来了。他们避开人群，用自己的方式完成了国莲交给他们的任务。哈日夫先说：“团部沈军医带来一个助手，已经在来这里的路上。”尉扬也说：“营地给我们联系了五连的孙军医，他们离这里是最近的，应该很快就会来到了。”国莲点点头，说：“希望他们快点来，其木格已经昏过去两次了……”

尉扬看看哈日夫，哈日夫点点头，他叫了国莲，然后他们向大门外走去，哈日夫跟在后面。三人出了大门，又走了一段路，尉扬开口说：“国莲，救人是应该的，我们也希望你救人成功。可是，你一定要把现在的情况告诉他们，要跟乌云大婶和他的儿子，还有村主任老嘎查达他们讲清楚，我怕……”

“沈军医也说了，一定要让家属知道他们面临的残酷事实，以免救人救出麻烦。”

国莲点点头：“我知道该怎么做了，因为着急，也为了不让他们着急，这个事忘了考虑。我马上回去，老嘎查达不知哪去了，哈日夫你帮我找找。尉扬哥你跟我回去。”

国莲回来，先进屋看了产妇的情况，检查了婴儿是否还有胎心。此时的其木格处境已经非常危险，她已经感觉不到疼痛，只有汗水不断从头上脸上流下。国莲叫出乌云大婶，又在院里找到海宝，老嘎查达也被哈日夫找了回来，国莲把他们叫到离屋门稍远的地方，她说：“我必须把现在的情况告诉你们，乌云大婶也看见了，其木格已经昏过去两次了，现在她的神智也不太清醒，她已经感觉不到疼痛，婴儿的心跳也非常微弱。无论哪个产妇，遇到孩子立生都是非常危险的，都是不能自然生产的，唯一的办法，就是做剖腹产手术，这样也许有希望救下大人和孩子。可是，这样的大雪天，救护车来不了，送去医院又太远，路上恐怕连……生的希望都渺茫。所以，我向驻地求救，还有两名军医很快就会到来，我想亲自给其木格做剖腹产手术，想救孩子和婴儿，你们……”

乌云大婶抹着眼泪，截住国莲的话，她说：“国莲，我知道你的意思了，你怕万一……你不用顾虑，你就放心地去做。我们感谢还来不及呢，不会这样那样的。”老嘎查达也说：“都到了绝路了，只能靠你们救人了。”海宝蹲在地上哭着，他说：“国莲军医，就靠你了，一定要救救我媳妇和孩子啊！就靠你们了……”乌云大婶抹着眼泪，低声训斥儿子：“别哭！你这样哭哭啼啼的，让其木格听到怎么办？哭又有什么用？祷告长生天吧，让长生天保佑大人孩子平安。”

哈日夫和尉扬过来了，他们说：“国莲，我们出去迎接沈军医他们，你还是回屋里看着其木格吧。”

国莲回屋里去了。乌云大婶向外走去，她找了一个僻静的地方，面向东南跪在雪地上，心里默念着向苍天祈祷。雪花一串一串落在她的身上，只一会儿工夫就变得像雪人一样。不知过了多久，哈日夫接沈军医回来，看见她跪在地上，忙下马把她搀起，给她拍打着身上的积雪，说：“乌云大婶，长生天已经听到了你的祷告了，快回去吧！”

乌云大婶抬头看着他们，哈日夫说：“这是沈军医和他的助手，你放心吧，您的儿媳和孩子都会没事的。”

沈军医来了，国莲开始准备手术。沈军医带来了一个大包裹，里面装满了消过毒的手术器械。乌云大婶进屋来看了看儿媳，然后叫走了几个帮忙守护其木格的女人。国莲留下了格日勒，她说：“你也准备好，孩子拿出来后，就会交给你，剪脐带啥的都由你处理。”

格日勒点点头，也准备好了自己的物品。正准备的时候，五连的孙军医也到了，他开门走了进来，跟国莲和沈军医等打了招呼。一切准备就绪，其木格被移到了炕边上，胳膊上扎上了输液管，输液瓶挂在手巾杆子上，国莲站在她的身边。此时的其木格，已经像睡着了一样……

院里的人越来越多，许多听到消息的牧民群众，都赶来打听消息，大家的心都悬在这个难产女人的身上。大雪飘飘地落，人们的身上落满了雪，风不再刮，空气像凝固了一样。忽然，一声婴儿的哭声，撞破凝固的空气冲向天空。人们愣怔一下后，开始欢呼："啊，孩子生了！"

海宝抱住身边的哈日夫，也大喊："啊，终于生了！"哈日夫点点头，说："是啊，终于生了。"从门口开始，前面的人一个一个大声向后口传："孩子生了！孩子生下来了！"

经过一阵欢呼后，人们又开始静下来，他们等待着产妇其木格的消息。人们等啊等，站在雪地里，大雪落在人们的身上，就如落在心上一样，焦急和忧虑再一次弥漫在空气里。终于，村里的接生员格日勒，打开门走了出来，她看着满院子的人，说："孩子生了，大人也没事了！"

"哗"一下，像河水冲过了阻塞，人们长长地吐出一口气，郁结的心终于舒畅了！不知谁带头喊了一句："感谢解放军！感谢边防军医！"跟着，所有的人都喊起来："感谢解放军！感谢边防军医！感谢他们救了我们的大人孩子！"

乌云大婶开门向屋里去了，她一边进屋一边嘴里说："感谢长生天有眼，感谢长生天派来了解放军……"

格日勒跟在乌云大婶后面，说："在门口看一眼就行了，国莲不让进去，说产妇怕感染。"

乌云大婶停住了，她犹豫着轻轻推开门，国莲回头看见她，说："乌云大婶，对不起，您稍微等一下，等我们收拾好。"

"好，好。我想知道其木格好吧？孩子也好吧？"

"阿妈，我很好，"其木格发出虚弱的声音，说："孩子也很好。"乌云大婶放心了，她说："都好就好，都好就好。我去给你做饭，对了，我去给医生做饭，国莲，你们都别走，在这吃，我去做饭。从早晨到现在，你们一定饿坏了。"乌云大婶一边往外走，又一边唠叨："是啊，大家都没吃饭呢，都饿坏了。"她推开屋门，对愣在院子里的儿子海宝喊："海宝，去仓房把羊売楞扛出来，老嘎查达，今天大伙都在这里别走，你替我招呼一声，大伙啊，你们几个媳妇们，都帮我做饭吧！孩子生了，其木格也没事了，要庆祝了！”

这阵儿，天气有点放晴，雪在不知不觉中停下来了。人们踩着雪奔走忙碌起来，女人们开始叽叽喳喳，一边干活一边议论。格日勒这个时候，开始回答女人们关心的问题，孩子大人都没事，让她吓得半死的一场灾难过去了，她像自己从死神那里回来了一样高兴。

沈军医和助手，孙军医和国莲，他们一个跟着一个从屋里出来了，国莲说：“乌云大婶已经安排做饭了，不如吃完饭再回去吧，回去还有很远的路。”

“我们就不吃了，”沈军医说：“我们回去还有事，你就别走了，留下照顾产妇，一定要注意环境卫生。”

孙军医也走了，跟随他一起来的战士，已经等在大门口。国莲只好送他们回去，她说：“感谢你们帮了我，改天一定登门道谢。”

沈军医和孙军医都说不用谢。沈军医说：“又不是你个人的事，是大家分内的事，你谢啥？”

送走了一行几个人，哈日夫和尉扬也要回去了。尉扬说：“看来，你得留下照顾产妇了，你今天留下吧，明天我们再来看你。”

“我是得留下，可还有个事情，你们要去替我办一下。”国莲说了找冬青子，给战士们治疗冻疮的事儿，她说：“你们今天回去休息一下，明天不用来看我了，想办法采摘一下冬青子，熬汤分给各个班排，用汤汁热敷冻坏的手脚。”

尉扬和哈日夫都说好，两人骑上马一溜烟跑走了，把国莲一个人留了下来。望着两个战友远去的背影，国莲感叹：“唉，看来我这个边防军医啊，还挺难做的，不光要治病，还要接生孩子，接生孩子不算，还做了剖腹产手术，手术不算，还要留下来当护理员……”

其木格生的是个男婴，这也预示着在不久的将来，草原上又多了一条剽悍的男子汉。其木格已经被挪回了原来的位置，药液从挂在头顶手巾杆上的吊瓶里，一滴一滴慢慢滴落进她的血管，折腾了一整夜又半天的她，安稳地熟睡着，她的脸还很苍白，看上去非常虚弱。国莲轻轻地给她掖了一下被角，又去看躺在一旁的婴儿，婴儿眯着小眼睛似睡非睡，两只粉红色的小手举在胸前，国莲把他的小手放回被窝，这一下他还醒了，两只小眼睛睁开了，接着还伸了个小懒腰，国莲忍不住“咯咯”笑起来，说：“你才多大啊，几个小时的年龄罢了，还知道伸懒腰？”

听说乌云大婶家喜得贵孙，全村的人都来了。海宝在几个年轻人的帮助下，在院里支起了一口大锅，锅里煮着草原上最著名的食物手把肉。临时搭起的两个长条木案上，不时有一盆一盆冒着热气的羊肉和一盆盆的羊杂汤端上来，人们毫不客气地吃着喝着，有几个爱酒的男人，还端着大碗喝着白酒，一边喝一边议论早晨发生的这件大事。

快到中午的时候，天空逐渐放晴，就像因为这个婴儿降生才晴了天一样，连续下了三天多的大雪，终于停止了在天空的飞舞，雪后的天气不再嘎巴嘎巴地寒冷，晴朗的天气让人心里也非常敞亮。国莲也喝了一碗热乎乎的羊汤，啃了一块乌云大婶专门挑给她的羊肉，又吃了半碗宽面条。苏日娜来了，她刚听说了这个早晨发生的大事，头没梳脸没洗就跑来了，她说：“简直让人难以相信，你竟然手术接生了一个婴儿，还是在这样简陋的家里，你们军医简直太伟大了。”

“没办法，被逼的，那种情况下，要想救孩子和大人，只有这一个办法了。”

“感谢长生天，让我们身边有这么好的人守护。”苏日娜做了个双手合十的动作，接着说：“你一定很累了，你躺下睡一会儿，这里我来看着，我护理过好几个病人。”

“是啊，我确实感觉非常累，第一次主刀做手术，又是这样的环境，精神也非常紧张。”国莲真的又累又困，眼睛都有点睁不开了，她说：“我确实想睡一会儿，可你的学生们怎么办？”

“下大雪那天，我们就开始放假了，天气太冷，孩子们又小，遭那罪干啥？全放假了，等明年春天暖和了，丢下的课补一补就行了。”

“你说得对，我赞成这样。那好，我睡一会儿，”国莲看看药瓶，又说：“瓶子里的点完，你喊我。”

“不用，这个点完换那个瓶子，是吧？这个我会做。”

“哦，那你一定要记住消毒一下瓶口，用那个瓶子里的药棉，消毒一下瓶口，用那个镊子夹住棉球，会吗？”

“会，你放心吧，我会仔细做好。”

国莲说了一个“好”字，躺在一旁很快睡着了。外面的人还在乱哄哄地喝酒，海宝趁着没人注意的空隙，悄悄地进屋来看妻子和孩子，看见苏日娜在，他做了个让她别出声的手势，苏日娜也做了个让他别出声的手势。海宝的脸上洋溢着幸福的笑容，一会儿看孩子一会儿又看妻子，他耽搁了半天才出去，临走憨笑着低声说：“苏日娜，拜托了，好好照顾啊。”

国莲睡了好久才醒来，她看着苏日娜说：“真谢谢你，不然还真没人能替得了我。这一觉睡得好幸福，全身都轻松了。”国莲爬起来看看手表，惊呼：“快四点了？哦，吊瓶的药也滴完了？”

“是啊。我看没有其他的药瓶了，就自作主张拔下来了。”

“哦，对，今天就这两瓶。”其木格也醒了，她刚还在和苏日娜唠嗑。这时，她说：“我刚才还和苏日娜说，我和孩子的命，是你们解放军捡回来的，不知道怎么报答你们才好。”国莲这时才发现其木格也睡醒了，她笑着说：“报答什么，你们母子平安，就是最好的报答了。怎么样，感觉还好吧？”

“挺好的，只是伤口有点痛。”

“这个可能还得痛几天，伤口愈合需要时间的。对了，我说先不让你吃饭，没吃吧？”

“没吃。”

“这个我知道，要等放屁了才能吃饭，是吧？”苏日娜直接说出来，说完自己也笑了。国莲说：“是啊，需要排气以后，才可以吃饭。”

三个人说说笑笑的，一会儿时间就过去了。这时，婴儿开始哭。国莲问：“可能饿了，给他吃过奶没有？”

其木格说：“不能喂，让他先饿着，吃早了以后嘴太急。”

婴儿还在哭，苏日娜看着说：“不早了吧？早晨生的，现在喂奶还早吗？”其木格说：“没事，他不是饿的，你们谁打开看看，可能是拉屎了。”

苏日娜看看国莲，国莲看看苏日娜，两个人都没做过这个事情，苏日娜说：“他太小了，我不敢动。”

“那就我来。”国莲倒不怕他小，打开裹着婴儿的一块红布，小家伙果然如他的妈妈所说，屁股底下黑乎乎的都是粑粑。国莲眼睛四处搜索，她不知道该怎么处置那些黑乎乎的脏污，她着急地问：“卫生纸在哪？是不用卫生纸擦啊？”

苏日娜马上否定地说：“不行，卫生纸多硬啊，小屁股太小了，皮肤也太嫩，一使劲皮肤肯定破了。”

其木格笑着，本想告诉她们怎么做，可一笑把刀口笑疼了，她“哎呀”一声，反倒把国莲和苏日娜吓了一跳，国莲赶紧问：“怎么了？”

“我没事，我笑你们两个，刀口疼了。国莲，就用抱着孩子的褯子，轻轻擦屁股上的粑粑，那边有干净的褯子，苏日娜你拿过一块来。”

国莲明白了，她一只手拉住婴儿的两只小脚，另一只手用挑褯子干净的地方擦婴儿的小屁股，可擦了半天还有两块黑乎乎的不下来，她喊苏日娜拿来温水，褯子沾了水，小屁股才擦干净了。国莲抱起孩子，苏日娜拽走脏褯子，又铺上干净的。好半天，两个人才又重新抱好了婴儿。这一折腾，婴儿不再哭了，两个人大发感慨：“天啊，照顾婴儿好难啊！”

15. 小边防

国莲和苏日娜两个人，费了好大劲才抱好婴儿。国莲笑着说："这回他不哭了，你跟他玩吧。我要去厕所一趟，"国莲出了屋门来到院里，村民们都已经离去，院子里海宝在收拾残局。看见国莲出来，说："国莲军医，我看见我儿子了，脸蛋挺像我，是吧？"

国莲笑了，她可没看出孩子像他，这么小的婴儿，哪能看出像谁？不过她不想打击他的幸福心情，说："是啊，长大一定更像。"忽然，国莲惊呼起来："糟了，我忘了大事了！"

海宝被她这样一喊，也吓了一跳，赶紧问："咋的了？忘了什么了？"

国莲着急地说："我忘了采摘冬青子的大事了。"她也顾不得上厕所，马上跑回屋里，说："苏日娜，哪里的大树多？我要去摘冬青子。"

"你说什么？"苏日娜没明白国莲的话。海宝也跟进来，问怎么回事。国莲急速地说："何军医说，老柳树老榆树上，冬天会长出冬青子。我今天本来是要去采摘的，天太冷了，战士们站岗巡逻的，手脚都冻了，冬青子可以治冻疮！怎么办？营地治疗冻疮的药没有了，我得去找冬青子，哪里有老柳树老榆树？"

苏日娜看看海宝，海宝说："你去什么，我找几个人去就行了。我知道你说的是啥，就是老树上冬天长出来的，那些青绿青绿的东西，一抱一抱的，老人们说手脚冻了用它洗就会好了。”

“对，对，就是它。哪里有？”

“你不用担心了。我找几个人，采完了直接送到营地去。”这时，屋外有一个男人的声音问：“海宝，你要找什么？我跟去吧！”屋外的是白宝顺，他外出被大雪截住刚回来，他又说：“海宝，你出来说，我不能进去。”

海宝出来了，苏日娜和国莲也出来了，苏日娜说：“正好，宝顺叔见多识广，你们一起去吧。”

国莲说：“海宝要替我去摘冬青子，给手脚冻了的战士们用。”

“行，海宝。我跟你一起去，再叫上两个人，带上套马杆，那东西不上树就得往下撸。”

国莲还想跟着去，可海宝和白宝顺都不同意。她只好在一张纸上写下热敷的方法，然后交给白宝顺，说：“这张纸交给尉扬或者哈日夫，他们就知道怎么办了。”

打发走海宝和白宝顺，国莲松口气。这时，她才想起来要去上厕所，已经憋得不行了，也顾不得问一声，拉住苏日娜就往房后跑。海宝和白宝顺还真够意思，他们找了六七个人，骑着快马跑遍了附近有大树的树林和山坡，采摘了七八捆冬青子送往边防营地。尉扬和哈日夫也不错，留他们在连队吃了晚饭。晚上八点多，一行人都回来了，他们一起来到乌云大婶家，向国莲汇报任务完成情况。

看着他们回来，听着他们讲述怎么爬树，怎么掉下来，怎么用套马杆往下套冬青子，国莲心里这个高兴啊，她非常后悔自己没跟去凑热闹，后悔一阵，又不断感叹牧民群众的真诚和友好。大家喝着奶茶，议论着这一天发生的事，说着说着，就有人给婴儿起名字，这一来更热闹了。人们七嘴八舌，什么当兵、荣军、国庆、八一、营地、边防，就连“钢枪”也上了名字榜。让国莲感动的是，无论婴儿的祖母乌云大婶，还是婴儿的父亲海宝，还有这七个牧民，他们给婴儿起的所有名字，都与解放军部队有关。最后争论来争论去，所有人都赞成婴儿的名字叫“边防”。

苏日娜首先说服大家，她说：“‘边防’这个名字最好，孩子是边防军医救下的，还有边防战士，千里边防线，边防草原，边防人民这么多‘边防’的意义，等孩子长大也是边防人，可能也去当兵保卫边防，你们说是吧？”

经苏日娜这么一说，大伙都同意婴儿的名字叫“边防”。白宝顺举起双手，说：“这个名字是我提出来的，苏日娜说了我不会说的道理。我两个手都支持！”乌云大婶最后问国莲：“国莲，你最有权利说话，你说叫啥好？”

国莲说：“我也赞成叫‘边防’。苏日娜说得有道理，最重要的是，无论边防军人还是边防人民，我们都是地地道道的边防人。”

人们都散去后，国莲留住了苏日娜，她说需要她帮忙照顾其木格。其木格也高兴苏日娜留下，她说：“这几天你都要在这里，我不能动，你要陪着国莲在这里，这样我也放心。”

这样，苏日娜就留下来了。其实，她也非常愿意留下，她说：“让我回去我还真不高兴呢，这大冬天的，能有人一起唠嗑，又照顾了猫月子的其木格，有人情，有吃喝，又有精神享受……咯咯咯，真是一举三得了。”

第二天，因为轮到尉扬值岗，哈日夫就一个人来了，他带来了国莲需要的药品，也带来了战士们送给婴儿的礼物，听说婴儿起名叫边防，他连声说好，他很想进屋看看婴儿，但考虑到女人猫月子的忌讳，最后没有进去看，他只在乌云大婶的屋里待一阵就走了。

国莲送哈日夫出门，问了战士们冻伤的情况，哈日夫说：“考虑到热敷需要熬药的问题，尉扬和我商量后，把冬青子留在卫生所集中使用，让几个卫生员把药熬好，分别给手脚冻伤的战士热敷，就那样分下去怕使用不当浪费。其实，这些冬青子还是满珍贵的，听牧民们说只有特别老的树上才有，他们已经把附近的冬青子都采摘没了，所以还是省着用吧。”

第三天，国莲打发苏日娜暂时离开，她对屋里进行了全面消毒，空气中也喷洒了消毒水，感觉安全后给其木格的伤口换了药。国莲很欣慰，伤口愈合状况良好，其木格精神状态还不错。为了保持良好的卫生，下午苏日娜和国莲又给其木格换上了干净的内衣裤。小边防的样子越来越招人喜爱，两人学会了换尿布，如果一个出去了，另一个也能独自完成换尿布的重任了。苏日娜很会干活，她还成了乌云大婶做饭的帮手。

一连四天国莲没回营地，红鹘鸟不知怎么发现了她的踪迹。中午，国莲和苏日娜照顾其木格吃完饭，正在自家吃饭。忽然“吉儿，吉儿”的叫声就在院里响起，国莲丢下饭碗就跑到了外面。红鹘看见国莲出来，“吉儿，吉儿”欢快地叫着，似乎因为证明了自己的能力高兴，国莲伸出手，它就落在她的手上扇动翅膀。乌云大婶和苏日娜也出来了，看到眼前的情景非常惊奇。

苏日娜说：“神了，它是怎么猜到你在这里的？”

“以前我来这里，它跟来过几次，大概记住了。”

乌云大婶回屋里拿来了切成小块的羊内脏，她把装着内脏的碗举到红鹘面前，红鹘歪着脑袋看她，但是它没有吃她碗里的食物。国莲接过来，把碗放在地上，然后把它也放下，它伸着脑袋左顾右盼一阵，又看看国莲，国莲伸手捡起一块送到它面前，它马上就刁住吞进了肚。

苏日娜说：“它还挺矜持的，小心翼翼，像个小女孩似的。”

红鹘鸟发现国莲在乌云大婶家以后，每天都会来两次看看国莲。如果国莲没出来，它就在外面“吉儿，吉儿”叫着等待。第八天的下午，王朝阳和杜成受尉扬指派送来了国莲需要的药品和物品，等他们离开后，国莲才猛然想起她还需要拆线的剪刀和镊子，怎么办呢，让谁再跑一趟？大冷的天，来回一次就冻够呛。这时，红鹘鸟来了，在院里不断呼唤国莲，国莲顺嘴说：“红鹘，你就知道叫唤，要是也知道给我送东西多好？”

“对呀，”苏日娜一拍手说：“就让它给你送来呗！”

“让它送？是啊，我怎么就忘了，它还给我送过求救的信。”国莲忽略了红鹘的特长，她马上给尉扬写了一个纸条：“尉扬哥，器械柜子里的消毒包里，有消毒过的小剪刀和镊子，一样只要一个，用消毒布包好，记得要带医用手套，包好后让红鹘给我送来。”

让红鹘带信回去后，国莲又担心它不回来，又担心它带着物品飞不动。在忐忑中，一直等到晚上红鹘也没来。国莲说：“失败了，红鹘还是不行，太小了，要是雄鹰肯定行。”转而，国莲又担心它是不是把信弄丢了，或者飞来时剪刀和镊子丢了。在国莲的反反复复的念叨下，苏日娜也开始担心，她说：“抱歉啊，国莲，要不是我提议，你也不会让它去做。要不这样吧，明天早晨我去营地给你拿回来。”

“得了，要是它不行，还是我回去一趟吧，”国莲笑着，“我不是一定或准确地担心什么，就是心里这样想又那样想，很盼望红鹘成功，又担心这个那个，总归都是在东想西想吧。”

其木格已经能自己照顾孩子，她躺在小边防身边给他喂奶，她笑她们两个为一个红鹘忧心忡忡，她说：“担心什么呀，送来了就送来了，没送来明天让海宝去拿来不就行了。”

苏日娜和国莲对望一眼，她们也笑，苏日娜说：“其木格嫂子没明白国莲的心思，她在担心红鹘的聪明程度，她非常希望红鹘能成功，这样红鹘就是一只十全十美的真正神鸟了。”

“什么呀？红鹘本来就是神鸟，不是吗？老人都说红鹘鸟是神鸟。”

国莲开始忍不住大笑，苏日娜也笑，后来其木格也笑，她们三个人，各说各的，其实谁也没明白各自到底要表现啥。

夜里，天气骤变，西北风夹裹着雪片发出“吱吱”的叫声，像是要把整个大地都刮翻一样。国莲又开始失眠，怕惊扰了苏日娜和其木格，她悄悄地翻转着身体，怎么也睡不着了，她埋怨自己太大意了，应该亲自回去一趟才对，明天就是第九天了，其木格的刀口已经痊愈，身体恢复得也不错，用不着一直守在这里的。转而，国莲又开始担心红鹘，是不是它回来时出事了呢？它哪有带着包裹飞行的力气？要是跟包裹一起掉进了山谷就完了，红鹘……

国莲在胡思乱想中睡去，她梦见自己在空中飞，好像在树林的上空，又好像在大海的上空，她在找一样东西，想找什么呢，忽然大黄狗阿黄叼着一只鸟儿出现，国莲吓得大喊，阿黄你叼着什么，阿黄把鸟儿放下，是一只冻僵的麻雀，国莲长出一口气，说阿黄你吓死我了，我以为你叼的是红鹘，对了，她想起来了，她在寻找红鹘，红鹘哪去了。

“嘎啊——，嘎啊——”

小边防的哭声惊醒了国莲，她爬起来。苏日娜和其木格也起来了，小边防这么多天来，第一次在夜晚大哭，三个人赶紧点亮电灯查看。原来小家伙淘气，蹬掉了小被子，他光着小屁股瞪着小腿，抗议屋子的寒冷。其木格赶紧把孩子搂进自己被窝，说：“太冷了，还是让他进我的被窝吧。”让小边防单独睡是国莲的建议，她说科学育儿课程上讲过，婴儿出生后单独睡最科学，可以培养孩子在感知上的个体意识。

苏日娜睡得迷迷糊糊，她重新躺下说：“进吧，进吧，反正是你的孩子，惯坏了也是你自己的事儿。”国莲也拉紧被子重新躺下，小边防进了母亲的被窝马上不哭了，屋里又恢复了寂静，只有西北风还在窗外吼叫。在这样的夜晚，有热炕头就是幸福，这回，国莲很快就进入了梦乡。

清晨，一家人都还没有起来，红鹘就回来了，它站在院里新垛起的一堆树枝上，对着屋里“吉儿，吉儿”叫个不停。国莲以为又是做梦，她迷糊着翻个身，忽然又意识到这不是梦，她一骨碌爬起来，穿上衣服趿拉着鞋跑出门外，她欢呼着，喊：“红鹘！真的是你……苏日娜，红鹘回来了！”

外面天气晴朗，夜晚的风雪已经过去。红鹘回来了，它站在树枝上，歪着头冲国莲“吉儿，吉儿”叫着，仿佛在告诉国莲：“我回来，还带来了你要的东西。”

苏日娜也在睡梦中听到了红鹘的叫声，国莲跑出门的时候，她也正爬起来，国莲喊她的声音还没落，她已经推门跑出来，冲着红鹘笑着大喊：“红鹘，臭鸟儿，你真是好样的！”

乌云大婶和海宝也都出来了，其木格也爬起来，凑到窗前透过玻璃向院子里看。红鹘终于不负所望，它是带着国莲需要的剪子镊子飞回来的。它的两条腿上分别绑着一根绳子，绳子上坠着一个小包包。国莲抱住红鹘，先把它柔软的脖子贴在自己的脸蛋蹭了蹭，然后在苏日娜的帮忙下，解开拴在它腿上的绳子。

乌云大婶拿来了几条鲜嫩的牛肉，红鹘这回没客气，看一眼就叼在了嘴里咽下了肚。乌云大婶喜滋滋地说："这回它认识我了，知道我也喜欢它了。"

国莲放开红鹘，让它自己飞落在地上，她展开一个纸条，这个纸条是跟小包包绑在一起的，国莲看着纸条说："尉扬也怕红鹘完不成任务，纸条上说，等处理完早上的军务，他和哈日夫会一起来这里。"

红鹘能把需要的东西送来，国莲跟遇见了什么喜事一样兴奋，它把小包包送回屋里，又加厚了一些衣服，便再次来到院里跟红鹘嬉闹。红鹘开始不太明白国莲的意思，后来看她喊着"红鹘，红鹘，吉儿，吉儿……"，又在雪地里旋转舞蹈，红鹘就煽动翅膀跟着她跑来跑去，后来又跟着国莲的舞动上下飞翔，那样子如两个人在跳双人舞动，乐得苏日娜也加入进去，她的舞动更加精彩……红鹘这下更高兴了，它在她们头顶和周围盘旋飞舞，有时还从两人中间飞过。

从没见过这么神奇的鸟，乌云大婶双手合十向天祷告："长生天啊，我活了这么大岁数，还是第一回看见鸟儿会跳舞，乌兰海日古，神鸟啊神鸟！大喜大喜，吉祥如意，吉祥如意！"

刚刚过去的一场大雪，把满世界变得雪白，就是在这雪白的世界里，两个女孩和一只红色的鸟儿舞蹈着，这如诗如画的情景，还震惊了一位刚刚从牧包返回的础鲁老爹。础鲁老爹是乌云大婶的丈夫，他常年留守在牧包，很少回到定居村来。今天一大早他回来，一是想看看刚出生的孙子，二是断了老白酒两天了，干等儿子海宝也不回去，他不是惦记儿子，儿子欢蹦乱跳的没啥好惦记的，他惦记的是儿子每次带回去的老白酒。

础鲁老爹站在大门外好半天了，他不相信眼前的情景是真的！那只美丽的神鸟乌兰海日古，竟然跟着两个女孩子在雪地里起舞，千古奇迹啊千古奇迹……老人看了好久，不知不觉用他苍老的声音，唱起了一首古老的蒙古长调——

当太阳升起
当地上万物集聚灵气
风涌起
云飘动
把一切幻化成七彩云霞
为生命的永恒
把一切幻化成七彩云霞

础鲁老爹用长长的曲调，一字一字地唱下去，那呜咽一般苍老颤音，如高原上浩荡奔淌的河流，撞击着聆听着的心；那从胸腔里倾泻而出的苍劲和深沉，如隔离不断的千年的沧海掀起滔天的波澜！老人无边苍凉的曲调慢慢变成了低吟。

忽然，一首明快的歌声代替了础鲁老爹的苍凉，一个年轻男子的歌声开始飘荡，他唱道——

蓝天上的白云
像那草原上的羊群
草原上的羊群
像那斑斑的白银
马儿像箭一样飞向远方
带着绿色草原春天的信息
带去祝福一往情深
啊美丽的归流河
啊醉人的科尔沁
你是一首诗篇
带着香甜散发芬芳
你是一杯美酒

永远醉在我的心

……

尉扬和哈日夫来了，哈日夫唱了一段欢快明朗的歌曲便停下来了。国莲和苏日娜停止了舞蹈，红鹘飞上了树枝。经过这一阵热舞，两个女孩子累坏了。国莲虽然没见过础鲁老爹，可她知道这个家庭有个古怪老爹，春夏秋冬从不离开他的牧场。础鲁老爹其实也不算太古怪，他只是喜欢辽阔的原野，喜欢那种让人心里敞亮的开阔。再说了，他要是不留在牧场，那两百多只羊，几十头牛，十多匹马谁来管？难道雇人去放牧？把自己家的畜群交给外人？啊呸，那样的事他可不干！

础鲁老爹算是开了眼界了，这一趟回来，值了！他乐呵呵打开栅栏门，先谦让进尉扬和哈日夫，然后自己跟在后面高声叫喊儿子：

“海宝，还不煮上手把肉？尊贵的客人到了，还等什么？”

“放心吧，阿爸，都准备好了，马上下锅了……”

乌云大婶一大早确实烧了一大锅水，她早晨原打算要做酸面汤，看到老伴‘呼哈’回来了，又吵着要手把肉，只好改变打算，让儿子去仓房搬来羊壳楞，煮起了手把肉。

础鲁老爹一定让尉扬和哈日夫脱了鞋进炕里，自己也扔掉厚实的棉靴子爬进了炕里，然后喊：“海宝，奶茶，先拿来！”

海宝把头伸进屋里说：“阿爸，您先暖和暖和，奶茶，马上就烧开了。”接着，海宝像提前训练过一样，麻利地搬来一个炕桌摆放好，又端来一套奶食品摆放桌上。海宝的这些举动，做到了础鲁老爹的心坎上，他大声叫尉扬和哈日夫往前坐。

“往前坐，往前坐！尉排长不是外人了，哈日夫你小子更不用说，陪着老爹我，喜庆喜庆……”

看来这顿饭是躲不掉了。哈日夫毫不客气地坐在了础鲁老爹身边，让尉扬也坐在另一边。这时，奶茶上来了，手把肉也上来了，还有一盘腌制的野韭菜、一盘咸白菜，一小盆羊杂汤。老爹又喊儿子过来，说："给你阿妈她们端那屋去，他们不喝酒的在那屋吃，多吃，吃饱了！"

"阿爸放心，我都安排了，她们都在那屋里。"

"好，那你坐这里，陪两位尊贵的客人一起喝点。"

"好。阿爸，那啥，你先陪着，我先照顾下外面，一会就来。"海宝又转向尉扬和哈日夫，说："难得我阿爸回来一趟，又遇见你们来，他老人家太高兴了，尉排长和哈日夫哥你们就别见外，跟我阿爸多喝点。我先照顾照顾外面。"

"你去吧，这里我们随意，"哈日夫给础鲁老爹满上酒，自己也满满地倒了一杯，看着尉扬说："你怎么样，来一杯？"

尉扬说："好，本来我是喝不了的，难得老爹这么高兴，就来一杯！祝贺老爹喜得贵孙儿！"

几个大男人在那边屋里高谈阔论、吃肉喝酒、谈论古今。这边屋里的女人们，这顿早饭可比较简单，想吃肉的吃块肉，想喝汤的喝点汤。乌云大婶还利用手把肉的汤汁，给儿媳做了一盆肉粥，国莲对肉粥比较喜欢，她陪着其木格喝了两碗肉粥，喝得她满头冒汗。

早饭做的样数多，拖拖拉拉吃完就快中午了，国莲赶紧准备给其木格的伤口拆线，趁着乌云大婶和苏日娜收拾碗筷的当口，国莲对屋子进行了消毒，喷洒了消毒液的屋子，有一股医院病房的味道，小边防不太习惯这个味道，"嘎啊，嘎啊"地哭了好一阵。

国莲问其木格："孩子哭了，你先哄孩子，还是先拆线？"其木格马上说："先拆线，小孩子，哭一会儿没事。"

其木格的刀口恢复得非常好，很多地方的线头都变得松懈了，只轻轻一提线头就下来了，国莲笑着说："要知道恢复得这么好，就不用满屋子消毒了，或者，我当初应该长一点拉口，多缝几针……呵呵，没过瘾就拆完了。"其木格看看自己肚皮上的伤口，说："是啊，真的都长好了，好像疤也不太大。"国莲用消毒棉又给伤口消一遍毒，重新包好说："虽然愈合很好，但是拆线包扎的伤口还是非常重要的，千万不要很快取下来，要等她自己待不住了掉下来。”

其木格答应说：“知道了，国莲，我一定听你的。”

“还有……”国莲说：“我一会儿就回营地了，等有时间再来看你，你要好好猫月子，千万不要忙着下地去帮你婆婆做事，平时多孝敬都有了。还有就是，不要在月子里同房，要是海宝找你麻烦，就告诉他是我说的。一定记住，因为难产，你身体已经受了很大创伤，要好好注意才能恢复好。”

“我知道了，国莲。我不知道怎么感谢你，这辈子姐姐都会记住你的恩情，等小边防长大，我也会告诉他，是因为你的帮助，他才有幸来到人间。”

“姐姐，这是我的本分，也是我们的缘分啊。”

这边的屋里，国莲跟其木格嘱咐完需要注意的事件，已经准备好要回营地，可那边屋里的酒桌，还是没办法撤下来。础鲁老爹今天喝得非常高兴，几杯老白酒下肚就有些醉了，他这一醉就更不好答对，尉扬和哈日夫几次要走，都被他拉回不依不饶继续喝。

尉扬倒还好办，础鲁老爹不敢太让他喝酒，毕竟他是名副其实的解放军营地军官，不能太过分逼着人家喝酒，无论怎么醉，础鲁老爹还是清楚这一点的，可对于哈日夫就不同，哈日夫是蒙古人家出来的孩子，他可以毫不客气地当自己的孩子对待，不喝酒行吗？老爹我遇到了天大的喜事，孩子你不陪我喝？你不替我高兴吗？哈日夫被逼得没办法，只好使出最后的撒手锏，跟础鲁老爹连干了两杯。这两杯喝下去，足有四两多酒，础鲁老爹还喊着要来一杯，哈日夫愁得不知如何是好，这础鲁老爹也太能喝了，就在这时，础鲁老爹嘴里说着“喝喝，继续喝”，趴在桌子上睡着了。

哈日夫终于松口气，拉着尉扬退下桌来，对乌云大婶抱歉地说：“大婶对不起，酒劝得有点过，老爹喝倒了。”

“没事，他就那脾气，不喝倒还能让你走？”

海宝也说：“醉了正好，不然一会儿又闹着回去，谁留都留不住，正好让他留下休息。”

当然，尉扬和哈日夫都明白，海宝的意思，是让他们不必自责，让他们安心离开。马上就要回去了，苏日娜出来送国莲，尉扬和哈日夫也跟着出来了，后面跟着乌云大婶和海宝。

大家来到院子外面，三人准备上马，红鹘忽然飞来落在国莲的马鞍上。尉扬笑着说："红鹘今天有功劳了，它要和你骑一匹马。"

哈日夫有些醉了，他拉住马缰绳，摇一下头说："海宝，用什么东西给我灌点奶茶，我酒喝得太多了，头晕，口渴，嗓子也冒烟，不喝奶茶看来是回不去了。"

海宝答应着，跑回屋里，不一会儿抱了个皮口袋跑回来，说："拿着这个，是我老爹的奶茶袋子，已经灌满了，够你路上喝的。"

哈日夫"哈哈"笑着说："这回好，不光喝了础鲁老爹的酒，他茶袋子也被我拐走了，哈哈哈，"他打开口袋对着嘴巴，"咕咚，咕咚"先喝了一气，然后跃上马背，大喊一声"好茶"，打马一溜烟跑远了。国莲和尉扬向大家挥挥手，爬上马背，加鞭向哈日夫跑走的方向追去，红鹘盘旋两圈也飞走了……

16. 流感来袭

在这个寒冬腊月，大黄狗阿黄竟然要下崽了。一大早国莲刚打开走廊的门，它就钻进了走廊，之后怎么也不肯再出去，之后不断跟着过来“哼哼”。国莲以为它要吃的，掰了一块馒头举在空中。如果是平时，阿黄会站立起来一口咬住馒头，可这次它“哼”一声扭过了头。阿黄的反常引起了国莲的注意，难道要生了？这才多少天啊，不会这么快吧？

尉扬排里的李进，下了夜岗来找国莲，说他后半夜就开始头疼。国莲丢下阿黄，赶紧洗手换衣服给李进量体温，问了一阵确定是感冒了。之后给他配了几样感冒药，让他饭后回去吃药，然后捂上被子好好睡一觉。

送走李进后，国莲找不到阿黄了，四处呼喊一阵，又去外面狗窝里看了看，最后在走廊另一头的一个纸箱里找到了它。国莲到来的时候，一只小狗崽都已经生出来了。这一下，把国莲惊得手忙脚乱，她慌慌张张跑回宿舍，四处找可以铺垫的物品，最后只好拽了一件不久前还穿的旧棉袄，跑回大黄狗的身边，棉袄扔下又回去拿来手套。她小心地带上手套，把刚出生的两只小狗崽小心地捡起，让大黄狗也躲开一下，再铺上棉袄把小狗崽放回去。

大黄狗阿黄，总共生了三只狗崽，一只黄色的，另外两只灰黑色的。国莲叨咕着：“阿黄，怎么搞的，这两个孩子是什么颜色，好难看啊。”阿黄却不理会这些，挨个舔着小家伙们的身体，好像在说：“再不好也是我的孩子，我可不嫌弃。”国莲笑了，说：“我知道是你的孩子。”看着大狗和小狗崽温馨的样子，国莲又感慨：“无论人还是动物，都知道爱自己的孩子啊。”

阿黄下崽了，国莲打算去厨房，给它要点热汤暖暖身体，楼廊里的气温也不高。国莲穿好棉衣，正打算出门，尉扬来了，他后面还跟着两个战士，他们用纸巾撸着鼻子。尉扬说：“又有两个战士头疼，发冷，还流鼻涕和眼泪。”

国莲赶紧返回，带着他们进诊疗室，换上衣服，戴上口罩，问：“怎么会都感冒了？”

“昨晚冷，他们都是值夜岗的战士。”

“都是值夜岗的？”国莲心里犯嘀咕：“三个都是值夜岗的，怎么这么巧，难道都是冻的？”忽然她问：“夜岗下来的还有几人？”

“还有六七吧，都是在瞭望塔这边值夜岗的，其他岗的，我不清楚。”

“等下，我跟你们去看看其他战士。”国莲给两个战士量了体温，看了喉咙和眼睛，问：“身体有酸痛的感觉吗？”

“那没有。”

国莲给这两个战士也配了药让他们先吃，特别嘱咐喝点热汤或开水，回去好好睡一觉。让两个战士先回去，国莲让尉扬带她去瞭望塔，她说：“帮我拿着空气消毒机，瞭望塔里消毒一下，特别是战士们换岗休息的屋子。我怀疑他们是互相传染了，不然不会一下都冻感冒。”好像是验证国莲的判断，他们还没出门，又有两个战士来了，他们也是尉扬排里昨晚值夜岗的战士，差不多都是同样的症状，这次增加了一个嗓子痛的。国莲心里说：“糟了，这次肯定是流感了。”一个战士也说：“排长，怕是大家互相传染了。”

一场流感袭击了营地，许多战士都感冒了，虽然国莲及时发现问题进行了预防措施，一天三顿给大家熬预防感冒的热汤喝，但还是有二十多个战士感染了流感。在卫生所里，国莲及时打开了平时一直关闭的几间临时病房，把感染了流感的战士都留在了卫生所里观察治疗，这也是为了预防他们传染给其他的战士。

其他营地也出现一些战士感冒情况，但之前没有按照流感对待，等接到国莲上报的流感疫情后，团里开始重视，要求全团开展大搞卫生活动，组织专人，每天对哨所和战士宿舍，以及食堂等公共活动场所实行空气消毒。

一时间，国莲忙得脚打后脑勺，虽然有各排的卫生员轮流来帮忙，可她还是忙不过来。从清晨到夜晚，她一天二十四小时守在诊所，为重症的战士输液，给轻微感冒的战士配药。这样十几天下来，战士们虽然大部分都好了，但她自己却累得病倒了，头昏眼花，全身无力，胳膊腿都抬不起来。连长知道后，跟团里要来了沈军医帮忙，看见沈军医到来后，国莲躺在床上不再起来。沈军医看着她“呼呼”大睡的样子，跟尉扬说：“没其他毛病，她就是累坏了，再加上精神极度紧张。”

国莲一睡就睡了两天多，中间两次被尉扬叫起来喝鸡汤，等到了第三天中午，她睡醒了，看着坐在一边看书的尉扬，说：“我这是不是一种病？怎么一累了就想睡觉。”

“怎么，好了？”

“好了，哪也不痛了。哎呀，睡得好香啊。嗨，尉扬哥，战士们怎么样啦？”

“就剩李进和另外一个了。李进肺部有些感染，沈军医说，已经给他调了两次药了。我刚才看见他，精神不错，也不咳嗽了，还去逗小狗崽子玩呢。”

“对了，狗崽子怎么样了？我要去看看。”国莲爬起来，准备去看狗崽子。尉扬说：“多穿点，这两天暖气干烧不热，走廊里冷。”

国莲应一声“知道”，开门向走廊外跑去，临走还回头问：“尉扬哥，走啊，一起去啊！”

尉扬放下书跟出门来，走向走廊的另一头，国莲在前面“蹭蹭”往前跑，看着她青春焕发的样子，他不由感叹：“到底还是年轻，都累得东倒西歪爬不起来了，睡两天还就没事了。”

沈军医从一个房间出来，国莲马上迎过去，说：“沈军医，谢谢您来帮忙。”沈军医打量着国莲：“怎么，睡醒了？胳膊腿不疼了？”

“咯咯咯，哪都不疼了，沈军医你说我这是不是一种病？上次给乌云大婶儿媳做剖腹产手术，你们走了之后我就像得了大病一样难受的啊，多亏那个小学教师苏日娜去了，她替我看着打吊瓶的产妇，我使劲睡了一气儿才好了。真的，这是不是一种病啊？”

“要说是病，那就是疲劳症，透支体力，精神紧张，当一个人把全身的体力和精神长时间放在一件事上，等这件事摆脱了困境或危险状况后，这个人马上就会垮下来……”

“哦，不太明白，”国莲眨着眼睛，笑了笑：“这样说，就不算病吧？我以后要注意这个问题。沈军医，看过我的狗崽吗？”

“你的狗崽？”

“是啊，就在走廊把头那里，你一直没看见？对不起啊，这两天您太忙了吧？今晚你好好休息，战士们就交给我了。”

沈军医真没在意这个走廊里还有狗崽子，他好奇地跟着国莲和尉扬一起过来看。呵啊，小家伙们早就睁开眼睛了，一个挤一个地在抢奶头，大黄狗老老实实地趴着，让小家伙们吃奶。三个小狗崽，全都胖嘟嘟毛茸茸的，国莲用手挨个摸着它们的头，笑着：“哎呀，你们看，它们的眼睛多么明亮？圆圆的小脑袋，多可爱啊！”

“呵呵，当然可爱啦，你的狗生了两只狼崽嘛！”

“啊？”三个人一起回头，哈日夫站在他们的身后，国莲大声欢呼：“哈日夫？你回来了？培训结束了？”

“是啊，刚回来就听说了，连队发生了流感，还把国莲军医累病了。大伙都在说这个事，说你睡了两天多还没醒，有的说真能睡，有的说是不是国莲军医真的病了啊？看，这么大的事，我能不来吗？”

“那倒是，你这个人平时就很讲义气。”

“嘿嘿，就是啊，不过我没事，已经好了，”国莲又说：“看看，你不在的时候，阿黄下崽了，都已经这么大了。”

“我刚才说了，哪里是什么狗崽子？你们看不出吗？特别是那两只，明显是狼崽嘛。”哈日夫转向沈军医，说：“沈军医，你仔细看看，它们是不是有狼的特征？”

"咯咯咯，"国莲笑着说："哈日夫，你开什么玩笑啊？我是看着大黄狗下崽子的，这三个都是它下的崽子，还能变成了……"国莲说了一半，她的脸色变得惨白，结结巴巴地说："哈日夫，你的意思……意思是说……"国莲把目光投向沈军医。

"就是嘛，这几个小家伙的父亲肯定是只大灰狼！你们瞧，灰色的这两只，小耳朵竖着，眼睛发蓝，小尾巴一点也不弯曲。沈军医，我记得你救过一只狼崽子，你看看它们，是不是很像？"

沈军医蹲下，伸手抓起一只灰啦吧唧的小家伙，大黄狗的喉咙里发出"呜呜"的警告声，它不熟悉沈军医，对他动手抓自己的孩子非常不满。沈军医赶紧放下，说："刚一见它们，我心里就有疑问，但不确定，哈日夫这一说，我也觉得这三只小家伙肯定有狼的血统，特别是这两只特征更明显。如今，它们的特征还不太明显，狼性有多大，现在还没法判断，不过我看过一篇文章，狼和狗的混血后代，前三代的野性很难驯化。"

国莲的血脉都凝固了，她万万没想到，这只聪明懂事的大黄狗，竟然跟狼搅和在一起，还生了三只狼血统的崽子。这可怎么好！国莲半天愣在那里，尉扬看她难过的样子，笑着说："国莲你不用担心，狗崽有狼的血统，未必就会变成狼，是吧？你不是说过，白宝顺说大黄狗也有狼的血统吗？"说完这句，尉扬又马上后悔了，他觉得自己这个时候说出这句，有点火上浇油的味道。果然，国莲更加焦急，她说："就是啊，本来只是一点点，而且那一点点，是继承的聪明和懂事，如今好了，它的孩子全变成狼的血统了！这下怎么办？万一它们长大像狼一样凶狠怎么办？如今，我该把他们怎么办才好？"

几个人一下都沉默了。是啊，谁能知道以后会发生什么？如果它们继承了狼的聪明和机敏当然好，可万一继承了凶狠和残忍该怎么办？等它们长大了，万一狼性不改，万一攻击人怎么办？也就是说，如今最明智，最把握的选择，就是把这三只狼和狗的孩子，尽快处理掉。可是……真要那么做吗？人们把目光都投向国莲。国莲呆呆地看着大黄狗和它的孩子。

阿黄是一只聪明的妈妈，它虽然不明白大伙围着自己的原因，可它似乎感觉到气氛不愉快，它正尽自己的能力保护着孩子，它把它们都圈在自己的两只前腿之间，用头和脖子护住它们，两只眼睛发出警惕的目光。

国莲一声不吭地走了。一会儿，沈军医也走了。尉扬和哈日夫站在那里久久没动，尉扬问：“怎么办？”哈日夫回答：“不知道。”尉扬说：“先等等吧，让它们母子们多聚聚。”哈日夫：“未必一定要扔掉。但是，如果要保留，就得用非常大的精力从小驯化它们，不但要建立亲密的感情，还必须让它们明白什么该做什么不该做，很难……”

尉扬考虑了好一阵，忽然又说：“不知军犬队那边是不是感兴趣，他们养的不都是狼狗吗？如果它们够聪明……”

哈日夫看他一眼，不明白他怎么会对犬类的知识这么贫乏，他说：“犬队的狼狗和这狼狗，是两个概念，是两回事，他们需要的不是这样的狼狗。”

尉扬想一阵，又说出新的担忧：“虽然没有明文规定，可连队应该是不允许养狗的，国莲来了之后是个例外，要是团里知道我们这里不但有狗，还有……”哈日夫：“你去找一下沈军医，希望他回团里以后，能暂时保守这个秘密。”“好。”尉扬答一声，然后一个人走了。看到尉扬真的去找沈军医，哈日夫忽然觉得这是个多此一举的做法，沈军医就是答应了，这件事在团里也会很快传开，但愿首长们能睁一只眼闭一只眼。

哈日夫蹲下来，注视大黄狗好久，说：“阿黄，你也为它们担心，是吧？对不起。如果当初我带你回村里，就不会发生这样的事了。”哈日夫笑着拍了拍大黄狗的头，又说：“不过阿黄你放心，我相信你的主人，她是不会把你的孩子抛弃的。”

经过最初几天的震惊和担心之后，国莲开始放下“狼和狼崽子”这个包袱，她觉得这个担心是多余的，大黄狗的孩子，就是有狼的血统又怎么样？她会想办法训练好它们，让它们和人类友好相处。按照哈日夫的指点，国莲跟大黄狗和三只小狗崽走得更近了，只要闲下来，她就跟它们混在一起，她经常把三只小狼狗抱回自己的屋里，放在床上跟它们嬉戏，和它们建立亲密的情感关系。连队里，很多战士知道小狼狗的秘密，但他们也心照不宣地保守着这个秘密，而且对它们还更加亲近了，像那只红鹘鸟一样，三只小家伙也成了战士们心里牵挂的小生灵。

这一天，国莲带着三只小狼狗在院里玩耍，她拿着一根布条在它们的面前晃来晃去，三只小狼狗就追着布条转圈跑。小狼狗淘气，玩了一会儿布条，看见红鹘落在地上，它们的兴趣就跑到了红鹘身上，嗅着小鼻子去追红鹘，红鹘也不怕它们，它飞起来落下，落下再飞起来，引逗得三只小狼狗撒着欢跑来跑去。大黄狗阿黄自从生了小狼狗之后很少有闲心撒欢儿，它安详地趴在一旁，目光慈爱地注视着它们跟国莲和红鹘撒欢儿。那意思仿佛在说："玩吧，孩子们，你们的快乐就是我的快乐！"

看到大黄狗装成熟的样子，国莲觉得好笑，她"咯咯咯"笑着喊："阿黄，干吗装出老成持重的样子？难道你的年纪比我还大吗？"

刘清河带着几个战士说笑着来到，看见国莲在，他打住自己的话头转问国莲："国莲，战士们想邀请你去看杜鹃。"

"看杜鹃？"

"是啊，南山坡上的杜鹃花开了，战士们想请你去，又怕你不给面子，这不把我也拽来了。"

"你们是说有花儿开？真的吗？我知道天气暖和了，春天也马上来了，可到处还都是没融化完的雪，怎么会有花开了呢？"

尉扬也来了，他接过去说："这是大兴安岭上的一个奇迹，冰雪虽然还没有完全融化，但是有一种叫杜鹃的花却已经开了……我来，也是喊你去看杜鹃花，前两天还只是一两枝，今天就有好多了。走吧，哈日夫也在后面，我们大家一起去。"

看到排长也要去看杜鹃，战士们的精神头更高了。国莲大喊着："好啊！那就看杜鹃去了……喂，我们抱着它们去如何？"

"当然了，我来抱！"

刘清河的话还没说完，几个战士就抢着抓小狼狗，大黄狗没明白战士们的好意，它“吼吼”着发出警告。国莲赶紧喊：“阿黄，没关系，战士们在帮我们！走了，你也来，阿黄！”

红鹖不用召唤，看见国莲向外面走，它早扇动翅膀飞在了战士们的头顶上。一群人往外走，球场里打球的战士被吸引了，李进大喊：“喂，你们这是干啥去啊？”

刘清河大声回答：“杜鹃花开了，去看杜鹃！”

听说去看杜鹃，那些玩球的战士，也来了兴致，纷纷跑过来加入队伍。这样一来人更多了，人们说笑着涌向大门外。在大门外，大伙又遇见了哈日夫和连里的几个干事。哈日夫开始没明白这么多人在干什么，以为出了什么状况，赶紧追问走在前面的尉扬：“嗨，尉扬，怎么了？出了啥事了？”

尉扬回头看一眼越聚越多的队伍，也吓了一大跳，忙说：“没事，没事，我们只是去看杜鹃，没想到来了这么人！怎么样？你不去吗？”

哈日夫赶紧说：“不去，不去了。这么多人，比杜鹃都多了，我改天再看。”

哈日夫嫌人多，可国莲不这样想，她说：“走吧，难得大伙都有兴致，一起去多好？”

“那你们先去，等我办完了事再去找你们。”

“那好，你快来啊。”

在他们搭话的时候，很多战士已经绕过他们往前走了。国莲嘴里说着“那好，你快来呀。”脚下早已起步去追前面的人去了，她已经按捺不住了，大兴安岭的春天来得这样迟，早晨还在叹息的她，忽然听说有杜鹃在冰雪中怒放，怎不让她惊喜万分！她怎会错过先睹为快的机会！

刘清河这个时候走得最快，他的快腿是出了名的，回头看见国莲追来，他说：“你怎么跑上了，前边还有很远的路呢，等会儿你就会累得不行了。”

“不会，不会。我没看见过冰雪里有花开，所以着急看……”

“嗨，那边，你们看那边！”国莲回头去看，一个战士向不远处的岩石后面跑去，然后喊：“你们快来呀，这里就有一棵杜鹃，已经有……已经开了七朵花了！”

国莲跑过去，一大群人都跑过去。这是一块半人高的青色岩石，岩石向西的暖阳处长着一蓬古铜色的枝条，那些枝条上缀满了一串串粉色的花苞，如婴儿粉嫩的小脸蛋般可爱，最新奇的是那几朵正在怒放的粉色小花，枝条上还有残雪垂挂。

国莲蹲在这几棵杜鹃花前，伸着脑袋左看右看，不断喊：“太美了，太美了！”

站在国莲身边的一个战士，觉得国莲有点夸张，他说：“就这几枝，也算不上太美了，快上山吧，等你见了满山冰雪里开放的花，那才会知道啥叫美丽！”

国莲抬起头，看着那个战士说：“怎的啊？那我们快走，去看看你说的到底有多美。”

尉扬指着战士说：“国莲，他叫贾坤，是我们排里的大才子，还写过一首杜鹃花的小诗发表在军报上，写得非常美。贾坤，等会把你写的诗，给国莲军医朗诵一下！”

贾坤马上一个立正，喊一声：“是！”

贾坤说的果然没错，国莲爬上山顶就被眼前的景象震惊了，心说难怪贾坤能做出诗来！

大兴安岭上杜鹃花的美是绝代风华的美！满山遍野青草还未萌，树叶还未绿，地上的冰雪都还未融化，可她们却用粉色的身姿照亮了眼前的世界！这是怎样一副画卷？粉色的花蕾与冰雪争辉，皑皑的白雪压在未萌叶的干枝之上，白雪与鲜花争奇，鲜花与白雪斗艳。当你穿着厚厚的冬衣站在她们面前，当你置身在仙境般的冰雪世界，你眼前满山遍野绽放着笑傲冰雪的杜鹃，那是何等的惊艳……

贾坤没有朗诵自己的小诗，却给国莲轻轻吟诵了南宋诗人杨万里的一首诗：“何须名苑看春风，一路山花不负侬。日日锦江呈锦色，清溪倒照映山红。”贾坤说，杜鹃花别名映山红，这首诗，颂扬了杜鹃花质朴顽强的生命力。接着，贾坤又给国莲讲了一个杜鹃花和杜鹃鸟的故事。

据说，不知道多少年以前，一个叫杜宇的人做了皇帝称为望帝。这望帝是个非常爱民的好皇帝，隔三岔五便卷起裤腿跑到田里去，跟自己的子民百姓一块乐呵呵地犁田种地。后来，因为他的宰相治水有大功，又因为这位宰相貌似一位极高尚并极有抱负的人，他开始觉得自己不如人家，便把帝位让给了宰相，自己躲到山里清修去了，他以为这是万民之福。哪想到，那宰相坐上帝位之后，竟然慢慢变了样，用残酷暴政欺压百姓抢男霸女，望帝知道后心急如焚，于是想赶回都城劝宰相回心转意。可是，这时的望帝不要说见宰相，就连都城都进不去了，他只好郁郁寡欢地回到山中，并日夜掩泪痛哭，直到吐血而死，后来他死后灵魂化作了一只杜鹃鸟。以后每年春季，杜鹃鸟都会飞来呼唤百姓“快快布谷！快快布谷！”这时，遍地响彻着杜鹃鸟的呼唤，直到嘴巴啼得流出了血，滴滴鲜血洒在地上，花吸收了之后就变成了杜鹃花……这就是成语“子规啼血”的来历。听了这个故事，国莲嘘嘘不止。

回到营地，国莲见到哈日夫，给哈日夫讲了贾坤讲给她的故事。哈日夫笑着说：“我也给你讲个故事。”

“你也有故事？杜鹃花的？”哈日夫把一只小狼狗抱在怀里，说：“我们蒙古人叫杜鹃花为弘吉剌，翻译成汉语人们就说是山丹花。历史上都记载，成吉思汗的母亲月伦、妻子孛儿贴都生于弘吉剌部，就是现在大兴安岭南麓一带，离我们的营地不远，弘吉剌部就是杜鹃花的地方。相传成吉思汗的父亲也速该是蒙古乞颜部首领，也速该打猎时，看见一位来自森林草原地带的美丽新娘。她的肌肤像牛奶一样洁白滑嫩，她的脸庞像弘吉剌一样粉红娇艳，她的身段像白桦一样婀娜挺拔。也速该就把新娘抢来，做了自己的妻子，她就是月伦夫人。由此，弘吉剌美丽的名字传遍了大草原，为了能娶到质朴美丽又具顽强生命力的妻子，成吉思汗在父亲的带领下再一次来到弘吉剌部，与弘吉剌一样美丽的女孩孛儿帖定下终身……孛儿帖就是成吉思汗的正室夫人。所以，在草原上形容一个女孩子的脸庞长得像杜鹃花的话，那是对一个女孩子最高的赞誉。”

“哦，真的啊？这个故事很美丽，我喜欢！跟那个吐血的杜鹃鸟相比，这个故事让人开心多了！”

“还有，”哈日夫诚恳地看着国莲说：“这种赞誉我也想用在一个人身上，那就是……国莲你。”

“我？哈日夫，你太高抬我了啊！”

“一点没有，我说的是真心话。我们是战友，也是非常好的朋友，我觉得你的心灵和容貌，和杜鹃花一样质朴美丽！”

“谢谢你的夸赞，虽然受之有愧，可还是谢谢……”

17. 青梅竹马有情人

杜鹃花开了。国莲一连好几天外出去看杜鹃，那些与桦树林、落叶松和冰雪交相辉映的杜鹃花让她着迷了好一段时间，她沿着战士们巡逻走出的山间小路，跑遍了远近的山坡和河谷，看着那一团团、一簇簇，娇艳似火，粉红如霞的杜鹃，体会着大兴安岭南麓山水的壮美和神奇。

边防连队的战士们，多年生活在这大山之中，对这样的美景已经见怪不怪，但国莲是第一次看到冰雪里的杜鹃，她对她们恋恋不舍。去看的次数多了，她不好再邀请别人陪伴，每天出行就带上了她的忠实朋友红鹘和阿黄，当然还有三只小狼狗，小狼狗四个多月了，个头已经超过国莲的膝盖，它们个个都非常调皮，特别是那只黄色的小狼狗，对国莲的衣服、袜子、鞋头什么都感兴趣，只要逮着机会，就会对着她的物品下爪子和嘴。

三只小狼狗开始渐渐长大，国莲在战士们的帮助下，开始有意识地训练它们。黄色的小狼狗，是只母狗，国莲给它起名公主。另外两只灰白色的是公狗，国莲给它们起名，一个叫阿银，一个叫白桦，这两只小狼狗的毛色越来越漂亮，由当初的灰啦吧唧演变成银白色，特别是肚腹处的颜色更浅。一直到目前，国莲还没从三只小狼狗身上发现野狼那种凶狠的狼性。

随着天气的变暖，阳坡上的残雪已融化得不见踪影，树木的绿叶开始舒展，白桦林、落叶松、红毛柳和不知名的乔木，如换了新装的少男少女般青春亮丽，紧随其后，大地上的植物也焕发了生机，小草和野花开始在土地上起舞……大兴安岭的春天，就这样铺天盖地地来临。

天气暖和了，该去牧村巡诊了，国莲准备着春天来临之后的第一次巡诊，她跟尉扬和哈日夫约好，这个周末一起去牧村，她要在牧民进入夏营地之前，给他们都做一次身体检查。

星期五早饭后，国莲把要带的常用药品和给几位老年人准备的中草药打成一个大包裹，然后集中消毒银针和镊子剪刀等日用医疗器械。她刚把这些事情做好，王朝阳就带着几个战士来了，他们是来帮她训练三只小狼狗的。王朝阳原本对狗啊鸟啊的动物不感兴趣，可自从小狼狗诞生后，他像着了迷一样迷上了三个小家伙，他说要是一天看不见它们，他都会睡不着觉。

国莲来到院里，看到战士们已经搭好了跳障碍、钻涵洞、走独木桥等训练所需的障碍物。这期间又来了几个战士，也加入到训前准备的行列之中。三只小狼狗看来了这么多陪着“玩”的人，撒着欢跑来跑去显得特别兴奋。以前，营地的篮球场是最热闹的地方，如今一半的人都跑来了这里，只要有空隙，战士们就来跟小狼狗玩要，现在还开设了专门的训练科目。

营地后院卫生所的院落里，战士们越聚越多，人们围成一大圈，看王朝阳给小狼狗做示范。李进和另外两个战士，他们每人抓住一只小狼狗，在独木桥的一边站成一队横排，王朝阳先上了独木桥，一步一边慢慢走过去，让三只小狗看着他过去。李进向前，他把小狼狗公主领上了独木桥，走了几步后他松开手，他的意思是剩下的“桥”你自己走吧，谁知他刚放手，小狼狗公主“嗖”一下从独木桥上跳了下来，还摇着尾巴跟李进讨好，引发了战士们一阵大笑。

这时候，有几个特别的人站在人群外，没人发觉他们的到来。看到前面的李进失败，后面的战士不敢再松开手，他引领着小狼狗阿银过独木桥，谁知这样也不顺利，小狼狗阿银脚下一下踩空，掉下去的瞬间，它抱住了独木桥，四条腿朝上，脊背朝下像荡秋千一样吊在了那里，这让战士们笑得更厉害了。大伙笑了一阵，把目光盯住了最后一只小狼狗白桦，看它会有怎样的表现。

小狼狗白桦看上去胆子更小，它刚上“桥”就趴在了那里，任那名战士怎么哄怎么赶，它就趴在那里不动，把战士急得满头大汗。这时，国莲走了过去，她笑着站在桥的另一头，拍着手说：“白桦，来呀，过来……”小狼狗白桦看着国莲，她继续向它召唤：“听见没？白桦，来……快点……”

人们屏住呼吸，眼睛看着国莲也看着小狼狗白桦，只见它站起来小心地往前走了两步，然后犹豫地看着国莲，国莲又说：“对了，就这样，过来吧！”这次，小狼狗白桦不再停留，它平衡着身子变换脚步，几下就跑了过去，摇着尾巴跟国莲讨好，国莲拍拍它的头，它站起来把两只小爪子递给国莲，国莲握了握它的爪子。就在这时，让人没想到的是，红鹘鸣叫着飞来了，可能觉得自己被冷落了，它悬空在国莲的头顶上“吉儿，吉儿”地叫着，国莲就伸出手，让它飞落在手掌上。

哈日夫来了，他走进圈子，趁人不注意给国莲使了个眼色，说：“国莲，让大家看看红鹘的舞蹈吧！我也好久没唱歌了，我们来一曲！”不等国莲回答，他唱起了歌曲《鸿雁》，国莲开始跟随着歌曲舞蹈，红鹘看到国莲起舞，也展开翅膀上下飞舞……

鸿雁天空上
对对排成行
江水长秋草黄
草原上琴声忧伤

鸿雁向南方
飞过芦苇荡
天苍茫雁何往
心中是北方家乡

天苍茫雁何往

心中是北方家乡

鸿雁北归还
带上我的思念
歌声远琴声颤
草原上春意暖

鸿雁向苍天
天空有多遥远
酒喝干再斟满
今夜不醉不还
……

哈日夫唱着，国莲和红鹇鸟舞蹈着，一曲快唱完时，哈日夫把尉扬拉了进来，让他接唱，自己开始用男性的舞姿伴舞，加入了新的舞蹈者，红鹇的兴致更高了，发出一声又一声“吉儿，吉儿”的鸣叫。

十五的月亮
照在家乡照在边关
宁静的夜晚
你也思念我也思念
我守在婴儿的摇篮边
你巡逻逻在祖国的边防线
我在家乡耕耘着农田
你在边疆站岗值班
啊！丰收果里有你的甘甜
也有我的甘甜

军功章啊有你的一半

也有我的一半

……

《十五的月亮》，是专门抒发边防军人美好情感的一首歌曲，深受边防官兵喜爱。歌曲唱完，哈日夫、尉扬和国莲，三人做了一个定格亮相，红鹘特别配合，它一下落在国莲的胳膊上，再次发出“吉儿，吉儿”喜悦的叫声。尉扬拉着国莲，走向人群外面的几位特殊人物，这时国莲和战士们才发现，团长和团部的其他几位首长在连长的陪同下，站在那里已经很久了。

国莲给首长们行了个军礼，团长郑重地还礼后和她握手，说：“想不到你这里这么热闹。早有传闻说你这里又有鸟，又有狗，还有狼狗的后代……哈哈，我们今天真是大开了眼界了。”

国莲不好意地笑着，说：“感谢首长理解，我从小喜欢动物，所以……”

“嗨，只要不耽误军务正事，养一些小动物不碍事的。对了，我还一直惦记着，你和尉扬啥时成家啊？”

国莲害羞地说：“尉扬和我商量过了，准备今年‘八一’建军节时候结婚。”尉扬接过去说：“是啊，团长，我们从小是孤儿，没有其他的亲人，连队就是我们的家，我们准备就在连队办喜事。”

“好！”团长转身和其他首长说：“你们都记着，尉扬和国莲虽然是孤儿，但是如今，我们就是他们的亲人，部队就是他们的家，他们的婚礼，一定要好好办！特别是你们连队，”团长又告诉国莲他们驻地的连长，说：“你们到时要好好准备，我要带着大家来参加他们的婚礼，准备不好可拿你是问啊！”

国莲他们的连长，像接受了军事任务一样，他行了个标准军礼，大喊一声：“是！”

听到团长如此说，战士们“哗哗”地鼓掌，哈日夫还拥抱了尉扬，表示祝贺。团长向大家挥挥手，告别离去。原来啊，春天来了，首长们也惦记出来走走，顺便以突然袭击的方式走访连队各驻地，来到国莲他们所在的连队，听到后院不断传来战士们的欢笑，就赶过来看看。这样，国莲和战士们训练小狼狗的情景就全都被看到了。哈日夫来这里比较晚，他来到就发现团首长站在战士们后面，他们连长不断擦头上的冷汗，哈日夫一下明白了情况的严重性，他焦急中想到了让首长们欣赏红鹊伴舞的办法，这样最起码能减少不利因素的冲击。

送走团部首长，尉扬和哈日夫都被连长叫走了，战士们也收拾起了训练道具。刘清河说："今天好悬，要不是红鹊救场，这三只小狼狗可能就危险了。"

"是啊，多亏哈日夫临危不乱。"

尉扬和哈日夫直到下午才回来，国莲心里忐忑不安，怕连长发脾气生气。晚上，尉扬回来了，他说："连长说了两件事，一件好事，另一件不太好。"

"不好的是什么？"

"不好的是，我和哈日夫都不能陪你去牧村了。明天团里召开夏季边防演习动员会，我和哈日夫都得去开会。"

"哦。"

"我和李进说了，让他陪你去。还有，连长说我们训练小狼狗是外行，他和军犬队联系一下，请他们来人帮忙指导训练。"

"啊，真的？这个太好了！"

"是啊。我和哈日夫听到他这么说，也都非常高兴。"

这个晚上，尉扬没像以往那样来了又着急走，他坐在国莲的床上，国莲依偎在他的怀里，两个人说了许多悄悄话，他说过些天请假，先回去把结婚证领下来，再顺便购买一些结婚用的物品，还要像其他女孩结婚那样，给她挑选一套婚纱。忽然，他又想起一件事，他说："国莲，我们结婚也要买戒指，还有，你喜欢白金还是黄金？也需要给你买一套金首饰，我看到许多女孩子都有。抱歉，我早就应该买给你的……"

"尉扬哥，"国莲扭过头，抱住尉扬深情地望着他，说："有你就够了。我这一生，只要有你陪伴，我就会非常非常幸福……"

看着国莲深情的目光，尉扬第一次激动得浑身发热，心也蹦蹦跳个不停，他紧紧抱住她，狂热地亲吻她……天呐，爱情原来是这么美好，国莲融化了，尉扬融化了，他们还是第一次有这种相互融化，需要融为一体的欲望……

天上的星星害羞地笑了，红鹘不好意思地飞回了窝里，大黄狗阿黄斜着眼睛嘀咕：“我知道你们在做什么，祝福你们啦，希望你们生的宝宝，比我的三个孩子聪明漂亮！”

尉扬抱着国莲柔软的身体躺在床上，国莲如小鸟钻在他的怀里，头幸福地埋在他的胸前，头枕着他的胳膊，他们的心和情感已经融为一体。从懂得爱开始，他们就把心给了对方，互相牵挂惦记思念，他想做她的爱人，她想做他的女人，然而多年过去了，他们无法实现这个梦想，不知是爱得太深还是爱得不够，她在他的心里，永远是至宝，是心尖，是五脏六腑，可在她面前，他一直没有血液沸腾，没有身体冲动，以致他怀疑自己对她的情感，只有大海一般深厚的兄妹之情，而没有发自于原始欲望中的男欢女爱。可这次不同了，她温柔目光里倾泻而出的无限爱意，一下融化了他整个的身体，爱欲如排山倒海般撞击着他的身体，他要把自己融化在她的身体里，他要把她融化在他身体里血脉里骨髓里！

国莲飘飘欲仙如醉如痴，她有过无数的幻想和渴盼，她需要他的拥抱和爱抚，她不满足拥有这个男人的心，她盼望有一天真正成为他心爱的妻子，她等这一天等了多久？他每次去学校看望她，她都盼望他实现这个跨越，可是不知为什么他迟迟没有这个意思。记得那一次去看香山红叶，她是如何盼望那一刻的到来？他们开了一个房间，他们并排躺在一张大床上，她依偎在他的身边，他深情地注视着她的眼睛，目光是那样清澈明净，以致她怀疑她在他的心里是不是女人……如今，这一天终于来了，她成了他的爱人，成了他身体的一部分，她醉了，她飘在了白云之上。

尉扬轻轻转动了一下身体，国莲马上抱紧了他，轻轻叨念：“别走，别走……”尉扬也抱了抱她，时间不早了他该回宿舍去了，毕竟他们还没举行婚礼，整夜留在这里不太合适，可他也真的舍不得走，他舍不得离开这个从身体到灵魂都与自己融为一体的女人，他温柔地抚摸着她柔嫩的肌肤，身体里的血液又开始鼓胀，他紧紧地抱住她，再一次将自己融化在她的身体里……这个夜晚，尉扬宿舍里的床铺原样未动。

国莲要去牧村巡诊的计划一下被刘清河打乱了，国莲一大早刚送走尉扬，还没顾得整理床铺和梳洗，他就慌慌张张跑来敲着门喊国莲："国莲，国莲，你起来没有，救命啊，救命！"

国莲以为是哪位战士或者其他人突发疾病，慌忙中披头散发从屋里窜出，焦急地一迭声问："怎么了，怎么了……"

这时的刘清河，脸色惨白说不出话来，只是双手抱拳不断向国莲作揖，国莲一下吓得满头是汗，以为刘清河得了什么急症，慌忙连拉带搀把他扶进诊疗室，又是量体温测血压，又是看嗓子听心脏，把国莲折腾了好一阵之后，他才大声呼喊说："别看了国莲，我没病！"

刘清河擦着头上的冷汗，他这时已经缓过劲来，他哭腔说："国莲，不是这个病，是我女朋友马上要闯到营地来了，你救救我吧，求你啦，你一定要救救我……"

国莲气得哭笑不得，她使劲把听诊器拍在桌子上，说："刘清河，你气死我了！不就女朋友来了吗？你喊救什么命？我以为有人快死了……你记住了，我是医生，我不是……"

"国莲，国莲，我真的死定了，人命关天啊！我……我和你说过，我和女朋友……"刘清河往国莲面前探了探头，小声说："她怀孕了……"

"怀……怀孕了？"国莲冷静下来，她看着刘清河可怜无助的样子，忽然明白了他糟糕的处境，她说："你慢慢说给我听听，是怎么回事？还是那个总是找你亲热，又不想和你结婚生孩子的女人吗？"

"是啊，是啊，就是她。我去年和你谈过后，想来想去，觉得你和我父母说得都没错，我应该结束和她的关系了。"

"怎么样？"

"前不久我回家说了这事，她同意了，说那就好聚好散，又提出我们一起玩几天，然后就各走各的。我想这样也行，这么多年的感情了，就一起去大连玩了几天，回来还给她留了点钱，说好了就这样结束。”

“然后她忽然又找到你，说她怀孕了，要和你重归于好？”

“是，她说她怀孕了，孩子是我的，让我想办法。我就说，要是这样，那就结婚吧，可她还是不想结婚，还说她已经在来我这里的路上，说今天就到了，让我去车站接她，剩下的话见面再说。”

国莲看着刘清河琢磨，这个把他要得团团转的，到底是个什么样的女人？想了想说：“那你就先把她接来再说吧，别的还怎么办？人家已经来了。”

“国莲，求你了，帮帮我吧，接来了又该怎么办？”

“接来了再说，现在我也不知道该怎么帮你，等我见了她看看到底是怎么回事，不想结婚那肯定是要钱，是吧？你现在有多少钱给她？”

“我现在一点也没有，已经都给她了。”

“好好好，等你接了她回来再说。我倒要看看，你们是怎么回事。”

“那你别走，我找个车去，很快就回来。”刘清河慌慌张张往外走，回头又说：“我怕她闹到连里去，那就糟了……”

18. 牧村坐诊

红鹘鸟站在乌云大婶家的拴马桩上，“吉儿，吉儿”叫。乌云大婶开门伸出头发现了它，她发出惊喜的感叹：“乌哇，乌兰海日古吆。吉祥的鸟儿飞来了。”她打开屋门来到院里，向大门口一边走一边向远处张望，国莲骑马跑来了，她拴好马，来到栅栏门前。

“乌云大婶！”

“孩子，你的红鹘也来了，它给我先报信来了。”“是啊，它飞得快，看见我向这边跑，就知道一定是要来你家了。”她向红鹘挥挥手，说：“红鹘，你越来越聪明了，下次还要加油！”

红鹘“吉儿，吉儿”地叫着，国莲回应了一声，它高兴地煽动一下翅膀。国莲把马拴在拴马桩上，跟乌云大婶进了院，大黄狗颠颠地跑到了她的前面。

乌云大婶家从夏营地带回来的一条黑狗，不断向国莲和大黄狗扑咬，乌云大婶拿根棍子对她发出喝止。大黄狗坐在离黑狗不远的地方，看着它吠叫无动于衷。其木格抱着孩子出来迎接，不知怎么搞的，小边防撇着嘴要哭的样子，国莲伸出手逗着小边防：“小边防，长大了呀，快八个月了吧？”

其木格说：“是啊，已经会坐着了，还到处爬来爬去的，离不开人。”

“快进屋了，”乌云大婶跟儿媳说：“快让国莲进屋说话。”

国莲跟着其木格进屋，她们一起来乌云大婶的家。不知是不是一种习俗，哈日夫不止一次告诉国莲，进入牧民家中，无论办什么事，只要家中有老人，就一定要先去老人的屋里，之后如果需要，再去家里晚辈的屋里，这是对老人表示尊重的一种方式。

乌云大婶给国莲倒来了奶茶，把国莲推进炕里坐下。其木格说：“阿妈你也上炕，孩子给你，我来倒茶。”

乌云大婶也爬进炕里，接过孩子，说：“其木格，你去告诉大伙来这里看病检查身体。”

“好啊，阿妈，我这就去。国莲你先喝茶，我出去各处告诉一下。”

其木格给乌云大婶也倒上奶茶，然后出门去了。

国莲端起奶茶喝了一口，说：“真好喝啊，好久没喝了，真有点想了呢。”

乌云大婶呵呵笑着，她说：“要想喝就多来。国莲啊，你就别到处去跑了，就住在我这里，多待几天，大伙要看病，就让他们来这里。”

“好啊，谢谢大婶，我就先留在这里，等会儿给小边防也检查一下身体。”

“哎哟，忘了，我给你准备了牛肉干，就等着你来给你吃。”乌云大婶把小边防放在炕上，要下地去拿牛肉干。国莲拉住说：“等其木格回来再拿吧。”可乌云大婶没听，下地拿来一个红柳条编制的小笸箩，里面有牛肉干和牛油酥果条。国莲拿起一块牛肉干，放嘴里嚼着，称赞说：“大婶做的啥都这么好吃，真羡慕您的手艺。”

国莲和乌云大婶闲唠着，一会儿其木格就回来了，她说：“看见了青格勒，让他各处去通知了，他跑得快。”

“对，让他去最好了。一会儿，我们先给小边防检查一下。”

耽搁了一会，国莲就开始给小边防检查身体。她摸了摸他的小脑瓜，说：“脑门这里还没长满啊？应该吃点钙片。”

“我阿妈说，等会说话了就会长满了。”

“还是吃点钙片吧，钙充足的孩子，生下来没有这个‘呼达’。”

乌云大婶说：“我那说法，是老古董了，听国莲的，她说该吃就吃点。”

国莲又仔细给小边防听了心脏，看了他的小小手指甲，试了他双腿曲蹬的力气，然后说："小边防心跳有力，小腿曲蹬的力气也不小，除了稍微缺点钙之外没别的毛病。"

"这就好，"乌云大婶说，"我们普通人家的孩子，也不图将来有啥大出息，只要没毛病，好好长大就好。"

乌云大婶非常喜爱这个孙子，她一边说，一边慈爱地拍了下小边防的屁股，可这一拍，小家伙还尿了，他的小鸡鸡竖起来，尿水划出一道弧线，浇了正给他绑衣服带子的其木格一脸。其木格抹一下脸，说："嗨，小崽子……"

国莲"咯咯咯"笑着说："小边防，你太逗了。其木格，你也幸福去吧，这可是一泡幸福的尿。"

"小裤子都尿湿了，快给孩子换一条。哎哟……看我这记性……"乌云大婶又忽然想起一件事，她爬到炕边下地了。

其木格回自个儿屋里，给小边防拿来了干爽的裤子，国莲帮着她给孩子穿裤子。能亲自迎接一个新生儿诞生，又看着他一点点长大，一股自豪的情感一下涌上心头，她说："看见你和小边防，我觉得有孩子真幸福。"

"将来你也会有孩子。我们都知道你和尉排长的故事了。"

国莲不好意思地羞红了脸，说："都传这里来了？我们是一个孤儿院长大的，他是我唯一的亲人，我是因为他，才来这里做军医的。"

"知道，我们听说了。你们结婚时，一定要告诉我啊。"

乌云大婶这时把一个包裹放在了炕上，她对着亮光打开，从里面拿出一件新做好的蒙古袍。

国莲看着说："哎呀，多漂亮的衣服啊，大婶，这是谁的袍子啊？"

其木格抿嘴笑，说："是我阿妈做给你的。"

"给我的？"国莲睁大了眼睛，惊喜地看看其木格，又看看乌云大婶。

乌云大婶说："是啊，孩子，你来这里尽做好事儿，大婶看着你就是喜欢，听说你还是孤儿，没有妈妈给做过新衣服，要是不嫌弃，就把大婶的家当你的家，大婶也就是你的阿妈……这个新袍子，就是阿妈的礼物。"

乌云大婶的话还没说完，国莲突然泪流满面。是啊，她从没穿过妈妈做的衣裳，唐妈妈虽然像妈妈一样对待她，可从没给她做过衣裳，她们从小穿的都是民政部门买的或老百姓捐助的……乌云大婶，这位善良的蒙古族老人，竟专门给她做了这件新袍子！国莲百感交集，她急忙下地，一下扑进乌云大婶的怀里，呜咽着喊了一声："妈……妈妈……阿妈！"

乌云大婶拍着国莲的后背，连声说："好孩子，别难过。这是命啊，长生天就是这么安排的。"

国莲忍不住自己的眼泪，一个从婴儿起就孤单的女孩，有着太多的委屈，她的眼前不断浮现一件小事。记得那是十五岁那年夏天的一天，坐在板凳上上课的她，忽然觉得一股热流冲出体内，浇湿内裤和外裤，她懵懂着站起来，想查看一下怎么回事，就在这时，一摊鲜血顺裤腿流向了地面……她顿时吓得"呜呜"大哭，喊着："老师，我要死了……我要死了。"那天，多亏是她的班主任——一位女老师在上课，她慌忙跑下讲台来到她的身边，发现这一情况后马上下课，让男同学都出去玩，又喊住一位女同学，让她去老师办公室拿来了一个大包裹，里面有一套干净内外裤和卫生巾……随后，老师给女同学讲了女孩子生理卫生知识。国莲永远忘不了，那一次她是提着脏裤子回孤儿院的，她背着人自己一边哭一边洗，要是一个有妈妈的孩子，妈妈怎肯让女儿受这样的委屈？

国莲止不住委屈的泪水，她哭得非常伤心，把乌云大婶和其木格哭得心里非常难受，她们也抹起了眼泪。后来，还是乌云大婶先缓过劲儿来，她在国莲的额头上亲了一下，说："好孩子，别哭了。阿妈给你穿上袍子试试，看合适不？"

国莲抹着眼泪，在乌云大婶帮助下穿上了漂亮的蒙古袍。其木格又拿来一条新头巾给国莲围上，她说："祝贺阿妈有了女儿！等我抽时间再给妹妹做一双绣花靴子！"

国莲使劲儿地点着头："好，我一定等着穿嫂子的靴子，还要谢谢嫂子！"经过刚才一哭，国莲心里反倒敞亮了，她仔细看着镜子里的自己，简直就不认识了。国莲一直非常喜爱苏日娜和那些蒙古女孩穿在身上的漂亮蒙古袍，没想到她自己也有了一件，她认真地说：“阿妈，阿妈，我早就喜欢这样的衣服了，没想到也能有一件……谢谢阿妈！”

“这么喜欢，阿妈以后每年都给你做一件！”

“啊？真的啊……有妈妈真好！阿妈，阿妈，”国莲抱住乌云大婶，欢喜地说：“阿妈，女儿该怎么报答你？”

乌云大婶乐呵呵地说：“傻孩子，做母亲的哪有要女儿报答的？……你唱着歌，骑着马，天天像你的红鹘鸟一样快乐，阿妈就满足了！”

国莲满心欢喜，穿着新袍子在屋里转来转去，对着镜子里的自己不断打量。乌云大婶看到她开心的样子，心里说：“多好的孩子啊，希望她像那只红鹘鸟一样天天唱歌。”

给几个村里的牧民看完了病，在乌云大婶家吃了午饭，国莲告别了乌云大婶，穿着她新做的蒙古袍，背着医药箱，一个人开心地骑着马、唱着歌，慢慢行走在草原上。红鹘跟着国莲的步调，一会儿在天空飞，一会儿又落在草地上等待。大黄狗一会儿前、一会儿后跑。从营地出发的时候，国莲把三只小狼狗留给了李进照顾，大黄狗似乎也明白，孩子们已经长大，国莲呼喊它一起出发时，它撒着欢一起跑来了。

国莲她一遍一遍地唱一首歌，表达自己欢乐的心情，歌声飘荡在草原的上空——

骏马奔驰在辽阔的草原
钢枪紧握战刀亮闪闪
祖国的山山水水连着我的心
决不容豺狼来侵犯
阿爸帮我饮战马
阿妈给我缝补衣衫
亲爱的姑娘向我招手笑
喝一杯奶茶情意深

边疆就是我的家

人民和军队心相连

到处都有母亲的爱

到处都有亲人的笑脸

到处都有母亲的爱

到处都有亲人的笑脸

啊嗨～啊嗨～嗨～

国莲准备去白音图老爹的牧场看看，她放松马缰，唱着歌慢慢往前走。忽然，她的身后传来喊声，国莲回头看去，是年轻牧民青格勒，他驰马来到跟前说："国莲军医，快回村里吧，白宝顺家出事了！"

"白宝顺？"国莲一边问，一边勒住马头。青格勒说："被抢劫了，她媳妇金花受伤了。"

"天哪，怎会发生这样的事？"国莲调转马头，使劲磕了一下马肚，跟着青格勒消失在远方。

19. 与神鸟一同归去

白宝顺家门口，一个边防民警站在院门口，阻止想要进入院中的群众。一群牧民围着院子，议论着什么。白宝顺抱着媳妇金花在院中哭喊。青格勒和国莲骑马奔跑而来，他们跳下马，冲进院中。大黄狗也来到，它“呼哈”地喘息着粗气，也跑进了院里。

金花胳膊上、头上都有血。白宝顺用蒙古语不知在说什么。青格勒告诉国莲：“白宝顺说，让你快点救救他媳妇。”

国莲已经打开急救包，她先扒开金花闭着的眼睛看看，然后看她头上的伤口，又用剪刀剪开衣袖，露出胳膊上的伤口，她用手轻轻在伤口边上按了按。金花睁开眼睛，喊了一声“疼啊”。

国莲说：“金花大婶，你忍着点，我给你止血，上药……别怕，没伤到要害。”

一个边防民警过来叫白宝顺。青格勒蹲下，扶住金花。白宝顺起身，他看一眼金花，跟着民警进屋去了。青格勒，用蒙古语和金花说话，国莲一句话不说，细心地给金花包扎着伤口。

白宝顺家的屋里，一片狼藉，地上有血迹，几张一元、五角的钱散落在地上。一个边访民警在拍照，另一个拿本记录着什么。白宝顺指着地上，说：“我回来，金花躺在这里，头流血，胳膊流血，人都昏过去了。”

一个边防民警对白宝顺说：“你看看，都丢失了什么？”

白宝顺看着脚下，躲开散落一地的货物，到里面打开一个盒子，再打开一个锁头明显被撬开的箱子。他说：“钱都没了，箱子被撬开了，里面和外面的钱都没了。”

记录的问：“有多少钱？”

白宝顺想了想，说：“六七千吧，要去苏木镇里取货，都放箱子里了。”

“最近有没有可疑人来？你回来的路上，看见可疑人没有？”

“我从牧场回来的路上，好像看见两人进了树林子。”

边防民警继续询问着白宝顺一些问题，白宝顺回答着，有时还怕对方听不明白，用手比画。

金花的头上和胳膊上，都被包扎上了绷带，她坐直身体，大黄狗去添金花的手。金花惊喜地说：“西拉，是你啊？你还没忘记我？”她对国莲说：“这种大黄狗，挺记事的，还认得我呢。”

国莲说：“是啊。哎，金花，那只大黑呢？怎么不见它？”

“跟着孩子去牧场了，要是大黑今天在家，我可能就不会挨刀子了。哎呀，我的钱，他们抢了我的钱！宝顺！钱呐，咱家的钱都被抢走了……”

金花忍着痛，从地上站起来，险些摔倒。青格勒和国莲扶住她。金花扶着国莲说：“谢谢你！宝顺！宝顺……”白宝顺从屋里跑出来，扶住媳妇：“喊啥，钱丢了喊也没用。”拿着本子记录的那个边防民警，来到金花跟前询问金花：“是啥样的两个人，讲一下经过吧。”

金花说：“经过就是，我在屋里，来个人买货的，是女的，买盒烟，我给拿烟时，又来个男的，说买吃的，能吃的就行。我说吃的就是面包和火腿肠，还有方便面。他让我拿火腿肠，我刚低头找火腿肠就被打倒了，啥也不知道了，后来我醒了，看到他们拿了我的钱，还往兜子里装东西，他们往外跑时，我拉住那个女的不放，那个女的又扎了我一刀，她就跑了。”“啥样的两个人？细点说。”“就是一个男的，一个女的，女的黄头发，男的没看见头发。”“像当地人吗？”“不像，当地人谁干那事？一看就不是干活人。”“啥样衣服？”“个头有多高？”“那个女的就跟我这么高吧，男的，跟宝顺的个子差不多。”“那个女的没穿女的衣服，都是……”金花指着地面，说：“就这样的颜色，跟地上的土差不多。”外面，又来了一大帮边防民警。拿本子记录的那个小伙子向院子外面走去。不一会儿，一辆警车上的喇叭响起来：“各位边防居民请注意，发生在白宝顺家的抢劫案件，嫌疑人已经逃跑，边防民警正组织力量追捕，嫌疑人身穿土色外衣，身高女的一米六左右，男的一米七五左右。各位边防居民，如发现可疑人，请及时报警。”

“不知是啥人竟然这么大胆，敢入户抢劫。”国莲说着装好自己的药箱，准备走了，她冲白宝顺和金花说：“宝顺大叔，金花大婶，我先回去了，过两天再来看你们。”

白宝顺说：“好，这样子也没法留你，你去乌云大婶家吧，别乱走，遇到坏人就麻烦了。”青格勒也说：“是啊，国莲军医，你还是别到处走了，一个人独来独往的危险。尉排长上边防课时经常说，千万别忘了咱们这里是边防，一些触犯法律的人，想从这里乘机逃跑，是很正常的。所以一定要小心。”“放心吧，我有阿黄保卫……”国莲嘴上说放心吧，心里也有点心虚，她回头喊大黄狗：“阿黄——，阿黄——”大黄狗不知哪时跟着白宝顺进了屋里。听到国莲喊，它从屋里跑出来，追上往外走的国莲。国莲蹲下，抱住大黄狗的脖子。她说：“阿黄，是不是想留下啊？你原来的女主人受伤了，要是想留下待几天，你就留下吧。”

国莲放下大黄狗，和青格勒一起出了院子。一些村民过来和国莲打招呼，看她穿着漂亮的蒙古袍，都赞叹不已，一个叫哈图的小伙子，用流利的汉语夸赞她，说：“你穿上蒙古袍，很像草原上的姑娘，非常漂亮，要是不说，都没人会知道你是个军医。”

国莲微笑着，也低头看身上这件漂亮的新袍子，她自豪地说：“是乌云大婶做给我的，她还认了我做女儿……对了，等我去看完白音图老爹，回来和大家一块喝酒，今天我请大家。青格勒，一会儿你把白宝顺和他媳妇，也帮我请到乌云大婶家去，金花受惊了，也给她压压惊。还有，”国莲掏出钱包，一下向青格勒塞过去，说：“青格勒，这个钱交给你，你一定要帮我买到吃手把肉的羊肉，还有白酒，我要请大伙庆祝一下，我已经是乌云大婶的女儿了！”

“好！就去乌云大婶家喝酒，青格勒，钱包你先拿着，不然国莲军医到时都吃不好，”老嘎查达从人群后面出来了，他说：“我腿不好使，来迟了，可正好听见咱们军医的话，这顿我请了！青格勒，你找几个帮忙的，去吧！”

国莲说：“老嘎查达，这个今天一定我请……”

“知道，知道，都交给我吧，你要去哪儿？”

“我去白音图老爹的牧场，一会儿就回来了。”

“那你先去吧。”

国莲答应一声，走向自己的马。老嘎查达喊：“你自己行吗？我找人送你去吧。”

“不用。我骑马一会儿就到了，不用送。”

国莲一人上马向村外跑去，大黄狗追在后面，红鹘刚才看人多，又都是陌生人，它不知躲到哪里去了，这时看见国莲的身影，也追着她飞走了。

哈日夫曾告诉国莲，在内蒙古，如果想看沙丘草原的风光，就去锡林郭勒大草原；如果想看平原草原的辽远，就去呼伦贝尔大草原，那里有浩浩荡荡望不尽源头的草场；如果想看高山丘陵草原，就来科尔沁大草原腹地，因为这里地处大兴安岭南麓群山脚下，它既有延绵不断的山岭，又有一眼望不到边的草场，莽莽山林中的白桦林、杜鹃花、落叶松，与叠峦起伏铺向远方天边的青青牧场交相辉映，如一幅气势磅礴浑然天成的山水画卷，这是科尔沁草原的独特之美。

国莲体会着哈日夫描述的科尔沁草原之美，骑着马行走在它的土地上，刚才白宝顺家发生不幸带来的郁闷心情一扫而光。她不知不觉哼起了一首当地牧民喜欢的歌《美丽醉人的科尔沁》，这首歌哈日夫唱过，曲调欢快、歌词非常优美——

蓝天上的白云，

像那草原上的羊群，
草原上的羊群，
像那斑斑的白银，
马儿像箭一样飞向远方，
带着绿色草原春天的信息，
带去祝福一往情深……

国莲一边唱，一边想象着美好的未来，她和尉扬打算下周就回家乡领结婚证，再有一个多月就是“八一”建军节了，马上就要和尉扬举行婚礼了，他们还会生一两个宝宝，以后她有丈夫有儿女，还有一位慈祥温和的蒙古老妈妈，她可以抱住她喊妈妈，啊，多么美好的世界……

远处有几个人影出现，他们没有骑马，慢慢地向森林的方向走着，国莲以为是哲哲山下的牧民，她今天可是要宴请大家的，她打马向他们跑去，可是……那不是苏日娜吗？

国莲勒住马缰，心里发出疑问。远处，苏日娜和两个孩子走在前面，后面两个人，从走路的姿势看应该是一男一女，他们紧跟其后……这是什么意思？他们这是干什么去？国莲心里“忽悠”一下，一男一女，他们的衣服是一种颜色——土黄色！这是白宝顺的媳妇金花，描述两个歹徒时说出的颜色……难道他们……糟了，那两人是抢劫商店，又袭击了金花的人！苏日娜和那两个小学生，他们一定是被劫持了！

国莲的心砰砰跳着，顾不得细想，打马向一行人跑去。远远的，国莲就喊：“苏日娜，苏日娜……”

听见后面有人喊，几个人都回头看，后面的两人发现有人骑马赶来，马上靠近了苏日娜和两个孩子。

国莲跑到近前来，发现苏日娜的双手被反绑住了，嘴里还被塞着一块布，另外两个小学生被那一男一女抓在手里。国莲看着他们，从马上慢慢下来，大黄狗追上来了，它喉咙里发出“呜呜”警告。

那个女人看国莲走近，恐吓着："不要过来！过来这个孩子就没命了！"

国莲看着她问："你们这是要干什么？是想要钱吗？"

被男人抓在手里的那个男孩儿，突然向国莲："姐姐，他们是坏人，要偷越国境的坏人！"

男人使劲踢了这个孩子一脚："闭嘴！你找死啊？"

国莲"哦"一声，说："这事情还真有趣，我又碰到了这样的事情儿……"

那个女人说："你说什么？！"

国莲把马缰缠在马的脖子上，平静地往前走几步，她说："我说，我熟悉去那边的路，我可以带你们去。"

"你是干什么的？还穿着新袍子，挎着医药箱，你怎么知道路？"

"你看见了，我是草原上的土医生，我经常去山里采药，这山里，哪条路我能不熟悉？"

国莲还想往前走，被那个女人喝住了，她大声说："站住，不要过来！再往前走，我让这个见血了！"

国莲发出讥讽的笑声，说："傻瓜！见血有屁用？她们连路都不认识，怎么带你们去？"

那一对男人，看看苏日娜，再看看小孩子，出现了犹豫的神色，国莲接着又说："要想去那边，就放了他们，跟我走！"

"你？"

"是啊，就是我。不瞒你们说，以这个赚钱，也是我的行当，只要给钱，不要说两个，就是三个五个也能过得去。"

那个男人显然疑心更大，他说："你在骗我们，你穿得这么漂亮，脸上也没有风吹日晒的痕迹，你去哪里采药？你到底干什么的？少管闲事！"

"这你就不明白了，冬天刚刚过去，采药季节还没来临，我坐在家里给人看病，当然不会风吹日晒，等采药季节到了，我还能是这个样子吗？"

"吴绍，少跟她废话！你，你说，想要多少钱？"

国莲想了想，说"一千元吧，一千元我直接送你们过。"

原来那个男人叫吴绍。吴绍看了那个女人一眼，说：“好，一千就一千。可是，你得说话算数。如果过不去，不要说一千，就是你的命，也难保。”

“没问题，这里的森林非常茂密。我有把握送你们过去，但是你们得先交钱，还要放了这三个人。”

“不行，这样不公平。人，我可以先放，钱，要到地方再给！”

“好，一言为定！”

“那你，先过来，你过来，我放她们过去。”

国莲一步一步向吴绍和那个女人走过去……国莲一心想救下两个孩子和苏日娜，可她还不知道，她这一步一步走出的，将是一条永远无法回归的死亡之路，她年轻的生命，即将掩埋在这片长满了青草和鲜花的土地上。

苏日娜看到国莲走过来，嘴里发出焦急的“呜呜”声，她的意思是不让国莲过来。国莲越走越近，大黄狗也一步一步跟在国莲的后面，它判断着眼前发生的事情，警惕地注视着两个心怀歹意的人。

国莲站下了，她说：“好了，现在放了她们吧！时间不多了，要想过去，太阳落山前就得赶到过界的地点！”

吴绍把抓在手里的孩子推出去，说：“梅子，你也放了那个女人和小崽子吧，我也看出来啦，留他们没用！“

现在知道了，那个女的叫梅子。梅子突然把苏日娜和她手里的孩子一起推出，然后一个转身窜过来，用刀逼住了国莲。看来，这个梅子还是练过几手的江湖人。

国莲看看她手里的刀，说：“放下你那破刀，我要赚钱，不是要赚你的刀，你们是两个人，我是一个人，我还能跑出你们的手吗？”

梅子没放下刀，她说：“往前走，走在我们的前面，不许往后看。”大黄狗发出“吼吼”的声音，国莲说：“阿黄，没事，我没事……”

吴绍和梅子，放弃苏日娜和两个孩子，押着国莲向密林中走去。大黄狗，警惕地溜边儿跟着，它还弄不明白主人的意图，可它凭着狗类的直觉，知道主人已经身处险境。

苏日娜“呜呜”着，两个孩子赶紧掏出她嘴里塞着的一块手巾，又忙着解开绑住苏日娜的绳子。

绳子解开了。苏日娜拉住两个小孩子，跑向国莲的马，她拉住缰绳，把两个孩子推上马背，把缰绳交到一个孩子手中，说：“你们快回村里喊人。我去追他们！”

苏日娜打一下马。马跑走了。她转身向树林跑去，她去追国莲了。此时的国莲，已经进入树林走了几十米，她心里盘算着怎么办，她知道，苏日娜和孩子得救后，很快会去找村里人，也就是说，她要尽量拖延时间，可是后面的两个人可不这么想，他们不断催促她快点走。

国莲走在前，梅子紧跟国莲，吴绍手拿刀，跟在他们后面。

大黄狗溜边儿在草丛里，一会露头，一会又隐没。忽然，红鹘飞来了，她以为国莲要去白音图老爹家，它早早飞去等待，可等了好久没见主人跟来，就又飞回来了，当她找到主人时，她已进入山林。红鹘没看见刚才发生的事情，就是看见了，也不会明白是怎么回事。可现在，它找到了她，这就够了。

红鹘从头顶上飞过，发出“吉儿，吉儿”的声音。国莲喊：“红鹘——”

吴绍和梅子，他们不知道红鹘是怎么回事，看到有红鸟从头顶上飞过，全都一愣神，梅子惊呼：“这是什么鸟？还是红颜色！”

红鹘鸣叫着，落在前面的一棵树上。吴绍和梅子被红鹘吸引，往前跑去，国莲乘机把一个物件扔向大黄狗，然后也往前跑了几步，说：“这种鸟叫红鹘，也叫乌兰海日古，是鹰类的一种。老人们说它是神鸟，谁要见到它就会有好运降临。”

三人继续前行。大黄狗从地上叼起国莲扔下的物件，是那个杏木锁头。大黄狗嘴里叼着那边小锁头，冲着天空“汪汪汪”使劲叫，红鹘飞来了，它落下来，看着大黄狗嘴里的杏木小锁头。大黄狗放在地上，红鹘走近看了看锁头，又看看大黄狗，它明白是大黄狗的意思，它叼起锁头，飞走了。

前面不远处，国莲和两个歹徒走上了一条林间小路，苏日娜远远地追了上来，她隐蔽着向前靠近，大黄狗发现了她，她把手放在嘴唇上，做个“嘘”

的动作。大黄狗往前跑了，苏日娜跟在后面，他们都小心着不让前面的人发现。

忽然，苏日娜发现前面有些不对劲儿，国莲一个人向前走了，那两个不怀好意的男女竟然停了下来，他们不知在嘀咕什么，苏日娜赶紧向前靠近。国莲向前走着，她还不知，一场死亡危险正在向她袭来。

国莲虽然穿着蒙古袍，可她脚下穿的却是一双黑皮鞋，原本这也没什么奇怪的，可她遮盖在蒙古袍里面的绿色裤子，忽然引起了吴绍的怀疑，他很快明白了，走在他们前面的，不是什么草原上的土医生，她很可能是个解放军或者边防民警。这一发现，也让他明白了，她根本不是带他们去国境线。也就是说，他和梅子的末日，马上就要来临了！

吴绍悄悄地拉住梅子，指指国莲的裤子和鞋子。梅子马上明白了，她的眼睛里露出凶光，她掏出匕首，悄悄靠近国莲，举刀一下砍向国莲。就在这时，大黄狗窜出，吼叫着扑向梅子，国莲也在刀来临的一瞬间，一个跳跃躲向一旁。国莲顺嘴喊出："你们干什么？为什么突然下手？"

梅子大骂："你骗人，狗屁土医生，算我瞎了眼，你的裤子和鞋子，暴露了你是解放军……你欺骗了我们！"

国莲连连责怪自己大意，说："是我大意了，你说得对，我是一名边防军人，你们两个只要放下武器，就会得到宽大处理，法律里是有从轻发落条款的。"

"我也实话告诉你，我的刀下，已经有两人去了阎王爷那里报道，什么从轻条款，狗屁！"

梅子喊一声："别废话，上！"

梅子又一次扑向国莲，国莲躲过一刀，大黄狗挡在了国莲和梅子中间，它吼叫着向梅子警告，那意思非常明显：不准伤害我的主人！但这样的警告，对豺狼是没用的。吴绍绕道国莲身后，与梅子夹击国莲，他手里的刀左一下右一下地砍着，国莲后退着，不断躲避他手里的刀。看到大黄狗挡路，梅子的刀向它砍去。

苏日娜跑来了，她手里握着棍子，从背后袭击吴绍，国莲乘机踢飞了吴绍手里的刀。吴绍吼叫着，从怀里又掏出一把刀，四个人和一条狗，一时间发生了混战。

不知啥时，梅子和国莲两人厮打在一起，几个回合下来，国莲把梅子摔倒在地，她的腿压住梅子，梅子反抗着，国莲一拳打向她的眼睛。吴绍，躲开大黄狗，持刀直奔国莲的后背。大黄狗一下跃起，直接扑向吴绍和国莲的中间，刀刺中了大黄狗，大黄狗倒在血泊中。

国莲回头看见大黄狗倒地，声嘶力竭地呼唤一声“阿黄……”。梅子趁国莲分神，一个翻滚将国莲掀翻，梅子从地上捡起一把刀，举手刺向国莲，苏日娜一棍子打过来，打落了梅子的刀，继续用棍子打梅子，把梅子打翻在地。

吴绍突然从怀里掏出枪，对准苏日娜开枪，国莲爬起，挡住苏日娜的身体。枪响了，国莲一个趔趄，又一声枪响……苏日娜抱住国莲，呼喊着。

吴绍向山林深处跑去，可他也只是跑了十几米，一连串的子弹穿进了他的身体，他扑倒在地上，死去了。

十几个边防民警出现在国莲和苏日娜的眼前，一大群牧民也来了，他们有的骑马，有的手举棍棒，围拢过来。

过了一会儿，尉扬、哈日夫和一队战士，也骑马疾驰而来。红鹘“吉儿，吉儿”鸣叫着，飞翔在队伍的前面。

苏日娜抱着国莲，她哭着不断喊叫国莲的名字，手用一大堆纱按住她的左胸，纱布上都是血。国莲倒在苏日娜的怀里奄奄一息，苏日娜“呜呜”哭着，国莲指着大黄狗。

苏日娜哭着喊：“阿黄，阿黄，你过来呀……呜呜……”

国莲有气无力地叫着：“阿黄，阿黄——”

大黄狗满身是血，它努力抬起头，看国莲，爬过来。国莲胸部流着血，染红了崭新的蒙古袍和里面的军装，她向大黄狗伸出手。

红鹘、尉扬、哈日夫、王朝阳、刘清河等来到。红鹘飞落到国莲身边，国莲伸出手，红鹘发现了国莲胸口的鲜血，这血它太熟悉了，它的胸脯也曾被鲜血染红，红鹘发出一声绝望的惊叫“吉儿——”，这一声“吉儿”，尾音拖得如山谷一样长，它用悲痛的目光看着国莲，国莲向它伸出手，红鹘走到了她的手边，国莲抚摸着它的羽毛，它温顺地看着她，发出“吉儿，吉儿”温柔的鸣叫。国莲把手伸向大黄狗，大黄狗眼睛看着她，大腿动了动，艰难地抬起爪子，国莲握住它的爪子，泪水“唰唰”地流下来。

尉扬跑过来，他从苏日娜怀里接过国莲，抱住国莲，喊着：“国莲，别怕，你没事的……担架……担架……没有其他的医生吗？王朝阳，联络三团的军医！”

王朝阳说：“已经联络了，他们正在赶来！”

“不用了。尉扬哥，不用了。我是医生，我知道没用了。”

尉扬声嘶力竭地喊：“不，不会的！国莲，不会的，你不会有事的！”

国莲看着眼睛，用微弱的声音说：“下辈子，还做你的妻子……”

尉扬抱紧她说：“我知道，我知道，不管哪辈子，你都是我的妻子，别怕，我不会让你离开的。王朝阳，军医！军医……”

时间一点一点过去了，尉扬抱着国莲，呆呆地坐在地上，国莲依偎在尉扬的怀里，慢慢闭上了眼睛。

三连的李军医，收起急救药箱，站起，他缓缓地摘下军帽。一队队的战士，摘下军帽。国莲，一个年轻女孩子的生命，就这样永远地走了。大兴安岭森林哭泣着，滚滚的乌拉河水哭泣着，广博的科尔沁草原哭泣着。

乌兰大婶哭得撕心裂肺：“国莲啊，到底怎么回事啊，阿妈刚刚认下了你呀……”

哈日夫、王朝阳、刘清河走过来。哈日夫抱住尉扬，王朝阳、刘清河、军医，三个人打算从尉扬怀里抱出国莲。

尉扬一句话不说，像傻了一样，紧紧地抱住国莲，就是不肯放手。忽然，红鹘悲鸣着起飞了，它在人们的头上盘旋一圈，然后俯冲着撞向了国莲身边的一棵大树……

人们惊呼着：“红鹘鸟！”

男子低缓的声音敲击着我的心脏，任酸楚的泪水湿润我的脸庞。我已猜到，他就是她当年的“尉扬哥”，他就是当年那位失去爱人的年轻的军官。这一天，我没有提起行囊踏上新的旅程，而是作为一名虔诚的聆听者，听他讲述掩埋在岁月风尘之下的过去，听他讲述他的青春和他青春岁月中的往事。当然，这些往事在我的笔端之下有了些许改变，但是我，也只是给这些往事添加了些许美好的浪漫情愫而已。哈日夫退役后结婚生子了。苏日娜嫁给了一位在苏木政府上班的公务员，小边防已经长大，正在准备考大学。尉扬，退役后去学蒙医学，又回到牧村开起了一家小诊所，还承包了离森林最近的一片草场，不出诊的时候在牧场放牧牛羊。

这个夜晚，尉扬用科尔沁草原上最具特色的“手把肉”招待我。我们喝了很多酒，当地的“科尔沁王”白酒，他也给我唱了一首又一首的歌曲，最后一首是他自己写歌词请当地马头琴手配曲的。我相信，这首歌他已唱了很多年，而且很多时候是在夜里或者独自一人时唱出的。这首歌低缓悲凉的曲调让人心碎，我无法记录，只能把歌词记录下来。

青青的草地上，醉人的花儿开放。

红鹘鸟哦，在我的头顶飞翔。

美丽的红鹘，你带给边陲草原一片安详，

自由飞翔吧，我的红鹘，

你是我的生命，今生今世，我陪伴你在这第二故乡……

尉扬用低缓的声音唱出这首歌，这歌曲给我带来无尽的哀伤。但是转而，尉扬笑了，他说：“没关系，人早晚都是要死的，我的国莲死得其所，有红鹘和我陪伴她，她不会孤单。”

我努力用我的微笑回答他，我想说从此以后，你们的过去已经留在我的心灵深处，我会与你一同陪伴这位过早离开了我们的年轻的边防女军医。

2016 年 5 月 3 日修改于红城